IM STILLEN TAL

VON

MARTINA SEVECKE-POHLEN

KRIMINALROMAN

WIEKEN-VERLAG RHAUDERFEHN

Bibliographische Information der Deutschen Bibliothek:
Die Deutsche Bibliothek verzeichnet diese Publikation in Der
Deutschen Nationalbibliografie; detaillierte bibliographische Daten
sind im Internet über
http://dnb.d-nb.de abrufbar.
Titelbild: Cocoparisienne - pixabay
Titelgestaltung: Martina Sevecke-Pohlen
Bild Glockenturm: Ole Sevecke
Copyright © 2015
Wieken-Verlag Martina Sevecke-Pohlen
Fenderstr. 1
26817 Rhauderfehn
E-Mail: info@wieken-service.com
www.wieken-verlag.de
ISBN 978-3-943621-33-4
Create Space 978-3-943621-34-1
E-Book EPUB 978-3-943621-35-8
E-Book mobi 978-3-943621-36-5
Im stillen Tal erschien erstmals 2010.

INHALTSVERZEICHNIS

KAPITEL 1

Gestern bin ich zu Besuch bei meinen Eltern eingetroffen. Seit ich in Süddeutschland studiere,
fahre ich nur noch selten ins stille Tal. Ich begründe dies
mit der umständlichen Anreise. Niemand hier würde meine Erklärung anzweifeln. Inzwischen hat die Gemeinde
Wardenburg angefangen, die Ruine des Bergerschen Hauses
einzureißen. Das war das Erste, was Andy Vosgerau mir
erzählte, als er mich mit seinem Polizeiauto an der Bushal-
testelle am Wardenburger Marktplatz auflas.

„Wird endlich Zeit, dass wieder Leben in die Bude
kommt, Christa", sagte er noch. „Diese öden, schwarzen
Mauerreste erinnern doch nur daran, was damals passiert
ist. Das Leben aber geht weiter, wie wir wissen."

Dazu nickte ich. Seine Worte entsprachen meiner Erfahrung. Das Leben ging weiter. Mittlerweile sind vier
Jahre vergangen. Erinnern will sich niemand mehr.

Meine Mutter sagte später, die Gemeinde habe endlich einen Interessenten für das Grundstück gefunden. Man munkelte, ein Investor wolle ein Wellnesshotel dort errichten.

„Ist das nicht einmal eine gute Nachricht?" verlangte sie von mir zu wissen. „Vielleicht kann ich da als Hausdame arbeiten. Stell dir das mal vor. Früher im Altenheim hatte ich zehn Hauswirtschafterinnen unter mir."

Das ist natürlich reine Gedankenspielerei, dafür hängt sie zu sehr an ihrer jetzigen Stelle, wo sie ungestört von der Geschäftsführung schalten und walten kann. Andererseits glaube ich auch nicht, dass dieser Investor sich materialisieren wird. Aber das sagte ich nicht laut.

Im stillen Tal ist keine eigenständige Ortschaft der Gemeinde Wardenburg, obwohl das in den letzten Jahrzehnten von den Anwohnern immer wieder angestrebt wurde. Im stillen Tal ist eine Straße von etwa achthundert Metern Länge, an der in lockerem Abstand schmucke Häuser aus der Nachkriegszeit stehen. In vielen Häusern lebt, so wie bei uns, die zweite Generation. Man kennt sich. Als Kind war es für mich das Paradies. Der Zugang zu unserer Straße ist leicht zu übersehen. Verlässt man Wardenburg nach Süden, geht das stille Tal kurz hinter dem Abzweig Wikingerstraße links ab und führt, nachdem sich die Straße wie eine Haarnadel gebogen hat, keine hundert Meter weiter wieder auf die Oldenburger Straße zurück. Viele halten die Einmündungen im Vorbeifahren für Feldwege. Selbstverständlich liegt die Straße, obwohl sie so heißt, in keinem Tal, so wie Auf dem Berge sich nicht auf einem landschaftlichen Gebilde befindet, was deutschlandweit als Berg empfunden werden würde. Es gibt einen Geestrücken, von dem aus das Land zur Oldenburger Straße hin abfällt. Mit etwas Fantasie könnte man im Bereich der Einmündungen ein Tal vermuten. Aushilfspostboten verwechseln Im stillen Tal manchmal mit anderen malerischen Adressen. An der Stelle, wo unsere Straße die enge Kurve vollzieht, lag früher das Bergersche Haus. Ursprünglich war es ein Bauernhof, dessen Wohnhaus noch der Vater des alten Herrn Berger umgebaut hatte. Glaubt man den Leuten im stillen Tal, war der alte Herr Berger früher der größte Bauer in Wardenburg. Nach dem Tod seiner Frau verkaufte er jedoch das meiste Land. Die Hofanlage wurde bis auf das Wohnhaus eingerissen. Seitdem sprach man nur noch vom Bergerschen Haus. Jetzt ist dort eine ausgebrannte Ruine. In meinen Augen dominiert sie die Straße viel mehr, als es das alte Haus je getan hat.

Ich kann mich gut an die Aufregung unter den Nachbarn wegen dieser Veränderungen erinnern. Damals ging ich noch zur Grundschule. Der alte Herr Berger fragte meine Mutter, ob sie seine Haushälterin werden wolle, und sie nahm an, obwohl sie Hauswirtschaftsleiterin eines Altenheims in Oldenburg war. Sie sah wohl, dass ihre Mutter gesundheitlich der Betreuung meiner kleinen Schwester und mir auf Dauer nicht gewachsen war. In den nächsten zehn Jahren blieb sie im stillen Tal, nahm Pakete und Einschreiben für die Nachbarschaft an und hatte ein Auge auf die Häuser. Letzteres konnte sie von allen westlichen Fenstern des Bergerschen Hauses aus, sowie von den Fenstern unseres Hauses. Jene zwei Gebäude stehen erhöht auf dem Geestrücken und überragen die beiden Arme des stillen Tals Richtung Oldenburger Straße. Vor vier Jahren änderte sich alles.

Angefangen hat es an jenem Tag im August, an dem der alte Herr Berger auf dem neuen Wardenburger Friedhof beigesetzt wurde. An dem Tag kam ein Mann ins stille Tal, den man dort bisher nie gesehen hatte. Meine Mutter sah ihn von unserem Küchenfenster aus, wie er über das Bergersche Grundstück ging und versuchte, von außen durch die Fenster zu blicken. Meine Mutter hielt Stallwache. Alle anderen Bewohner der Siedlung waren mit dem vom jungen Herrn Berger gestellten Bus zum Begräbnis gefahren. Ihre eigentliche Aufgabe an diesem Tag war es, die Kaffeetafel für das anschließende Beisammensein vorzubereiten. Aus zeitökonomischen Gründen arbeitete sie gleichzeitig in den Küchen beider Häuser. Mit einem heißen Blech Apfelkuchen marschierte sie hinüber zum Bergerschen Haus. Als sie dort ankam, war der fremde Mann nicht mehr zu sehen. Sie sagte aber später, sie habe keinen Augenblick geglaubt, dass er fortgegangen sei. In diesem Fall hätte er an ihrem Küchenfenster vorbeikommen müssen, was er nicht getan hatte. Besorgt war sie nicht.

Im stillen Tal passierten keine Verbrechen, das kam nur in dichtbesiedelten Orten vor. Damals schloss bei uns niemand seine Türen ab. Auch die Tür des Bergerschen Hauses war unverschlossen, stand sogar mit einem Stuhl aufgesperrt, damit meine Mutter ungehindert von Küche zu Küche laufen konnte.

Beim Betreten des Hauses kontrollierte sie am Sand hinter der Eingangstür, ob nach ihr noch jemand im Hause gewesen war. Dem war anscheinend nicht so. Meine Mutter trug das Kuchenblech in die Küche, nahm dort ein weiteres Blech aus dem Backofen, schob ein auf der Arbeitsfläche wartendes hinein und füllte Kaffee aus der Maschine in eine große Thermoskanne, ehe sie neuen Kaffee aufsetzte. Sicherheitshalber stieg sie die halbe Treppe hinauf nach oben, wo die gesamte bewegliche Habe des alten Herrn Berger, mit Ausnahme der Ausrüstung für das Kaffeetrinken, in Kartons verpackt darauf wartete, abtransportiert zu werden. Solche Kartons, schwer, aber kompakt, wären ein praktisches Diebesgut gewesen. Meine Mutter war nicht darüber informiert, was sich in den Kartons befand, denn der junge Herr Berger hatte ausschließlich mit einem alten Kumpel aus Jugendzeiten gepackt. Sie kannte jedoch den Haushalt des alten Herrn Berger, weshalb sie den Wert jedes Kartons auf mehrere hundert Euro schätzte. Von der halben Treppe aus ließ sich allerdings niemand in der oberen Etage ausmachen. Etwas später, als sie die letzte Kanne Kaffee auf der Tafel abstellte, klopfte jemand an den Rahmen der Eingangstür. Meine Mutter ist wahrlich nicht schreckhaft, dennoch hätte sie beinahe mit dem Handgelenk eine Blumenvase umgestoßen. Als sie zur Tür blickte, stand dort der Unbekannte. Mir gegenüber behauptete sie später, etwas an seiner Erscheinung habe sie stutzig gemacht. Ich konnte mir das nicht vorstellen, denn sie musste aus dem düsteren Raum zu einem Mann geblickt haben, in dessen Rücken die Nachmittagssonne glühte. Aber meine Mutter hielt an dieser Behauptung fest und begründete so, weshalb sie nicht sofort auf sein Klopfen reagiert habe.

Der Mann war an der Tür stehen geblieben. Diese Zurückhaltung missfiel meiner Mutter, als sie schließlich zu ihm ging. Sie schätzte bei Männern einen forschen Auftritt und war von Nachbarn und Kollegen nichts anderes gewöhnt. Der Fremde, ein kleiner Mann in Cordhose und Pullover, war ihr schleimerisch wie ein professioneller Anzugträger erschienen. Nachdem sie ihn kühl und korrekt begrüßt hatte, nannte jener kleine Mann seinen Namen und sagte, er habe einen Termin mit dem jungen Herrn Berger. Damit berührte er unwissentlich einen wunden Punkt bei meiner Mutter, denn anders als der alte Herr Berger weihte der junge Herr Berger sie nicht in seine Pläne ein. So konnte sie dem Fremden nur mitteilen, er müsse warten, bis der junge Herr Berger von der Beisetzung zurückgekehrt sei. Der kleine Mann nickte und setzte sich auf eine niedrige Mauer, die den vorderen Hof einfasste. Dort wartete er geduldig, ein altmodisches Pappköfferchen auf den Knien. Auf diese

Weise wurde meine Mutter Kati Hemmen die Erste im stillen Tal, die Herrn Muh zu Gesicht bekam. Sie sollte auch die Letzte sein, die ihn lebend sah, doch bis dahin würden noch ein paar Wochen vergehen.

Als wir anderen aus dem Bus kletterten und in lockeren Grüppchen zur Haustür schlenderten, fiel uns Herr Muh auf dem Mäuerchen nur auf, weil der junge Herr Berger seine Unterhaltung mit Hella Kloopman einfach abbrach und zu ihm ging. Die beiden sprachen kurz miteinander, dann führte der junge Herr Berger den kleinen Mann durch das Haus, während die anderen Nachbarn sich schon an der Tafel niederließen. Ich assistierte unterdessen meiner Mutter. Kaum saßen auch wir, da brachte der junge Herr Berger Herrn Muh zur Tür. Meine Mutter hatte mir in der Küche von seinem Schnüffeln, wie sie es nannte, erzählt, und ich reckte nun den Hals, konnte aber keine Einzelheiten seiner Erscheinung ausmachen. Mir fiel nur auf, dass Herr Muh so viel kleiner als wir alle war. Inzwischen hatte sich der junge Herr Berger, ein in Wahrheit gar nicht mehr so junger Mann, links neben meine Mutter an das Kopfende der Tafel gesetzt. Er beugte sich zu ihr und flüsterte relativ laut, er habe soeben das Haus an Herrn Muh verkauft. Die Züge meiner Mutter versteinerten für Sekundenbruchteile, doch lächelnd stimmte sie ihm zu, dass dies eine gute Nachricht sei. Herr Berger nickte sichtlich zufrieden. Dann erhob er sich, um eine Rede zu halten, in der er den Verkauf des Hauses mit keinem Wort erwähnte. Mir fiel auf, wie abschätzend meine

Mutter den Sohn ihres verstorbenen Arbeitgebers betrachtete. In den nächsten Tagen berichtete sie jedem, der sie auf den Hausverkauf ansprach, ihr sei Herr Muh als neuer Nachbar unpassend erschienen. Bis dahin hatte sich unter den Nachbarn die Nachricht von dem Vertragsabschluss verbreitet. Verantwortlich dafür war Frerk Deepken. Der galt als das größte Klatschmaul des stillen Tals, manche behaupteten, der Gemeinde Wardenburg.

Auf der Beerdigungsfeier schien der junge Herr Berger jedoch keine weiteren Gedanken an den Verkauf seines Elternhauses verschwendet zu haben. Er unterhielt sich mit alten Nachbarn, lachte laut, was nachher einige missbilligten, und gab zum Schluss noch eine letzte Runde Korn aus den Beständen seines Vaters aus. Am Abend, nachdem seine Gäste in ihre Häuser zurückgekehrt waren, wo sie hinter den Gardinen weiter die Vorgänge auf dem Vorhof des Bergerschen Hauses verfolgten, ließ er alle Kisten aus der oberen Etage auf einen Lkw laden. Ein paar Männer aus der Nachbarschaft halfen dem Fahrer beim Schleppen. Der junge Herr Berger beteiligte sich nicht. Er lehnte mit Frerk Deepken an der Hauswand und hörte sich an, was der ihm an weisen Worten mitzugeben hatte. Aufgrund des Korns war Frerk guter Dinge. Mit verschwörerischer Miene, wie das seine Art war, redete er in das Ohr seines alten Kumpels. Zwischendrin lachte er laut. Als der junge Herr Berger Frerk endlich abgeschüttelt hatte, merkte man ihm an, dass der endgültige Abschied aus dem stillen Tal ihm doch naheging. Meiner

Mutter überreichte er nur kurz die Hausschlüssel mit dem Hinweis, Herr Muh werde sich in Kürze mit ihr in Verbindung setzen. Er selbst stieg in seinen roten Sportwagen und folgte dem Lkw.

Mit gemischten Gefühlen winkten wir ihm nach. Seit er als junger Mann Wardenburg verlassen hatte, war kaum etwas — und das Wenigste davon gesichert — über sein Fortkommen in der Welt gehört worden. Laut der älteren Leute hatte er es in seiner Jugend toll getrieben. Mehr sagten sie nicht. Nun war er nach dem Tod seines Vaters zehn Tage im Bergerschen Haus gewesen, hatte seine Kameradschaft zu Frerk aufgefrischt und die übrigen männlichen Nachbarn mit seinem roten Flitzer, wie meine Mutter sich ausdrückte, zu beeindrucken versucht. Ein richtiger Sportwagen, hatte Andy Vosgerau vertraulich zu meinem Vater gesagt, sei das gar nicht. Andy hatte einen Kumpel bei der Autobahnpolizei, dessen Hobby die Dokumentation unterschiedlicher Ausprägungen von Totalschäden an Sportwagen war. Andy behauptete, aus den Bilddateien des Kumpels habe er viel gelernt und könne mit Sicherheit sagen, der Wagen des jungen Herrn Berger sei zwar unzweifelhaft rot, aber ebenso unzweifelhaft ein Möchtegernsportwagen. Mein Vater und die übrigen Männer im stillen Tal zeigten sich zwar von so viel Sachkenntnis beeindruckt, bewunderten aber trotzdem das rote Auto, mit dem sich jeder von ihnen zufriedengegeben hätte. Ich war nicht so leicht zu beeindrucken. In der Schule — zu Hause hatten wir kein Internet — hatte ich recherchiert und Andys Behauptung bestätigt gefunden. Noch etwas anderes hatte ich entdeckt. Der junge Herr Berger behauptete, er sei Geschäftsmann. Da er wohl meinte, für die Leute im stillen Tal genügten diese Mitteilung und sein dunkler Anzug, hatte er sich nicht zu der Art seines Geschäfts geäußert. Das Internet offenbarte mir eine solche Vielzahl Firmen im Besitz eines Herrn Berger mit dessen Allerweltsvornamen, dass es unmöglich war, die unseres jungen Herrn Berger zu identifizieren. Außerdem hieß es allgemein vom jungen Herrn Berger, er besitze in Köln ein großes Haus, sein Autokennzeichen hingegen war DN für Düren, was allerdings nahe Köln liegt. Stillschweigend beschloss ich, dem jungen Herrn Berger aufgrund der unklaren Datenlage nur unter Vorbehalt zu glauben.

Etwa eine Woche nach seiner Abreise kam Herr Muh wegen der Schlüssel zu meiner Mutter. Er konnte einen schriftlichen Kaufvertrag vorweisen und erhielt den Schlüsselbund ausgehändigt. Im Laufe jenes Nachmittags traf der Rest seiner Familie ein und bezog das Haus Im stillen Tal 11.

KAPITEL 2

Sie kamen mit einem alten, roten Bauwagen, dessen Seiten verblichene Reste einer exotischen Bemalung schmückten. Ins stille Tal gezogen hatte ihn ein Transporter, der aber wieder abfuhr, sobald die Muhs ihn ausgeräumt hatten. Ein Auto besaßen sie offenbar nicht, alle notwendigen Fahrten unternahmen sie auf keineswegs fachgerecht angemalten Fahrrädern. Wegen des Bauwagens dachten wir anfangs, die Familie Muh käme von einem Zirkus.

Zunächst wussten wir gar nicht, wie viele Menschen eigentlich in das Haus gezogen waren. Wenn ich aus der Schule kam, fand ich immer ein Mitglied meiner Familie am Küchenfenster stehend vor, und jedes Mal wurde mir ratlos mitgeteilt, es sei unmöglich zu sagen, was diese Leute dort drüben trieben.

„Sie renovieren das Haus", sagte ich gleichgültig.

Sofort war meine Mutter empört.

„Als hätte der alte Herr Berger das Haus verkommen lassen!" rief sie.

Ich nickte begütigend, denn ich war hungrig und wollte vermeiden, dass sie in ihrer Erregung vergaß, mir mein Essen aufzuwärmen. Weil ich in Oldenburg zur Schule ging, kam ich immer als Letzte nach Hause und musste mit den Resten des Mittagessens vorliebnehmen. Meine Mutter stellte einen Teller in die Mikrowelle.

„Aber Mutti, du siehst doch, dass sie renovieren. Und sie haben das Haus gekauft."

„Das haben sie."

„Und würdest du dein neu gekauftes Haus nicht auch renovieren wollen?" fragte ich sie, die Augen auf der digitalen Zeitanzeige der Mikrowelle.

Meine Mutter hob laut die Schultern. Das war eine ihrer speziellen Eigenschaften, denn sie konnte dabei den Stoff beinahe jeden Kleidungsstücks rauschen lassen, als trüge sie einen gestärkten weißen Kittel. Ihr Schulterzucken drückte aufgrund seiner Lautstärke aggressive Resignation aus. In solchen Fällen empfahl meine spätpubertäre Weisheit Schweigen, gleich, wie schwer es fiel. Es war besser für den Hausfrieden.

Die Mikrowelle klingelte. Meine Mutter stellte mir den Teller hin. Hungrig fiel ich darüber her. Sie sah mir zu.

„Sitz gerade beim Essen, Christa. Und schling nicht."

Ich setzte mich gerade hin und bemühte mich, trotz meines Hungers nicht zu schlingen. Familie Muh und ihr Tun interessierten mich nicht.

Als ich später bei den Hausaufgaben saß, ertappte ich mich selbst dabei, wie ich zu dem Haus hinüberblickte. Zahlreiche Leute liefen ameisengleich herum. Alle waren sie klein. Alle trugen Jeans und ausgeleierte Pullover, was ich angesichts der Renovierungsarbeiten normal fand, egal, was meine Mutter sagte, und alle hatten ganz kurze Haare, als rasierte sich die gesamte Familie einmal im Monat den Kopf.

„Läuse", mutmaßte meine Schwester Heidi, die selbst im letzten Winter Läuse gehabt hatte und nur knapp um eine vergleichbare Rasur herumgekommen war. Meine Mutter besaß die Neigung zur Gründlichkeit.

Heidi hatte sich neben meinen Schreibtisch gestellt, um besser auf das Bergersche Haus sehen zu können. Das Fenster ihres Zimmers ging auf den Garten der Braaschs von nebenan und, wenn sie sich aus dem geöffneten Fenster beugte, auf das Gestrüpp, welches unter kommunaler Aufsicht als Ausgleichsmaßnahme für eine Abholzung anderswo an der Grundstücksgrenze des Bergerschen Hauses verwildern durfte.

„Bist du bald fertig?" fragte sie mich.

Sie selbst hatte selten mehr als eine halbe Stunde zu tun und war meist mit den Hausaufgaben fertig, ehe ich meinen Teller leergegessen hatte.

„Nee", gab ich zurück. „Wieso?" fragte ich dann aber neugierig.

Nachdem wir uns als Kinder gut verstanden hatten, unternahmen wir als Teenager freiwillig nur wenig miteinander. Sie erschien mir zu albern, ich ihr zu langweilig. Beide hatten wir recht.

„Wir könnten mal rübergehen. Fragen, ob sie etwas brauchen." Heidi wirkte sehr unschuldig. Ich glaubte ihr kein Wort.

„Du bist einfach neugierig", stellte ich fest.

Sie hob die Schultern, anders als meine Mutter lautlos und ohne Nebeneffekte. Ich überlegte. Neugierig war auch ich, und meine Hausaufgaben übten keinen zu großen Reiz auf mich aus. Den Rest könnte ich später erledigen.

„Okay, Heidi. Komm schnell, ehe Mutti etwas merkt."

Eilig sammelten wir einige Äpfel in einer glänzenden Papiertüte. Mit dieser Tüte als gutnachbarlicher Tarnung schlüpften wir durch die Küchentür aus dem Haus. Da meine Mutter seit dem Verkauf des Bergerschen Hauses nicht mehr arbeitete, nutzte sie die freie Zeit, sich mit Hilfe des Fernsehens über den Zustand der Republik zu informieren. Aufgrund der Geräuschkulisse einer Talkshow blieben unsere Aktivitäten in der Speisekammer von ihr unbemerkt.

Fünf Minuten später traten wir auf den Vorhof des Bergerschen Hauses. Ich kannte dieses Haus beinahe so gut wie unser eigenes. Ein Jahrzehnt lang hatte meine Mutter dort gearbeitet, und während dieser zehn Jahre hatte ich jeden Tag mindestens einmal den Vorhof überquert und war um das Haus herum zur Küchentür gelaufen, um ihr irgendeine hochwichtige Mitteilung zu machen. Nun aber hatte ich das Gefühl, ich beträte fremdes Terrain. Da stand der ehemals bunt bemalte Bauwagen. Die Tür war offen, und man konnte im Inneren Kartons und Holzkisten erkennen. Vom Bauwagen bis zur Haustür hatten zahlreiche Füße einen dunklen Pfad in den Kies getreten. Neben der Haustür lehnten Holzteile an der Wand. Erst im Nachhinein erkannte ich, dass es Enden und Seiten eines auseinandergebauten Bettes gewesen sein mussten. Erstaunlicherweise war niemand zu sehen. Auch die auf Umbaumaßnahmen schließen lassenden Geräusche waren verstummt. Ich warf Heidi einen Blick zu, den sie mit einem Schulterzucken beantwortete. Beide waren wir stillschweigend davon ausgegangen, dass uns nach den ersten Metern ein Mitglied der Familie Muh entgegenkommen würde. Mit einem scheinbar verlassenen Haus hatten wir nicht gerechnet.

„Sie können nicht weggefahren sein", flüsterte Heidi. Ich fragte mich, weshalb sie flüsterte, antwortete aber ebenso leise:

„Stimmt. Wir hätten sie gesehen. Oder gehört. Jemand muss da sein." Wir sahen zu der offenen Haustür und dann einander an.

„Sollen wir einfach reingehen?" schlug ich vor. Heidi nickte.

An der Tür hielten wir nochmals an. Wie in vielen ehemaligen Bauernhäusern war diese Tür in den früheren

Torbogen eingesetzt worden. Oft waren es Glastüren mit einem Rahmen hübscher Fenster, die Licht in den dahinterliegenden Wohnraum ließen. Am Tor des Bergerschen Hauses gab es nur einen glaslosen Holzrahmen, in dem eine braunrote Tür saß. Der große Raum dahinter war von dem alten Herrn Berger als eine Art öffentliches Wohnzimmer benutzt worden. Nun war er leer, nicht einmal unausgepackte Kisten oder Werkzeuge standen herum. Zwar roch es nach Farbe und Holz, aber lediglich Sand- und Kiesspuren auf dem Boden und ein zusammengefegtes Häuflein Sägespäne deuteten auf die Aktivitäten hin, die wir alle in diesem Haus vermuteten.

Unsicher, wie wir uns nun verhalten sollten, standen Heidi und ich an der Türschwelle. Ich für mein Teil wäre am liebsten umgekehrt, doch für den Fall, einer der Nachbarn hätte uns beobachtet, glaubte ich, den Besuchsversuch jetzt ausführen zu müssen. Also klopfte ich in Ermangelung einer funktionierenden Klingel an den Türrahmen.

Heidi sah mich vorwurfsvoll an.

„Warum machst du das?" zischte sie.

„Damit uns einer hört. Oder?" gab ich zurück. Aber niemand schien das Klopfen bemerkt zu haben. Ich klopfte ein zweites Mal, wieder ohne Erfolg.

„Dann musst du rufen", entschied Heidi. Ich starrte sie an.

„Ich? Warum ich?"

„Du bist die Ältere", erinnerte sie mich gemütlich. Sie fand immer Gelegenheit, für sich den Vorteil aus zwei Jahren Altersunterschied zu ziehen. Da ich jedoch unbestreitbar älter als sie und deshalb gewohnt war, auf sie aufzupassen, musste ich wohl das Rufen übernehmen.

„Hallo!" rief ich also. Vorsichtshalber rief ich erst einmal nicht zu laut, als aber auf meinen ersten Ruf niemand reagierte, rief ich lauter. Auch auf den lauteren Ruf kam niemand.

„Und jetzt?" fragte ich Heidi. Sie warf einen Blick über die Schulter.

„Da geht die alte Kloopman zu Mutti."

Heidis Worte nahm ich als implizite Aufforderung zum Eintreten, denn den neugierigen Fragen unserer Nachbarin wollte ich mich nicht aussetzen. Lieber ging ich unaufgefordert in das fremde Haus und suchte dort nach den Bewohnern.

Wir betraten den Eingangsraum und sahen uns nach Lebenszeichen um. Als solche deuteten wir eine Flasche mit Resten einer goldbraunen Flüssigkeit, daneben einige benutzte Gläser und Teller mit Krümeln darauf, alles nahe der Tür auf den Holzdielen abgestellt und vergessen. Heidi roch an der Flasche.

„Apfelsaft", flüsterte sie enttäuscht. Wahrscheinlich hatte sie ein exotisches Getränk erwartet, obwohl die Muhs nach unseren Beobachtungen hinsichtlich Exotik viel zu wünschen übrig ließen. Aber Heidi neigte zu übertriebenen Erwartungen, die im stillen Tal zumeist nicht erfüllt werden konnten.

Ich wollte gerade meine Anspannung durch Schimpfen mindern, als ein hoher, langgezogener Ton erklang. Wir fuhren zusammen. Wahrscheinlich wären wir auch bei einem Räuspern zusammengezuckt, in einer späteren Diskussion dieses ersten Besuches zogen wir es aber vor, das Zusammenfahren auf den Ton zurückzuführen. Dergleichen hatten wir nicht erwartet und, wie Heidi herausstrich, nicht erwarten können.

„Was war das?" fragte meine mutige Schwester nun.

„Hörte sich an wie eine Glocke", klärte ich sie auf, obwohl ich zu diesem Zeitpunkt überhaupt nicht sicher war, was wir gehört hatten.

Sie sah mich geringschätzig an und schüttelte hoffnungslos über so viel Sachlichkeit den Kopf. Wieder erklang dieser Ton. Ich beschloss zu handeln, da eine Heidi zu beeindrucken war.

„Jemand ist im Haus", verkündete ich und begann, mich aufmerksamer umzusehen.

Der Raum war langgestreckt mit einer niedrigen Holzdecke, die man eingezogen hatte, um eine Etage mit zusätzlicher Wohnfläche zu schaffen. Im vorderen Bereich, dem ehemaligen Stall, gab es seitlich einige winzige Lichtschächte im Mauerwerk, durch die nur schmale Streifen Licht einfielen. Zu öffnen waren sie auch nicht, deshalb konnte man den großen Raum nur schlecht belüften. Zwei Fenster von annähernd normaler Größe lagen sich am Ende des Raumes gegenüber. Sie standen beide offen, was den Luftaustausch kaum verbesserte. Bis auf diesen hinteren Bereich wurde der Raum auch nur unzureichend erhellt. Dem Eingang gegenüber führten zwei Türen jeweils in die Küche und in eine Kammer, die der alte Herr Berger als Arbeitszimmer genutzt hatte. Zwischen diesen Türen stieg eine Holztreppe hinauf zur Etage, dem umgebauten Heuboden früherer Generationen, wo sich mehrere Zimmer befanden. Ich vermutete die Muhs oben, denn Küche und ehemaliges Arbeitszimmer lagen ebenso verlassen da wie der Eingangsraum. Instinktiv schleichend bewegte ich mich zur Treppe. Die führte steil und völlig gerade nach oben und hätte jeden Sicherheitsingenieur das Fürchten gelehrt, weil es keinen Handlauf gab und die Stufen aus ungleichmäßig breiten Bohlen gezimmert waren.

Kaum hatte ich die oberste Stufe erreicht, erklang erneut der langgezogene Ton. Diesmal zuckte ich nicht zusammen, sondern nahm den Ton als Beweis, dass die Muhs hier oben anzutreffen waren. Eilig winkte ich Heidi, die am Fuß der Treppe lungerte. Es hätte mich nicht verwundert, wäre von ihr als Nächstes die Behauptung gekommen, durch mich zu diesem Hausfriedensbruch verleitet worden zu sein. Da ich nicht sicher war, ob wir uns nicht doch eines Vergehens schuldig machten, wartete ich nicht auf sie. Von meinem Standort an der Treppe waren einige offene Eingänge zu sehen. Entlang einer Wand hatte man Kartons aufgestapelt, und am Ende des Flurs lehnten die ausgehängten Zimmertüren. In einem der Räume mussten sich die Muhs aufhalten. Offenkundig hatten sie erst kürzlich ihre Renovierungsarbeiten unterbrochen. Links lag ein Zimmer, dessen Boden eine Plastikplane vor Farbflecken schützte. Mitten im Raum stand eine Leiter, darauf ein Farbtopf, die Farbrolle lag in einem Plastikbeutel daneben. Ich ging weiter. Das nächste Zimmer auf dieser Seite des Flurs war offenbar fertig gestrichen. Die Fenster — hier oben gab es viel mehr und deutlich größere als unten — standen offen, und auf den Dielen lagen Schlafsackrollen aufgereiht. Ich sagte mir, dies alles sei völlig uninteressant für mich, nahm die Schlafsäcke und Isomatten dennoch von der Tür aus in Augenschein. Sie verrieten mir nicht viel, außer dass die Muhs nichts von Markenware hielten. Gerade wollte ich weitergehen, als eine Art Sprechgesang einsetzte.

Erschrocken sprang ich herum. Die Zimmertüren beiderseits des Flurs lagen einander nicht gegenüber. Bis zu dem ersten Zimmer auf der rechten Seite hatte ich mich noch nicht vorgearbeitet. Vorsichtig trat ich einen Schritt vor und konnte nun um den Türrahmen herum in das Zimmer sehen. Dort fand ich die Familie Muh versammelt. In zwei ordentlichen Reihen knieten sieben Personen mit dem Rücken zum Eingang vor einer Metallschale. Der Familie gegenüber kniete eine Frau, nach unseren bisherigen Beobachtungen die Mutter. Über ihren Kopf hoch erhoben hielt sie einen Stab. Mit geschlossenen Augen führte sie die übrigen Familienmitglieder durch den Sprechgesang, von dem ich kein Wort verstand, obwohl ich den Eindruck hatte, die Sprache schon einmal gehört zu haben. Verblüfft stand ich im Türrahmen. Inzwischen meldete sich mein Verstand zurück, mir mitzuteilen, ich befände mich in einer peinlichen Situation und täte besser daran, entweder auf mich aufmerksam zu machen oder unauffällig zu gehen. Da fiel von hinten eine Hand auf meine Schulter. Ich stieß einen Schreckenslaut aus. Die Frau mir gegenüber öffnete die Augen und sah direkt in mein Gesicht. Hinter mir sog jemand Luft ein.

„Oh", wurde gemurmelt. Heidi hatte mich eingeholt. Heiß breitete sich in mir ein Gefühl tiefster Peinlichkeit aus. Ich wollte sie anschreien, traute mich aber nicht in Gegenwart der Muhs.

Die Frau sagte ein Wort, das die restliche Familie aus ihrer transzendentalen Ruhe löste. Alle richteten sich auf und sahen sich verwundert zur Tür um, wo Heidi und ich, mittlerweile beide rot vor Verlegenheit, standen.

„Entschuldigung", stammelte ich. Etwas in dieser Richtung war offenkundig vonnöten. Die Frau trat vor mich hin.

„Guten Tag?" sagte sie unsicher.

Heidi richtete sich hinter mir zur Verteidigung auf.

„Wir wollten Sie nicht stören. Aber unten war niemand."

„Da sind wir einfach heraufgekommen", ergänzte ich, ehe mir einfiel, was außerdem erwähnt werden sollte. „Ich bin Christa Hemmen. Das ist meine Schwester Heidi. Wir sind Ihre Nachbarn. Das heißt, unsere Eltern sind Ihre Nachbarn. Wir sind deren Kinder", faselte ich. Zum Dank stieß Heidi mich an.

Die Frau musterte uns einen Moment, ehe sie ihre Hand ausstreckte.

„Ihr habt uns nicht gestört. Es wäre auch nicht angebracht, euer unerwartetes Kommen als störend aufzufassen. Die Zeremonie konnte abgeschlossen werden. Ich bin Sinaida Muh. Und das ist meine Familie."

Mit einem Arm, dessen weiße Farbbesprenkelung an der sorgfältig gewaschenen Hand endete, wies Sinaida Muh auf die Personen, die hinter ihr versammelt standen. Da waren der Herr Muh, zwei Söhne sowie vier Töchter. Die Vornamen der Kinder klangen für unsere Ohren ungewohnt, weshalb wir die meisten sofort wieder vergaßen. Alle Namen waren vor allem kurz, wie die Muhs alle klein waren. Wegen ihrer geringen Größe fiel es uns schwer zu erkennen, wie alt die Kinder sein mochten, so sehr waren wir daran gewöhnt, das Alter anhand der Körpergröße einzuschätzen. Wir vermuteten, dass sie sich wahrscheinlich alle im Schulalter befanden, auch die zu ihren Geschwistern relativ hochaufgeschossene Greta; Bea dagegen möglicherweise nicht mehr, denn die hatte anscheinend die schlimmste Pickelphase hinter sich gebracht. Fragen wollten wir nicht. Wie Heidi und ich uns nachher eingestanden, wäre das die Krönung der Peinlichkeit gewesen.

Trotz des unglücklichen Anfangs gaben sich die Muhs große Mühe mit uns. Sie führten uns hinunter in den großen

Eingangsraum, wo wir ihnen die Äpfel als Einzugsgeschenk überreichten. Ihre Freude über diese lächerliche Gabe erschien uns unaufrichtig, aber sie wollten wohl höflich sein. Man trug Holzkisten als Sitzgelegenheiten heran, nötigte uns Kekse und Apfelsaft auf. Widerstandslos akzeptierten wir ihre Angebote. Herr Muh und die jüngeren Kinder aßen im Hintergrund schweigend ihre Kekse, während Frau Muh unsere Fragen, ob sie sich schon eingelebt hätten und mit den Renovierungsarbeiten vorankämen, zwar nicht unfreundlich, aber äußerst reserviert beantwortete. Als ihr Handy klingelte und sie sich für das Telefonat in die Küche zurückzog, übernahm Bea die Rolle der Gastgeberin. Sie fragte nach den Schulen in Wardenburg und erkundigte sich, ob es einen Wochenmarkt gebe. Während Heidi vom Schulzentrum am Everkamp erzählte, kam Frau Muh zurück. Mir fiel auf, wie viel ernster als vorher sie nun dreinblickte. Bea bemerkte es ebenso. Keine der Frauen sprach es aus, aber ich sah, dass sie uns loswerden wollten. Überstürzt erhob ich mich.

„Wir müssen jetzt gehen. Hausaufgaben und so. Muss ja erledigt werden. Sie haben hier ja auch noch zu tun", stammelte ich zu Heidis Verwunderung und zog sie hinter mir her. Bea begleitete uns bis zur Tür, die sie hinter uns schloss.

„Was sagst du zu denen?" fragte ich Heidi auf dem Weg zu unserem Haus.

Sie verzog erst den Mund, grinste dann.

„Die Kekse waren gut", lautete ihr Kommentar. Ich lachte.

„Lass das nur Mutti nicht hören."

KAPITEL 3

Entgegen der Erwartungen aller Bewohner des stillen Tals fuhren die Kinder der Muhs nicht spätestens nach Ablauf der ersten Woche mit uns anderen zur Schule. Morgens standen sie nicht an der Haltestelle, und sie fuhren auch nicht mit den Fahrrädern Richtung Wardenburg. Ein Monat verging. In dieser Zeit sah ich so wenig von den Muhs, wie man von Nachbarn sehen kann, wenn man morgens um zwanzig vor sieben zum Marktplatz nach Wardenburg radeln muss, dort um sieben Uhr in den Bus nach Oldenburg steigt, und erst am Nachmittag auf umgekehrten Wege nach Hause zurückkehrt. Ich besuchte damals die zwölfte Klasse des Landkreisgymnasiums, während Heidi und die anderen Kinder aus dem stillen Tal täglich das Schulzentrum in Wardenburg anstrebten. Bis zur zehnten Klasse war auch ich bequem dorthin geradelt, hatte gemütlich von halb acht bis Viertel vor eins in der Realschule gesessen und nach einem frisch gekochten Mittagessen und den läppischen Hausaufgaben meine eigenen Interessen verfolgt. Ohne mich sonderlich anzustrengen, hatte ich den Realschulabschluss geschafft und schon frühzeitig einen Ausbildungsplatz als Bürokauffrau ergattert. Mein Leben war bis dahin wie das aller Mädchen in der Nachbarschaft verlaufen, nur in einigen wenigen Aspekten hing ich hinter dem Durchschnitt zurück. Doch bald hätte auch ich einen netten Jungen kennengelernt, worauf meine Mutter schon lange hoffte, vielleicht einen ausgelernten Automechaniker oder einen Gerüstbauer. Der hätte viel Zeit und Geld in sein Auto investiert, mich aber großzügigerweise überall hingefahren und als Gegenleistung nur Sex erwartet. Irgendwann hätten wir dann geheiratet, unsere Bausparverträge zusammengeworfen und auf dem Hintergrundstück seiner oder meiner Eltern mit viel Eigenleistung ein Haus gebaut. Da hätten wir dann mit zwei Kindern von seinem Lohn und meinem Minijob sparsam, aber wohlanständig nebeneinander her gelebt. Erfolg maß sich im stillen Tal in Bodenständigkeit und sichtbarem Besitz, der dem der Nachbarn zumindest gleichkam, ihn aber rücksichtsvoll niemals weit übertraf. Beides war auch Maßstab für Zufriedenheit. Ich hätte sehr zufrieden werden können, wie meine Mutter bis heute nicht müde wird zu beteuern.

Mein Vater sei schuld, dass die Dinge sich anders entwickelten, klagte sie schon damals. Ganz ging sie nie davon ab, egal was für Zeugnisse und Urkunden ich ihr vorlegte, und obwohl ich auch vorher schon wenig Neigung zu den netten Jungen gezeigt hatte. Wenn mein Vater nicht mit Andy Vosgerau über den Erfolg der Fußballnationalmannschaft in einem Qualifikationsspiel gewettet oder diese Wette wenigstens gewonnen hätte, dann wäre ich Bürokauffrau und als zwingende Konsequenz zufrieden geworden. Der Gedanke lässt sich weiter ausspinnen. In den letzten Jahren habe ich das oft getan, obwohl ich genau um die Müßigkeit solcher Überlegungen weiß. Wenn einerseits ich nicht zum Gymnasium gegangen wäre, dann hätte es andererseits der Familie Muh besser ergehen können. Das jedoch ist reine Spekulation. Tatsache dagegen ist, dass mein Vater mit seinem Kumpel Andy Vosgerau auf ein bestimmtes Spielergebnis wettete. Im Falle des Verlierens wollte Andy seine Haare auf pferdeschwanzgeeignete Länge wachsen lassen. Mein Vater fühlte sich Andy in Sachen Fußball überlegen, auch wollte er nach ein paar Flaschen Bier nicht hinter Andy zurückstehen. Folglich sann er auf einen ähnlich abstrusen Einsatz. Er erklärte darum, er würde mich zum Gymnasium schicken. Beide Männer fanden das sehr witzig, wie sie mir versicherten. Ich sah das anders. Da ich aber meine Zukunft als Bürokauffrau für beschlossen hielt, verschwendete ich keinen weiteren Gedanken an die kindische Wette, bis mein Vater mir am Tag nach dem Qualifikationsspiel mitteilte, er sei nun doch und entgegen jeglicher Wahrscheinlichkeit gezwungen, mich in Oldenburg am Gymnasium anzumelden. Als gute Tochter beschwerte ich mich nicht sehr laut oder sehr lange, obwohl ich damals keine Vorteile für mich erkennen konnte.

Seitdem war ich tagsüber nur kurze Zeit im stillen Tal und erfuhr viele interessante Dinge aus zweiter Hand. Dass die Kinder Muh an keiner Wardenburger Schule gesehen worden waren, hatte sogar ich mitbekommen, den daran anknüpfenden Überlegungen der Nachbarn folgte ich aus Zeitmangel nur mit halbem Ohr. Bewusst wurde mir das Problem erst, als ich eines Tages aus der Schule nach Hause kam. Vor unserem Haus stand ein Polizeiauto. Für mich war das nichts Besonderes. Es hieß nur, dass Andy Vosgerau sich einen inoffiziellen Tee abholte, schlimmstenfalls hätte er keinen Klatsch für uns dabei. Tatsächlich saß Andy mit meiner Mutter am Küchentisch. Von oben hörte man Wasserrauschen. Mein Vater machte sich fertig für die Arbeit. Er war Koch in einem Wardenburger Restaurant und hatte an diesem Tag Spätdienst, deshalb war er noch zu Hause. Erfreut begrüßte ich Andy. Seine Geschichten, von denen er viele und ständig neue erzählen konnte, waren meistens spannend und hatten die pikante Eigenschaft, auf wahren Begebenheiten zu beruhen. Diesmal schien er mir allerdings nicht ganz so gut gelaunt wie sonst.

„Christa, kennst du die da drüben?" fragte er mit einer komplizierten Kopfbewegung, die es ihm erlaubte, mit dem Kinn auf das Bergersche Haus der Muhs zu zeigen.

„Kennen?" fragte ich zurück, denn mir war der gekränkte Blick meiner Mutter aufgefallen. Sie hatte es nicht gut aufgenommen, dass Heidi und ich ihr mit der offiziellen Begrüßung der neuen Nachbarn zuvorgekommen waren. Selbst hinübergegangen war sie danach aber nicht mehr.

„Du warst doch bei denen?" beharrte Andy. Er hatte die Geschichte des Besuchs offensichtlich zu hören bekommen.

„Ja", gestand ich ohne schlechtes Gewissen. „Aber deshalb kenne ich sie nicht."

„Klar. Kennen ist was anderes", stimmte er mir zu. Dann seufzte er. „Das hört ihr jetzt nicht", teilte er uns mit.

Meine Mutter und ich brauchten keinen Blick zu wechseln. Wir kannten diese Einleitung und wussten sie zu deuten.

„Ich muss die auffordern, ihre Kinder in die Schule zu schicken", sagte Andy.

Das Thema schien ihm etwas peinlich zu sein, vielleicht weil er meine Schulkarriere leichtfertig mit beeinflusst hatte. Überrascht war ich über seine Mitteilung nicht, immerhin sah man die Kinder der Muhs von früh bis spät auf dem Grundstück arbeiten. Stets hielten sie sich nahe beim Haus auf, und nie waren sie alleine. Dass daran etwas Regelwidriges, insgesamt Verdächtiges sei, war allen anderen Kindern der Straße vermittelt worden. Bereits jetzt, nach nur etwas mehr als einem Monat, wur-

den die Kinder der Muhs als schlechte Beispiele ange-
führt, obwohl außer meiner Mutter, Heidi und mir niemand je mit einem Muh gesprochen hatte.

Inzwischen war mein frisch geduschter Vater die
Treppe heruntergekommen.

„Andy! Bist du schon lange da?" rief er.

Andy bestätigte das, sein leerer Kuchenteller ebenfalls.

„Tut mir leid, Jörn, ich muss los. Ich hab drüben zu
tun."

Wieder vollzog er die komplizierte Kopfbewegung in
Richtung des Bergerschen Hauses. Mein Vater war angemessen beeindruckt. Seit sie sich kannten, war Andy nie
in offizieller Mission im stillen Tal gewesen. Bei uns lebten eben friedliebende Menschen, begründete Andy diesen Umstand damals noch.

„Was haben die ausgefressen?" erkundigte mein Vater
sich interessiert. Andy winkte ab.

„Oh, ausgefressen haben die nichts. Schicken die Kinder nicht zur Schule. Kommt vor. Wir sehen uns, Leute."
Mit diesen Worten schlüpfte er zu unserer Küchentür
hinaus.

Meine Eltern und ich traten wie abgesprochen an das
Fenster, welches uns einen direkten Blick auf den Vorhof
des Bergerschen Hauses gewährte. Auf diesem Hof fegte
Frau Muh. Als sie den uniformierten Andy auf ihr Haus
zukommen sah, warf sie den Besen zu Boden und rannte
Hals über Kopf ins Haus. Andy zögerte. Er sah zu unse-

rem Fenster, schließlich war ihm klar, dass wir ihn im dienstlichen Einsatz beobachteten. Mein Vater winkte ihm zu. Ärgerlich winkte Andy zurück. Inzwischen stand Frau Muh wieder in der Haustür. Hinter ihr konnte man ihren Mann ausmachen. Wir sahen, wie Andy mit ihnen sprach. Die Muhs schüttelten kontinuierlich den Kopf, Andy hob bekräftigend die Hände. Weiterhin schüttelten sie den Kopf. Schließlich wandte Andy sich ab und stapfte zu seinem Polizeiauto. Die Muhs schlugen die Haustür zu. Den ganzen Nachmittag blieb der Besen auf dem Hof liegen.

Was dann am nächsten Vormittag geschah, erfuhr ich erst nach der Schule. Wie meine Mutter berichtete, hatten zwei Polizeiautos, diesmal ohne Andy, fünf der sechs Kinder Muh abgeholt. Die Eltern hätten sie ohne weitere Widerstände gehen lassen, gab sie etwas unmutig zu, und die Kinder seien mit richtigen Schultaschen in die Polizeiautos gestiegen.

„Ich frage mich, wo sie die Schultaschen so schnell herhatten", murmelte sie, während sie mir das Nachtischschälchen hinstellte.

Ich sah da kein Problem.

„Die sind vorher in die Schule gegangen. Da, wo sie herkommen."

Meine Mutter nickte ungnädig.

„Vermutlich. Aber gegen unsere Schulen haben sie offensichtlich etwas."

Mir kam die Erinnerung an Beas Fragen nach den Schulen, verdrängte die aber, weil Heidi eine eigene Geschichte zu erzählen hatte.

„Erst kam ein Polizeiauto auf den Schulhof gefahren. Und nach der Pause ist Frau Schumann-Schulz mit Greta Muh in die Klasse gekommen. Die sitzt jetzt direkt vor mir."

Ich fand es spannend, dass eine leibhaftige Muh in Heidis Klasse gehen sollte, waren diese Leute doch anscheinend ein völlig anderer Menschenschlag.

„Und? Wie ist die so?" wollte ich von Heidi wissen. Sie tat sich immer schwer damit, andere Personen zu beschreiben, obwohl es ihr nicht an Beobachtungsgabe mangelte. Ausführlichkeit widersprach Heidis Neigung, neue Informationen als hochkomprimierte Sinneinheiten abzuspeichern. Bei der Wiedergabe erkannten andere daher die ursprüngliche Version meist nicht. Auch jetzt beschränkte sie ihre Aussage auf das Wichtigste. „Sie trägt ein ganz komisches Kleid. Mit so einem Schlingenmuster. Fast wie Oma." Unglücklicherweise sah sie mich dabei an. Sofort fühlte ich mich angegriffen. Meine Kleidung wurde von Heidi ebenfalls ständig kritisiert, und ihre Bemerkung über die Ähnlichkeit zu Omas sicherlich nicht zeitgemäßem Stil hatte ich auch schon zu hören bekommen. Ich höre sie auch heutzutage noch von ihr, was aber überhaupt nicht der Grund für die Seltenheit meiner Besuche im stillen Tal ist. Damals aber ärgerte ich mich fürchterlich und lenkte ab.

„Wie sie aussieht, ist unwichtig. Das wissen wir doch schon längst", verkündete ich also scharf, schließlich hingen wir ständig am Küchenfenster. „Sag uns lieber, was sie so macht. Und sagt."

Heidi verdrehte die Augen, ob meinetwegen oder wegen Greta Muh, wollte ich in diesem Moment nicht entscheiden.

„Sie sitzt am Tisch und guckt nach vorne. Wenn man sie anspricht, antwortet sie. Mehr nicht."

„Was hast du denn erwartet?" warf meine Mutter ein. Wir sahen zu Heidi hin. Die runzelte die Stirn.

„Weiß nicht. Irgendwie ... mehr?"

„Mehr?" fragte meine Mutter. Sie musterte Heidi ein wenig verdrossen. „Hast du mit ihr geredet?" hakte sie nach.

„Ich?" Heidi machte ein verwundertes Gesicht. Meine Mutter hob eindrucksvoll die Schultern, wahrscheinlich weil sie wie ich dachte, jemand, der mehr erfahren wollte, müsse auch mehr fragen, um mehr erfahren zu können. Heidi war sichtlich nicht die richtige Quelle für Informationen über die Muhs.

Der nächste Tag war ein Sonnabend. Heidi war am Nachmittag bei einer Freundin in Höven eingeladen. Ich sollte sie begleiten, weil der Bruder der Freundin gerade Urlaub von der Bundeswehr hatte. Für mich ergab sich daraus kein zwingender Grund, mit meiner Schwester zu deren Freundin zu fahren, während ich eine Klausur vorzubereiten hatte. Ein trüber Herbstnachmittag schien mir dafür sehr geeignet. Meine Mutter teilte diese Ansicht jedoch nicht.

„Du musst an die frische Luft", mahnte sie.

„Dann mähe ich den Rasen, bevor ich mich an den Schreibtisch setze", schlug ich vor. Das blieb unbefriedigend.

„Davon kriegst du genauso krumme Schultern wie über dem Schreibtisch."

Ich nickte innerlich, weil ich zu erkennen glaubte, worauf sie hinauswollte.

„Die Klausur ist wichtig", ließ ich den Testballon los. Der Pfeil meiner Mutter traf ihn sicher.

„Deine Zukunft ist auch wichtig", entgegnete sie. Nun stemmte ich die Hände in die Hüften.

„Meine Zukunft?"

Sie verschränkte die Arme vor der Brust.

„Deine Zukunft. Hast du schon einmal darüber nachgedacht, was du nach der Schule machen willst?"

Das hatte ich nicht getan, weil sich solche Dinge im Allgemeinen von selbst ergaben. Manchmal entschied es der Ausgang einer Wette. Aber es interessierte mich zu hören, was meiner Mutter so für mich vorschwebte. Einen Verdacht hatte ich bereits.

„Tharsten Schröer ist ein netter Junge", behauptete sie, die ihn zuletzt in unserem Konfirmationsgottesdienst gesehen hatte.

Bei meiner letzten Begegnung mit ihm hatte er nach dem Schützenfest in Wardenburg gegen einen Fahrradstand gekotzt. Aber nicht erst seit jenem Schützenfest hielt ich ihn für einen hoffnungslosen Idioten.

Meine Mutter las aus meinem Gesichtsausdruck, dass Tharsten als Köder nicht genügte, mich vom Schreibtisch wegzulocken.

„Heidi ist zu jung, um in der Dunkelheit alleine aus Höven zurückzukommen. Papa arbeitet und hat das Auto. Ich kann sie nicht abholen."

„Was hat das mit mir zu tun?" wollte ich wissen, denn erst kürzlich war mir mit eben diesem Argument der Besuch einer Freundin in Westerburg verboten worden. Westerburg lag, wenn auch nur geringfügig, näher als Höven.

„Du begleitest sie", erklärte meine Mutter in überraschtem Ton.

„Klar", erwiderte ich. „Wenn wir zu zweit durch die Dunkelheit radeln, hat ein Vergewaltiger noch mehr Spaß."

„Darüber macht man keine Witze."

Hinter ihrem Rücken verdrehte ich die Augen, doch vor ihr ließ ich mir nicht anmerken, welche Belastung mir wieder einmal zugemutet wurde. Natürlich begleitete ich Heidi. Ich war die Vernünftige in der Familie und hatte mir angewöhnt, mich für meine jüngere Schwester verantwortlich zu fühlen.

KAPITEL 4

Entgegen jeder Wahrscheinlichkeit verbrachte ich einen lustigen Nachmittag. Den verdankte ich natürlich nicht Heidis Freundin oder gar Tharsten Schröer, sondern der Tatsache, dass meine ehemalige Klassenkameradin, die in Westerburg an der Huntloser Straße wohnte, Zeit für mich hatte. Heidi und ich radelten kurz nach dem Mittagessen los. Vom stillen Tal aus kam man durch einen echten, also nur aus Traktorspuren bestehenden Feldweg zu einer der gepflasterten Straßen, die zwischen den Äckern und Weiden von Siedlung zu Siedlung führen. Wir unterquerten die Autobahn durch einen mit Scherben übersäten Tunnel und erreichten schließlich Westerburg. Nach dem Überqueren der stark befahrenen Wikingerstraße trennten wir uns. Heidi fuhr weiter nach Höven zu den Schröers, ich blieb in Westerburg bei meiner Freundin. Gegen zehn sollte Heidi mich abholen, damit wir zusammen zurückfahren könnten.

Bei unserer Abfahrt zu Hause war es trüb gewesen, für September relativ warm. Meine Freundin bewohnte im Haus ihrer Eltern den ursprünglich für die Oma ausgebauten Boden und nannte eine Loggia ihr Eigen. Dort tranken wir Tee, den sie in ihrer Küchenecke zubereitet hatte, und fühlten uns so viel reifer als während unserer gemeinsamen Schulzeit. Mit Einbruch der Dämmerung trieb uns die aufkommende Kühle hinein. Bis Heidi gegen halb elf eintrudelte, hatten sich die Wolken verzogen. Der Mond schien bläulich auf die schmale Straße, deren rotes Pflaster hellgrau schimmerte. Wir überquerten die nun verlassene Wikingerstraße in den Dorfweg hinein und bogen in die gepflasterten Straßen ab. Anfangs schwatzten wir laut miteinander. Beide kannten wir die Freundin der anderen, und ganz ohne Neugier auf Tharsten war ich auch nicht. Aber nach kurzer Zeit schon ließ das Schwatzen nach. Die unerwartet kühle Nachtluft bremste unsere Zungen. Beide trugen wir nur Fleecepullover über unseren T-Shirts, was tagsüber mehr als ausreichend gewesen war. Nun froren wir und traten schneller in die Pedale. Nachdem wir eine Weile schweigend gefahren waren, erreichten wir die Autobahnunterführung, die wie ein schwarzes Loch in den bepflanzten Straßenwall hineinführte. Wahrscheinlich blieb dort eine Scherbe in Heidis Hinterreifen stecken, denn nur kurz hinter der Unterführung musste sie anhalten. Da war der Reifen bereits platt. Auf freier Strecke konnten wir nichts unternehmen, aber glücklicherweise waren wir nicht weit von zu Hause. So sagten wir uns und schoben unsere Räder missmutig weiter. Auf der befestigten Straße kamen wir immer noch gut voran. Schließlich jedoch bogen wir in den echten Feldweg ein, nur mehr ein mit Gras bewachsener holpriger Pfad zwischen den wirren Hecken der Renaturierungsmaßnahme. Dieser Pfad war kurz, vielleicht achtzig Meter, und zum Geestrücken hin ansteigend. Eigentlich handelte es sich um die Zufahrt zu einem Acker, der sich hinter einer an der Straße gelegenen Weide versteckte, der Weg führte aber weiter an diesem Acker vorbei bis ins stille Tal, wo er links die Grundstücksgrenze des Bergerschen Hauses berührte, und nach einem Schlenker um unseren Garten herum rechts neben unserem Haus in die Asphaltstraße mündete. Seit frühester Kindheit kürzten Heidi und ich wie alle anderen Nachbarn von Westerburg kommend hier ab. Erst durch die Pflanzung der Hecke vor ein paar Jahren war aus dem allseits einsehbaren Weg dieser unübersichtliche Pfad geworden. Dennoch hätten Heidi und ich nie gezögert, hier entlang zu fahren. Nun jedoch, im Dunkeln, da die Hecke das Mondlicht abhielt und unsere altmodischen Dynamos beim Schieben kaum Licht produzierten, fanden wir den Weg lang und mühsam.

Zwischen Weißdorn und Holunder vollzog der Pfad einen Bogen, den wir in der Dunkelheit kaum ausmachen konnten. Prompt blieben wir mit unseren Ärmeln in Dornen und Zweigen hängen.

„Wir hätten den langen Weg nehmen sollen",
schimpfte ich und rieb meine Wange, auf der sich ein un-
sichtbares Insekt niedergelassen hatte.

„Den langen Weg?" gab Heidi zurück. „Welchen?"

Automatisch verfielen wir in Streit über diese Frage.
Durch die Zweige fallendes Mondlicht lenkte uns jedoch
ab. Das Ende des Weges war erreicht. Vor uns auf dem
Geestrücken sahen wir die Rückfronten zweier Häuser,
rechts das unsrige, links das Bergersche Haus der Muhs,
wie wir nun sagten. Schweigend schoben wir die Räder
aus dem Schatten. Ich spähte zu unserem Haus. Alle
Fenster waren dunkel, also schlief meine Mutter vermutlich schon. Mein Vater würde noch arbeiten und erst lange nach Mitternacht heimkehren. Mir fiel ein, dass wir
gar nicht wussten, wie spät es war, da wir ja durch das
Schieben Zeit verloren hatten. Gerade wollte ich Heidi
darauf hinweisen, als die leise zischte:

„Christa. Guck. Was machen die da?"

Ich blickte in die Richtung, in die sie mit der Hand
wies. Hinter dem Bergerschen Haus erstreckte sich die
riesige, sanft abfallende Rasenfläche, auf der früher die
Stallgebäude gestanden hatten. Ein Garten war zum Leidwesen meiner Mutter nie angelegt worden, und zum
Leidwesen der Kinder aus dem stillen Tal durfte der Rasen auch nicht als Fußballplatz genutzt werden. Seit dem
Tod des alten Herrn Berger hatte niemand das Gras ge-
mäht. Es wuchs jetzt beinahe kniehoch, und einzelne größere Pflanzen ragten heraus. An den Übergängen zum

Gemeindeland wucherte gemeiner Rainfarn, so auch an der Stelle, wo Heidi und ich stehen geblieben waren. Unwillkürlich wich ich zurück und kauerte mich hinter den käsig muffelnden Rainfarn. Heidi ließ ihr Fahrrad zu Boden gleiten und hockte sich neben mich.

Etwa zwanzig Meter von uns entfernt stand Familie Muh. In diesem Augenblick schien die Mutter eine Rede zu halten. Hinter den Rücken der Kinder befand sich eine Linie von acht Grabungsstellen. Jeder der Muhs hatte mit einem Spaten den Boden bearbeitet. Acht kleinere und größere Haufen bewiesen es, wenn Heidi und ich auch die Löcher selbst nicht sehen konnten. Als ich den Blick über die Wiese streifen ließ, bemerkte ich weitere Grabungsstellen.

Ich sah Heidi an.

„Müssen wir die Polizei rufen?" fragte ich sie. Der Gedanke bereitete mir beinahe mehr Sorgen als die seltsamen Aktivitäten der Muhs. „Ich meine", begann ich, „das ist jetzt ihr Grundstück. Da können sie doch machen, was sie wollen."

„Sie dürfen die Nachtruhe nicht stören", gab Heidi zu bedenken. Im stillen Tal galt dies als ein hohes Gebot. Wir betrachteten die acht dunklen Gestalten, die ihre leise Diskussion beendet hatten und nun ihr Werkzeug zusammenräumten. Selbst dieser Vorgang verlief beinahe geräuschlos. „Ich glaube allerdings, dass sie das nicht tun, Christa", flüsterte sie.

„Tja. Laut sind sie nicht", gab ich zu.

Wir beobachteten, wie die Muhs zum Haus gingen und das Werkzeug dort ordentlich in einen Schuppen brachten. Dann verschwanden sie durch die Hintertür im Haus. Wir warteten einen Moment, ehe wir es wagten, die Fahrräder am Bergerschen Haus vorbei in unseren Garten zu schieben.

Am nächsten Morgen zeigten wir meiner Mutter die Grabungsstellen. Von unserem Küchenfenster aus waren mehrere Linien mit acht Löchern einsehbar.

„Ha. Kaum wart ihr zwei weg, haben sie angefangen!" rief meine Mutter. „Andy sagt, man kann nichts machen, weil es auf ihrem Grundstück passiert." Sie wirkte höchst unzufrieden, weil Andy Vosgerau nicht im Namen des Gesetzes eingeschritten war. Erst nachdem sie sich ausgiebig über die Trägheit der Exekutive ausgelassen hatte, war sie bereit, den ersten Teil unseres Abenteuers zu würdigen. „Dieser Pfad!" Sie schüttelte den Kopf. „Ich möchte nicht, dass ihr da noch mal in der Dunkelheit langfahrt. Die anderen Straßen sind auch keine großen Umwege. Lieber länger fahren, dafür aber sicher."

Wir versprachen es, hatten aber beide nicht vor, uns ohne Not auf längere Fahrten durch den Herbst einzulassen. Selbstverständlich würden wir den Pfad weiterhin zu allen Tageszeiten benutzen.

Die Muhs setzten unterdessen auch am Sonntag ihre Grabungen fort. Nicht nur unsere Familie hing den ganzen Tag am Küchenfenster. Alle Anwohner kamen im Laufe des Nachmittages an die Haarnadelwende des stillen Tals. Die ersten blieben noch an unserem Gartentor stehen. Als mein Vater nachmittags zur Arbeit aufbrechen wollte, unterhielt er sich mit denjenigen, die gerade unsere Auffahrt blockierten. Durch das Platzmachen für sein Auto kam es zu einer Umgruppierung der Neugierigen, welche die ersten an unsere Küchentür brachte. Meine Mutter öffnete diese Tür und hielt ein Schwätzchen mit den Leuten, die plötzlich alle in unserem Garten standen, kurze Zeit später auf den Gartenstühlen und Küchenhockern kauerten und frischgebackenen Kuchen und Tee konsumierten. Bis zum frühen Abend, als die letzten in ihre Häuser zurückkehrten, waren zwei Bleche Blitzkuchen gegessen und acht Kannen Tee getrunken worden. Meine Mutter strahlte wegen dieser seltenen Gelegenheit, ihre Flexibilität und Organisationsgabe unter Beweis zu stellen. Den Auflauf auf unserem Grundstück hatten die Muhs nicht übersehen können, nahmen aber wahrscheinlich an, wir feierten eine Art Party. Wenn einer von ihnen vom Graben aufsah und zu uns hinblickte, winkten wir. Dann richteten sich alle Muhs auf und winkten zu unserer Freude zurück. Irgendwann verlor ich die Lust an diesem Schauspiel und setzte mich an die Klausurvorbereitung.

KAPITEL 5

Montagnachmittag, als ich am Wardenburger Marktplatz aus dem Bus stieg, bemerkte ich Greta Muh, die ungewöhnlich spät für eine Realschülerin aus Richtung des Schulzentrums die Huntestraße entlangradelte. Eilig schloss ich mein Rad auf.

„He Greta! Warte mal!" rief ich ihr nach, rechnete aber nicht damit, dass sie meinetwegen anhielt. Entgegen meiner Erwartung war ich aber nicht gezwungen, in einem taktvollen Abstand hinter Greta her zu radeln und zu hoffen, sie käme immer über die grünen Ampeln, ehe ich sie einholte. Nachdem sie einen Blick über die Schulter geworfen hatte, hielt Greta an und wartete, bis ich neben ihr angekommen war. Dann jedoch fuhren wir schweigend nebeneinander, und ich fragte mich, was mich bewogen hatte, sie anzusprechen. Vieles an den neuen Nachbarn hatte meine Neugier geweckt, aber keine der

Fragen schien für den Erstkontakt mit einer Muh geeignet. Jedes andere neue Mädchen in der Nachbarschaft hätte ich gefragt, wie ihm die Schule in Wardenburg zusagte. Aber angesichts des Zögerns der Eltern Muh, ihre Kinder den hiesigen Schulen anzuvertrauen, wäre dieses Thema belastet und deshalb heikel. Im Grunde erschienen mir alle Themen viel zu heikel. Vor der kleinen Greta Muh fühlte ich mich unsicher, so wie am ersten Tag an der gymnasialen Oberstufe, als ich mich plötzlich mit dem Nachwuchs der Landärzte und Dorfadvokaten konfrontiert gesehen hatte. Aber da hatte ich zumindest gewusst, um was für Elternhäuser es sich handelte. Die Muhs dagegen ließen sich für mich nicht einordnen. Solche Leute, ohne jegliche Kategorisierbarkeit, waren mir bislang nie begegnet.

Meine erste Frage betraf deshalb die Beobachtungen, die mich seit dem Sonnabend beschäftigten.

„Was für Löcher grabt ihr eigentlich im Garten?" Sonntagabend waren es mindestens vierzig gewesen.

Greta hielt an der roten Ampel bei der Kreuzung Litteler Straße.

„Wir pflanzen Rosen", erklärte sie fest.

Ich glaubte ihr nicht. Auf diese Weise pflanzte man keine Rosen. Greta hatte jedoch so eindeutig gesprochen, dass ich keine Lust hatte, ihr meine Zweifel zu offenbaren. Die Ampel sprang um, wir radelten weiter Richtung Kreisverkehr. Während wir dort auf einen halbwegs sicheren Augenblick zum Überqueren warteten, platzte die nächste Frage aus mir heraus.

„Was habt ihr in dem Raum gemacht, als Heidi und ich bei euch waren?"

Greta blickte angelegentlich auf einen Lkw, der ungebremst um den Mittelpunkt des Kreisverkehrs herum in die Rheinstraße brauste.

„Wir haben uns gesammelt."

„Ich habe gesehen, dass ihr da versammelt wart. Aber was habt ihr da gemacht?"

„Jetzt", rief sie nur und fuhr los.

Ich folgte ihr eilig. Auf der anderen Seite verlangsamte sie ihr Tempo und ließ sich neben mich zurückfallen.

„Nicht ver-sammelt. Ge-sammelt. Wir sind gehalten, uns zweimal am Tag für die relevanten Dinge des Daseins zu sammeln."

„Und was sind die relevanten Dinge des Daseins?" erkundigte ich mich etwas aggressiv, weil ich nicht verstand, was sie meinte. Außerdem irritierte mich die ungewöhnliche Wortwahl. Heidi hätte das Wort relevant sicher nicht verwendet. Misstrauisch, wie ich war, traute ich Greta zu, sich über mich lustig zu machen.

„Das", erklärte Greta gleichmütig, „entscheidet jeder selbst. Wichtig ist, dass man sich sammelt und das Wichtige vom Unwichtigen trennt. Einfach, eigentlich."

So, wie sie es sagte, klang es tatsächlich einfach. Nur hatte ich immer noch keine Ahnung, wovon sie redete.

„Und wie nennt ihr das, was ihr seid?" So unbedarft wie die Frage klang, fühlte ich mich.

„Muh", erwiderte Greta. Sie stieg vom Rad, weil wir

nun die Oldenburger Straße zum stillen Tal hin überqueren mussten. Ich stieg ebenfalls ab.

„So heißt ihr", widersprach ich.

Sie nickte.

„So heißen wir, weil wir Muh sind. Wir sind die Minderen und Heimatlosen. M, U, H. Wer Muh ist, heißt Muh. Liegt doch auf der Hand, oder?"

Ich nickte matt, dabei überlegte ich fieberhaft.

„Geht ihr deshalb nicht zur Schule?"

In diesem Augenblick passierte etwas in Gretas Gesicht. Sie hatte bereitwillig Auskunft gegeben, nun schnappte ihr Gesicht zu, und nichts war mehr darin zu lesen.

„Nein. Das hat … hatte andere Gründe." Sie zögerte, legte eine Hand auf die Schultasche auf dem Gepäckträger. „Wir gehen zur Schule", erinnerte sie mich kurz.

Ich warf einen Blick auf ihre Schultasche, die große Ähnlichkeit mit meiner eigenen aufwies.

„Ja", gab ich zu, im Zweifel, ob meine Frage beantwortet war. Inzwischen hatten wir die Oldenburger Straße überquert, waren aber nicht mehr aufgestiegen. Nebeneinander schoben wir die Fahrräder den ersten Arm des stillen Tals hinauf. Es herrschte Mittagsruhe, auf der Straße war niemand zu sehen. Im Vorbeigehen war mir, als bewegten sich an dem einen oder anderen Fenster schattenhafte Köpfe hinter den Gardinen.

Bei der Haarnadelwende angekommen, blieben wir kurz stehen.

„Bis dann", sagte ich. Greta nickte, sagte aber nichts, sondern sprang auf ihr Rad und fuhr eilig die letzten Meter bis zum Bergerschen Haus der Muhs. Als ich mich umdrehte, stand meine Mutter in der Haustür.

„Wo bleibst du, Christa? Es ist Viertel vor drei." Falls sie Greta bemerkt hatte — und ich zweifelte nicht daran, dass sie uns schon eine ganze Weile beobachtete — erwähnte sie sie mit keinem Wort.

„Mein Bus hatte Verspätung", entgegnete ich gespielt ruhig, während ich das Fahrrad abstellte. Meine Mutter ging hinein. Als ich in der Küche eintraf, klingelte bereits die Mikrowelle mit meinem Mittagessen. Ich wusch mir die Hände und nahm Platz. Meine Mutter setzte sich zu mir an den Tisch. Auch jetzt fragte sie nicht nach Greta, worüber ich mich noch im Kauen wunderte. Im stillen Tal kannte jeder jeden, wusste jeder alles vom anderen. Dies sei der Grund, warum es bei uns so friedlich sei, behauptete Andy Vosgerau damals immer. Im stillen Tal achtete man auf einander. Wenn man auf die anderen achtete, interessierte man sich zwangsläufig für ihr Tun. Also fragte man, die Leute oder wenigstens deren Nachbarn, und, indem man sich an den Gesprächen beteiligte, wurde man gleichzeitig Sprecher und Gesprächsthema. Von niemandem gab es offene Fragen, weil die Antworten allen schon bekannt waren.

Aber nach den Muhs fragte meine Mutter nicht, obwohl es noch keine gesicherten Informationen über die

Neuankömmlinge gab. Worüber sie mich stattdessen informierte, war Heidis Behauptung, sie habe den roten Möchtegernsportwagen des jungen Herrn Berger in Wardenburg gesehen. Angeblich sei der Wagen im Lerchenweg abgestellt gewesen, als sie, wie immer auf der falschen Seite, nach der Schule die Huntestraße zur Oldenburger Straße hinaufgefahren sei.

„Kann das denn sein?" fragte ich zweifelnd. Was die Bergers anging, hielt ich die Meinung meiner Mutter für maßgeblich.

Sie verzog zweifelnd den Mund.

„Eigentlich nicht."

Ich nickte zustimmend. Der junge Herr Berger lebte weit fort, dort, wo man Autos mit dem Kennzeichen DN fuhr. Heidi musste sich geirrt haben.

Aber später am Nachmittag hielt sie an ihrer Behauptung fest.

„Ich weiß doch, was ich gesehen habe. Ein roter Sportwagen steht nicht jeden Tag im Lerchenweg. Schon gar nicht mit diesem komischen Kennzeichen."

„Und der Sportwagen, den du gesehen haben willst, hatte ein komisches Kennzeichen? DN? Oder DEL? Oder DH?" fragte ich spöttisch.

Sichtlich verunsichert wand sie sich.

„DH ist Diepholz, oder? Und DEL Delmenhorst? Da wohnt er nicht, was?"

„Nö", erwiderte ich wissensarrogant. „Da wohnt er nicht." Seinen Wohnort verriet ich aus taktischen Gründen nicht. Heidi runzelte die Stirn. Seufzend verfolgte ich die Entwicklung ihres Welpengesichts, das sie seit ein paar Monaten im Falle einer geistigen Anstrengung aufsetzte. Mit schwesterlicher Bosheit unterstellte ich ihr den Wunsch, jemand, nach Möglichkeit männlichen Geschlechts, möge sie der Last selbstständigen Denkens entheben. Schließlich zerfloss das niedliche Welpengesicht zu einem profanen Schmollen, und Heidi schüttelte den Kopf. Selbstverständlich hatte sie sich etwas so Unwichtiges wie das Kennzeichen des nebulösen Autos nicht eingeprägt.

„Jedenfalls stand da ein roter Sportwagen. Und er hatte kein Kennzeichen aus der Gegend." Dabei blieb sie. Wie sich zeigte, hätten wir ihr Glauben schenken sollen.

Wegen meiner langen Schulstunden und der anschließenden Fahrzeit kam ich in den folgenden Tagen immer so spät nach Wardenburg, dass sich keine zufällige Begegnung mit Greta oder einem ihrer Geschwister auf dem Schulweg ergab. Auch sonst geschah nichts, was die Anwohner des stillen Tals beunruhigt hätte, jedoch setzten die Muhs am Tag nach meinem Gespräch mit Greta in einer konzertierten Aktion Rosenstöcke in die Grabungslöcher. Mein Vater bemerkte es als Erster, als er von der Frühschicht nach Hause kam. Er rief meine Mutter, die es wegen einer Bindehautentzündung den ganzen Vormittag vermieden hatte, aus dem Küchenfenster zum Berger-

schen Haus der Muhs zu blicken. Beide hielten die Rosenstöcke für ein Ablenkungsmanöver, wenn sie sich auch
nicht dazu äußerten, von welchen Machenschaften die
Muhs ablenkten. Heidi und ich nickten dazu. Ich teilte
die Ansicht meiner Eltern, etwas, was auch immer, sollte
vor der Nachbarschaft verheimlicht werden. Andy Vosgerau, der nach Dienstschluss bei uns vorbeikam, nickte
ebenfalls, konnte jedoch keine Maßnahmen vorschlagen,
die den Muhs Einhalt geböten, da diese nichts Verbotenes
trieben und dies auch noch leise auf ihrem eigenen Grund
und Boden.

Bis zum Ende der Woche hatte sich ein deutlicher Un-
mut im stillen Tal ausgebreitet. Das Zentrum des Unmuts
bildete unsere Küche, wo sich die Bewohner unabhängig
voneinander bei meiner Mutter über die unerträglichen
Muhs beklagten. Als ehemalige Haushälterin des alten
Herrn Berger galt sie allen als eine Art Vertreterin der Interessen der Bergers und des Bergerschen Hauses. Deshalb
kamen die Leute zu uns, tranken unseren Tee und unseren
Kaffee, vertilgten unseren Kuchen und zahlten in vielen
kleinen Klatschhäppchen, die meine Mutter sorgsam im
Herzen bewahrte wie andere Hausfrauen Kleingeld in einer alten Kaffeedose. Dieser unerwartete Reichtum an
Klatsch hatte Auswirkungen auf meine in der Arbeitslo-
sigkeit unterforderte Mutter. Sie begann nun, es als ihre
Pflicht zu erachten, das Treiben im Bergerschen Haus ge-
nauestens im Auge zu behalten und sogar zu dokumentie-
ren. Im Nachhinein erwies Letzteres sich als hilfreich,

aber zu der Zeit erschien es mir übertrieben neugierig und heute, offen gesagt, neurotisch. Von meinem Vater ließ sie sich aus Wardenburg eine Kladde mitbringen, in der sie trotz ihrer Bindehautentzündung mit Angabe von Datum und Uhrzeit notierte, was sie hinter ihrer Sonnenbrille beobachten konnte. Die Kladde lag offen auf der Fensterbank, darauf ein Kugelschreiber und daneben das Handy, damit auch die Uhrzeit zur Hand war. Hatten Heidi und ich zu Beginn der Woche noch gespottet, verloren wir am Wochenende schon kein Wort mehr, wenn meine Mutter bei einem verdächtigen Geräusch aus Richtung des Bergerschen Hauses vom Abendbrottisch aufsprang und zum Fenster eilte. Andy Vosgerau meinte halb im Scherz, man habe sie wohl zur Blockwartin ernannt, was meine Mutter empört von sich wies.

„Meinst du nicht doch, Kati, du übertreibst es?" fragte Andy dann eine Spur ernster.

Sie verschränkte die Arme vor der Brust und blickte von oben auf den bei einem Glas Bier sitzenden Gesetzeshüter herab.

„Ihr unternehmt doch nichts, um denen Einhalt zu gebieten."

Andy lief rot an.

„Aber diese Leute tun doch nichts, was gegen das Gesetz ist", rechtfertigte er sich halbherzig.

Meine Mutter ließ die Arme an den Seiten herabfallen.

„Eben, Andy. Eben."

Mein Vater klopfte seinem Kumpel beruhigend auf die Schulter und schenkte Bier nach. Er wusste um die Gründlichkeit seiner Frau und hatte eine Vorstellung davon, wie schwer sie sich damit tat, dieser unerträglichen Abweichung vom Gewohnten zusehen zu müssen.

KAPITEL 6

Laut der Notizen meiner Mutter verließ Herr Muh am Sonntagnachmittag um 13:54 Uhr das Bergersche Haus. Außerdem vermerkte sie, dass er kein Fahrrad mitnahm, und schloss daraus, er wolle nur eine kurze Strecke zurücklegen. Auch dies hielt sie gewissenhaft fest, ehe sie den Kaffee aufsetzte und sich eine Weile mit dem Falten von Servietten beschäftigte. An diesem Nachmittag erwarteten wir Oma, die Mutter unseres Vaters. Oma wohnte selbständig, wie es in Berichten über ältere Leute heißt, in ihrem Sannumer Haus. Ich glaube, die Seltenheit ihrer Besuche bei uns beruhte auf ihrer unterschwelligen Angst vor meiner Mutter. Deren Sauberkeit, Gründlichkeit, kurz ihre Perfektion in allen Belangen hatte Oma bereits in einem frühen Stadium der Romanze meiner Eltern zu Bewusstsein gebracht, in wie viel besseren Händen als den ihren ihr einziger Sohn bei seiner Braut war. Als Reaktion war sie in eine vorzeitige Altersschlampigkeit gesunken, welche wiederum meine Mutter in gewohnt lauter Weise achselzuckend zum Anlass genommen hatte, Heidi und mich in Omas Haus nie trinken, essen oder gar schlafen zu lassen und ihre Schwiegermutter möglichst selten zu empfangen. Gänzlich vermeiden ließen sich Besuche jedoch nicht. Jener Sonntag war so ein Oma-Empfangstag. Als zentralen Bestandteil gab es wie stets ein formelles Kaffeetrinken im Wohnzimmer.

Oma kam zum ersten Mal seit dem Tod des alten Herrn Berger. Den Wunsch, an seiner Beisetzung teilzunehmen, hatte sie meines Wissens nicht geäußert, obwohl sie ihn einmal recht gut gekannt hatte. Nun lauschte sie dem Bericht meines Vaters über die neuen Besitzer und deren seltsames Verhalten. Als Heidi ihr dann von den Grabungen und der anschließenden Pflanzung der Rosenstöcke erzählte, kicherte Oma.

„Habt ihr den komischen Vögeln etwa von dem geheimen Schatz erzählt, Jörn?" fragte sie.

Meine Mutter musterte sie streng.

„Was ist das denn für ein Unsinn?" erkundigte sie sich, während Heidi und ich die Ohren spitzten.

Anscheinend war das stille Tal weit weniger langweilig, als wir vermutet hatten.

Mit einem Seitenblick auf ihre Schwiegertochter wurde Oma ausweichend.

„Ach ja. Das ist bestimmt Unsinn. Aber nach dem Krieg haben die Leute auf dem Hof von dem Schatz erzählt. Als Kind fand ich das spannend. Mutter hat immer gesagt, man sollte nichts darauf geben. Das tu ich auch nicht. Nein, nein."

Ich fragte, was sie und ihre Mutter mit dem Bergerschen Haus zu tun gehabt hätten. Von Omas Leben wusste ich nur, dass sie aus Bremen stammte und nach dem Krieg in Wardenburg meinen Opa geheiratet hatte. Als Kinder hatten Heidi und ich nie versucht, mehr zu erfahren, weil wir instinktiv wussten, dass unsere Mutter sich über Fragen nach Oma nur aufgeregt hätte.

Auch jetzt runzelte sie unwillig die Stirn, die eigene Neugier war jedoch zu stark.

„Wieso kanntet ihr denn den alten Herrn Berger so gut?" fragte sie.

Überrascht von der zusätzlichen Frage aus ihrer Richtung blickte Oma zu meiner Mutter.

„Wir haben doch auf dem Hof gewohnt."

„Wann?" hakte meine Mutter nach, als sei es ein Unding, dass man sie über diesen Umstand bislang im Dunkeln gelassen hatte.

Grundsätzlich stimmte ich ihr da zu. Oma hatte fast neunzehn Jahre Zeit gehabt zu erwähnen, dass das Haus ihrer Schwiegertochter neben dem ihres früheren Arbeitgebers lag. So gesehen waren Oma und meine Mutter zeitversetzt Kolleginnen gewesen, ein Gedanke, der nach meiner Überzeugung beiden missfiel. Angesichts dieser Unterlassung erschien mir Omas Verlegenheit angemessen.

„In Bremen waren meine Mutter und ich ausgebombt", berichtete sie in entschuldigendem Ton, als hätte größere Achtsamkeit dieses Übel verhindern können. „Wir wussten nur, dass ein Vetter meines Vaters in Wardenburg einen Bauernhof hatte. Den haben wir gesucht und auch gefunden. Bei dem konnten wir bleiben. Ihm fehlten die Knechte, und an Fremdarbeitern hatten sie ihm auch nur zwei Frauen geschickt. Als er gestorben ist, haben sie seinen Sohn von der Front auf den Hof geholt. Er war einer der Letzten, bei denen sie das gemacht haben. Und das war euer Herr Berger. Der war damals noch ein ganz junger Bursche."

„Und der Schatz?" fragte nun Heidi gespannt. Als simple Landgören verstanden wir unter einem Schatz eine Truhe angefüllt mit bunten Glitzersteinen. Die Vorstellung, so eine Truhe wartete nur wenige Meter von uns entfernt auf Entdeckung, inspirierte zu allen möglichen Geschichten. Natürlich wurde im stillen Tal vermutet, der alte Herr Berger wäre als reicher Mann gestorben. Aber im Allgemeinen glaubte man, das Vermögen sei durch den Verkauf der Landwirtschaft entstanden. Von einem Schatz, schon gar von Glitzersteinen, hatte ich nie sprechen hören.

Oma lachte.

„Ach, Heidilein!" Bei dieser Bezeichnung verzog meine Mutter schmerzerfüllt den Mund. Auch Heidi wirkte befremdet, denn in ihrer Wahrnehmung war sie die Stilikone ihrer Jahrgangsstufe. Reflexartig warf sie die langen Haare zurück über die Schultern. Ihre Unterlippe schob sich ein wenig vor, gerade wahrnehmbar für Beobachter mit guten Augen. Ich sah es amüsiert und trat sie vorbeugend unter dem Tisch, Oma jedoch bemerkte von alldem nichts. Sie schlürfte ihren Kaffee und fuhr fort: „Damals hat es so viele Geschichten gegeben. Nach Kriegsende waren alle möglichen Leute unterwegs. Die Kanadier lagen hier, und die freigelassenen Gefangenen aus den Lagern in der Gegend, die ganzen Polen und Franzosen und Belgier und was weiß ich zogen herum. Die wussten ja auch nicht wohin. Ich weiß nur, im Sommer fünfundvierzig ist dieser Mann auf den Hof gekommen. Ich war nur ein Kind, mir hat keiner was gesagt. Keine Ahnung also, woher der kam. Geredet hab ich nie mit dem. Meine Mutter hat mich von solchen Kerlen immer ferngehalten. Nichts für kleine Mädchen, hat sie gesagt."

Da sie nicht weitersprach, begann meine Mutter mit dem Auflegen des Kuchens. Heidi, die sehr auf ihre Linie achtete, verlangte ein halbes Stück. Die andere Hälfte wurde ohne Nachfragen auf meinen Teller gelegt. Ärgerlich wandte ich mich von Heidi, der ich das halbierte Kuchenstück verdankte, ab.

„Und der Schatz, Oma?" verlangte ich ungeduldig nach Aufklärung. Mir war die Lust an der Geschichte vergangen. Je schneller Oma zu Ende erzählt hätte, desto eher bekäme ich mein zweites, hoffentlich vollständiges Stück.

Oma warf einen um Erlaubnis bittenden Blick zu meiner Mutter. Die schenkte gerade über den Tisch hinweg meinem Vater Kaffee ein.

Heidi, trotz schwarzer Lidstriche die Lieblingsenkelin, bohrte mit aufrichtig klingendem Enthusiasmus:

„Oma, wie ging es weiter?"

Natürlich lächelte Oma sie daraufhin dankbar an und fuhr fort. „Da kam also wieder einmal so ein Kerl. Hat ein bisschen bei der Roggenernte geholfen und durfte in der Scheune schlafen. Als er kam, hatte er einen Sack dabei. Jemand erzählte später, den wollte er dem Bauern geben. Zum Aufbewahren. Es wäre was Wertvolles drin. Der Bauer hat reingeguckt und dann gesagt, den Sack will er nicht im Haus haben. Da hat der Mann ihn irgendwo vergraben. Ja, und eines Tages noch vor Ende der Roggenernte war er weg. Der Mann. Den Sack soll er dagelassen haben. Hieß es. Aber in Wirklichkeit hat keiner gewusst, wo der Sack gelegen hat. Wenn es den Sack gegeben hat, natürlich. Woher sollten die Leute auch wissen, ob er nun noch da war oder nicht, frage ich euch? Wenn der doch an einem unbekannten Ort vergraben war? Aber die Leute haben vom geheimen Schatz gesprochen. Na, von denen ist dann ja auch kaum einer auf dem Hof geblieben. Zurück in die Heimat wollten die einen, andere woanders besser bezahlte Arbeit finden. Ein paar nur sind geblieben. Wie Mutter und ich. Und auch der Vater vom Frerk, der war damals auch noch ein Junge. Dessen Mutter war froh, dass der beim Bauern untergekommen war."

„Frerks Mutter?" erkundigte mein Vater sich erstaunt. Oma schüttelte den Kopf.

„Ach was, Jörn. Der Frerk ist doch nur ein paar Jahre älter als du. Dem sein Vater, der Walter. Und dem Walter seine Mutter hat ihn zum alten Berger gegeben, weil es da was zu essen gab. Und später nach der Schlosserlehre hat er da wieder gearbeitet. Der alte Berger hatte doch als einer der ersten die großen Traktoren."

„Frerk hat doch auch mal da gearbeitet", warf ich ein.

Mein Vater nickte ungeduldig mit einem sehnsüchtigen Blick auf sein Kuchenstück.

Während ihrer langen Erzählung hatte Oma ihren Kuchen verzehrt. Nun angelte sie nach einem weiteren Stück, dabei wischte sie mit dem Arm ihre volle Kaffeetasse vom Tisch. Meine Mutter stieß einen fast schon selbstgerechten Ruf aus, während mein Vater nach einem Lappen in die Küche rannte und ich Tasse und Untertasse vom Teppich sammelte. Die aktuellen Vorgänge im Bergerschen Haus der Familie Muh gingen in dieser Katastrophe unter.

Gegen sechs Uhr brachte mein Vater seine Mutter zurück nach Sannum. Ich half meiner Mutter, die Gedecke in die Küche zu tragen und im Wohnzimmer die normale Ordnung herzustellen. An dem braunen Fleck neben Omas Sessel wischte meine Mutter mit einem ihrer Spezialmittel, dabei klärte sie mich darüber auf, was hinsichtlich der

Wirkung solcher Lösungen auf Fasern und Färbung von Textilien zu beachten sei. Insgeheim war ich längst entschlossen, in meinem eigenen Haus Steinfliesen zu verlegen, um mich mit solchen Themen nie wieder auseinandersetzen zu müssen. Aber ich stellte aus Selbsterhaltungstrieb einige Fragen, damit sich meine Mutter von ihrer unzumutbaren Schwiegermutter ablenken konnte. Der Schatten des Nachmittags hätte ansonsten über dem gesamten Abend gelegen. Dass es andere Ablenkungen geben würde, war um diese Uhrzeit noch nicht abzusehen.

Heidi, der Hilfstätigkeiten in Haus und Garten meist nicht zugemutet wurden, sah uns eine Weile gelangweilt zu, ehe sie verkündete, sie wolle kurz nach Höven zu ihrer Freundin fahren. An dem Fleck reibend, gewährte meine Mutter ihr dies, war aber noch geistesgegenwärtig genug, acht Uhr als spätesten Zeitpunkt für Heidis Rückkehr zu setzten. Die maulte zwar, wagte jedoch keine Diskussion vom Zaun zu brechen. Ich sah sie im Flur ihre Jacke überstreifen und gleich darauf mit dem Fahrrad den echten Feldweg entlangholpern. Mit meiner Mutter räumte ich die Küche auf und saugte die Krümel rund um den Wohnzimmertisch weg. Als mein Vater zurückkam, machte der sich daran, ein warmes Abendessen zu richten, denn wegen des Oma-Besuchs hatten wir unser Mittagessen ausfallen lassen. Meine Mutter sah in der Zwischenzeit Fernsehen. Ihren Mann in der Küche zu beobachten, rege sie zu sehr auf, lautete ihre regelmäßige Erklärung für solche kleinen Fluchten. Meinem Vater war die Nutzung unserer heimischen Küche gestattet, doch er hatte sich verpflichten müssen, stets selbst aufzuräumen. In diesem Punkt war meine Mutter unerbittlich. Aus der Zeit ihrer ersten Stelle in einem Bad Zwischenahner Hotel wusste sie zu gut, wie eine Küche aussehen kann, wenn Köche kochen. Mein Vater trug ihre Bedingungen mit Fassung. Im schlimmsten Fall rief er Andy zu Hilfe, der für ein Gratisessen zu putzen bereit war. Wenn seine Frau arbeite, müsse er schließlich selbst kochen und die Küche auch wieder aufräumen, begründete er seine Bereitwilligkeit. Da sei es ganz nett, gelegentlich nach einem guten Essen nur aufzuräumen. Aber nach all den Ehejahren beherrschte mein Vater das Aufräumen auch ganz gut alleine. An diesem Abend hörte ich ihn über dem Töpfeklappern singen.

Inzwischen wurde es dunkel. Fast war es schon acht Uhr, Heidi ließ jedoch auf sich warten. Acht Uhr sollte zwar das Limit sein, in der Praxis blieb normalerweise ein Spielraum von gut zehn Minuten. Sicherlich käme sie demnächst. Während meine Eltern jeweils beschäftigt waren, ging ich nach draußen. Ich umrundete unser Haus, bis ich nahe dem Küchenfenster stehen blieb. Zwar wäre ich meinem Vater im Dunkeln wahrscheinlich nicht aufgefallen, aber ich wollte seine Aufmerksamkeit nicht auf meinen Aufenthalt draußen und damit auf Heidis Ausbleiben lenken. In den hinteren Garten fiel kein Licht von den Straßenlaternen, und auch der Mond erhellte das Gelände vor mir nicht. Ein gelber Fleck wies unser Küchenfenster aus, jenseits unseres Grundstücks und des Hofes vom Bergerschen Haus zeigten einige kleinere gelbe Flecken, wo sich in diesem Gebäude Fenster befanden. Dazwischen lag Dunkelheit. Ich spähte in Richtung des Gebüschs, hinter dem der echte Feldweg herausführte. Doch so sehr meine Augen sich mühten, ich konnte kein weißliches Glühen einer Fahrradlampe ausmachen. Beunruhigt ging ich zurück zur Vorderseite des Hauses. Wenn Heidi einen langen Weg genommen hätte, führte der sie ausschließlich über das stille Tal nach Hause. Hier brannten die Straßenlaternen, zeigten mir jedoch keine Heidi.

Leise schlüpfte ich ins Haus und lief hinauf in mein Zimmer. Ich hatte beschlossen, Heidi auf dem Handy anzurufen und anzutreiben. Auch über eine glaubwürdige Entschuldigung für ihr Zuspätkommen sollte sie sich Gedanken machen. Dass sie die benötigen würde, bezweifelte ich nicht. Während ich auf das Freizeichen wartete, hoffte ich, sie hätte nicht die Mailbox eingeschaltet, wie sie es manchmal machte, wenn mit einer Freundin wichtige Angelegenheiten zu besprechen waren. Ihre Unerreichbarkeit tat sie dann schulterzuckend als für Familienangehörige bedeutungslos ab, da wir ihr sowieso keine wichtigen Nachrichten mitzuteilen hätten. An diesem Abend lauschte ich jedoch erleichtert dem Freizeichen, bis ich ihren Klingelton aus dem Nebenzimmer hörte. In einer Vorstufe zur Verärgerung huschte ich in Heidis Zimmer. Das Handy lag auf ihrem Bett, wo es niemandem nutzte.

Nachdenklich ging ich zurück ins Treppenhaus, wo angestrengtes Lauschen mir verriet, dass meine Eltern noch nicht in Ärger über das Ausbleiben ihrer Töchter ausgebrochen waren. Aber meine Mutter befand sich jetzt in der Küche. Das hieß, mein Vater hatte die gröbsten Spuren des Kochens beseitigt, die Mahlzeit stand also unmittelbar bevor. Eine Chance sah ich noch, das Schlimmste zu verhüten. Wieder in Heidis Zimmer, nahm ich deren Handy, suchte die Nummer ihrer Freundin in Höven und rief dort an. Nach einer Weile meldete die sich, um, von meiner Frage verstört, zu erklären, Heidi sei bereits vor einer Dreiviertelstunde aufgebrochen. Falls das stimmte, hätte sie längst zu Hause sein müssen. Ich fragte Heidis Freundin noch, ob sie wüsste, welchen Weg Heidi hatte nehmen wollen, erhielt aber keine positive Antwort. Das Mädel kannte unsere privaten Wege nicht, weil sie entweder in Mutters Auto gebracht wurde oder die lange Strecke entlang der großen Straßen radelte. Für mich hieß das, Heidi sei über unsere Abkürzung ins stille Tal gefahren. Während des Telefonats hatte mein Vater gerufen. Nun musste ich notgedrungen nach unten gehen und hoffen, die Konsequenzen für das Zuspätkommen fielen für Heidi moderat aus und hätten keine Auswirkungen auf mich. Weiter dachte ich nicht.

Vor der Tür wappnete ich mich und betrat die Küche. Meine Eltern sahen zu mir hin.

„Heidi ist nicht da. Und sie ist schon vor einer Dreiviertelstunde bei den Schröers abgefahren. Ich habe da angerufen", sagte ich schnell, um keinem der beiden Gelegenheit zu geben, mich zu unterbrechen.

Sie starrten mich an.

„Wie bitte?" erkundigte sich meine Mutter schrill.

Ich richtete mich noch etwas weiter auf.

„Sie ist vor einer Dreiviertelstunde bei den Schröers losgefahren. Ihr Handy hat sie auch vergessen. Das liegt in ihrem Zimmer. Ich kann sie nicht anrufen."

Automatisch sahen wir zu meinem Vater, aber nicht, weil wir von ihm eine Entscheidung erwartet hätten. Entscheidungen fällte meine Mutter, mein Vater führte sie penibel aus und galt im stillen Tal als umsichtiger Familienvater, der seine drei Frauen gut im Griff hatte. Wir sahen zu ihm, weil er den ersten Anlaufpunkt für ihre Anweisungen darstellte.

„Jörn", sagte meine Mutter auch bedächtig, nachdem sie den Kochtopf von der heißen Herdplatte genommen hatte. „Du und Christa nehmt die Fahrräder und fahrt die Strecke ab, die Heidi üblicherweise nimmt. Das ist bestimmt die über den echten Feldweg am Bergerschen Haus, obwohl sie genau weiß, dass sie da nicht im Dunkeln langfahren soll. Ich bleibe hier, falls sie doch über die Straße gefahren ist und wieder einen Platten hatte. Vergesst ihr nicht auch noch eure Handys. Wenn ihr sie nicht findet und sie nicht von selbst hier auftaucht, rufen wir die Polizei."

Ich nickte.

„Könnte sie nicht doch noch zu jemand anderem gefahren sein?" warf mein Vater ein.

Ich schüttelte den Kopf. Das wäre nur eine Überlegung wert gewesen, wenn andere Freunde auf Heidis ungefährem Nachhauseweg gelebt hätten. Wie die Dinge lagen, kamen alle anderen Leute, die sie eventuell hätte besuchen wollen, aus weiter entfernten Ortschaften wie Westerholt und Achternmeer. Dennoch beschloss meine Mutter, wenigstens bei Klassenkameraden aus dem stillen Tal anzurufen.

Mein Vater und ich brachen derweil auf. Unsere Räder schiebend, bogen wir in den echten Feldweg ein. Mein Vater führte sein Rad mit einer Hand auf dem Lenker, in der anderen hielt er seine Taschenlampe, deren Lichtkegel zitternd über das Gestrüpp der Hecke und den unebenen Boden wanderte. Wegen dieser unter den Umständen beinahe artistischen Leistung kamen wir nur langsam voran. Nach etwa der Hälfte des Gestrüpps vollzog der Weg einen leichten Bogen. Unmittelbar dahinter blitzten Reflektoren auf, orange vom Fahrrad, weiß von einer Jacke. Im Gras neben ihrem Fahrrad kauerte Heidi. In demselben Moment, in dem wir sie entdeckten, bemerkte sie unser Licht und schrie auf. Ich warf mein Rad gegen die Hecke und rannte durch die Dunkelheit auf die leuchtenden Reflektoren zu.

„Heidi! Was machst du hier?" Ich wollte die Hand nach ihr ausstrecken, bemerkte jedoch, dass der Rahmen ihres Fahrrads mich behinderte. Seine Lage konnte ich nur ungenau im näherkommenden Licht der Taschenlampe ausmachen, doch ich glaubte, ihn trotzdem leicht beiseiteschieben zu können. Etwas schien ihn jedoch festzuhalten.

„Oh, Mann, es geht nicht. Sitzt du vielleicht auf dem Rahmen?" sagte ich betont munter. Im Erste Hilfe-Kurs hatte ich gelernt, man solle mit Verunfallten reden und sie ablenken. Heidi wimmerte nur. Inzwischen war mein Vater bei uns angekommen.

„Leuchte dahin, Vati!" befahl ich, weil ich selbst keine Lampe bei mir hatte. Er beachtete meine Anweisung jedoch nicht, sondern kniete sich voller Erleichterung vor Heidi nieder, dabei streifte er die Klingel. Heidi japste bei dem leisen Klang.

„Schätzchen! Ist alles in Ordnung? Bist du verletzt? Du blutest." Sie schüttelte den Kopf. „Nimm doch das Fahrrad weg, Christa", sagte mein Vater ungeduldig, mit einer Hand Heidi über die blutige Wange streichend. Ich war die Vernünftige, von mir erwartete er praktisches Handeln. Dass er Heidi blendete, schien ihn in seiner Erleichterung nicht zu stören.

„Ich kann das Fahrrad nicht wegnehmen, weil da etwas liegt. Darin ist es verkeilt. Jetzt leuchte endlich dorthin, Vati. Vielleicht ist Heidi über etwas gestürzt."

Sie wimmerte wieder. Da mein Vater nur Augen für seine wiedergefundene Tochter hatte, nahm ich ihm die Taschenlampe aus der Hand, woraufhin er mich mit einem Schimpfwort belegte. Meine Vernunft kollidierte mit seiner Fürsorge, und das passte ihm nicht.

Im nächsten Moment schrie Heidi:

„Mach es weg. Mach das Licht weg!" ehe sie den Kopf zur Seite beugte und sich lautstark übergab. Das Licht schwankte hin und her, weil mein Vater versuchte, den Kegel auf Heidi zu richten. Wir rangen um die Taschenlampe, dann gelang es mir aufgrund des günstigeren Griffwinkels, die Lampe zu befreien und dorthin zu richten, wo das Fahrrad lag.

Was ich sah, ließ mich erstarren. Auch mein Vater hörte auf, nach der Taschenlampe zu angeln. Quer auf dem Pfad, teilweise vom Rahmen des Fahrrades verdeckt, lag der Körper eines zierlichen Mannes. Es war Herr Muh. Das erkannte ich sofort. Sein Gesicht war weiß und wirkte vollkommen ruhig, als schliefe er. Doch dort, wo die Stirn sein sollte, klaffte eine schmutzigrote Wunde, zu groß und zu zerfetzt, um Zweifel an seinem Zustand zu lassen. Erschrocken blickten wir auf Heidi, die sich hilflos mit dem Ärmel Reste von Erbrochenem vom Gesicht wischte. Der Jackenärmel, die Jeans, ihre Hände, sogar ihre Haare und Wangen waren voll Blut und kleinen roten und grauen Fetzen, die ich wahrnahm, aber nicht benennen wollte. Das Blut stammte nicht von Heidi. Den Gedanken versuchte ich festzuhalten.

KAPITEL 7

In den folgenden Stunden passierte so viel in so unterschiedlichem Tempo nebeneinander, dass ich vollkommen den Überblick verlor. Denke ich heute an diese Ereignisse, rekonstruiere ich mir jedes Mal aufs Neue einen Ablauf, der sich an der Logik von Kriminalfilmen orientiert. Mein Gehirn scheint meinen Erinnerungen nicht zu trauen, denn in der überarbeiteten Version dieses Abends sehe ich Details, von denen ich sicher bin, dass ich sie nicht so erlebt habe. Andererseits kann sich niemand an alle Einzelheiten erinnern, bin ich also gezwungen anzunehmen, dass einige Szenen meines Kriminalfilms den Ereignissen nahekommen. Leider sehe ich keine Möglichkeit, wie ich dies überprüfen kann. Protokolliert wurden die Vorgänge dieses Abends nicht für meinen Gebrauch. Damals wie heute blieb mir als einzige Konstante die Gewissheit, Heidi unversehrt wiedergefunden zu haben. Ich rief es mir während des Abends und der folgenden Nacht wieder und wieder in Erinnerung. Auch heutzutage, wenn ein alltäglicher Vorfall mich unversehens auf jenen Abend zurückwirft, stelle ich mir zur Beruhigung diesen Aspekt als den wichtigsten heraus. Für uns, für Familie Hemmen war es der wichtigste. Andere Leute hatten an diesem Abend andere Prioritäten.

Andere Leute, erst Polizisten, dann Ärzte, ordneten uns in die sachgemäße Untersuchung des Mordes ein. Sie entschieden, was wir zu tun, wohin wir zu gehen, mit wem wir zu sprechen und, immer wieder, dass wir geduldig und kooperativ zu sein hatten. Auch ohne die gleichzeitige Sorge und Erleichterung um Heidi wären mir die Ereignisse entglitten. Ich habe übrigens nie mit meinen Eltern oder gar Heidi über den Abend gesprochen. Wo ich jetzt lebe, weiß keiner, was damals geschehen ist, und in Wardenburg, insbesondere im stillen Tal, fühlt sich niemand berufen, die Vorfälle wiederaufleben zu lassen. Nicht für die Polizisten, deren Tagesgeschäft es war, aber für mich, meine Familie und, in gewissem Grade, für die gesamte Nachbarschaft war der Abend ein einschneidendes Erlebnis der Machtlosigkeit. Bis dahin hatte niemand Ähnliches erlebt.

Anfangs hatte ich noch die Kontrolle behalten. Als ich meine Mutter anrief und ihr sagte, sie solle die Polizei verständigen — mir selbst traute ich ein solches Unterfangen nämlich momentan nicht zu — handelte ich selbst. Als ich zu Hause eintraf und von ihr verlangte, außerdem unseren Hausarzt zu rufen, handelte ich selbst. Ich war aktiv und traf Entscheidungen, die im Grunde einzig meinen Eltern zugestanden hätten. Aber die gingen ganz in ihrer Sorge um Heidi auf und folgten deshalb dankbar meinen Anweisungen. Dann aber begann das Warten, und mit dem Warten kam der Kontrollverlust. Wir warteten auf die Polizei in Uniform, auf die Kriminalbeamten, auf den Arzt, auf den Krankenwagen, und beinahe von Anfang an warteten wir auf Leute, die wir gar nicht selbst angefordert hatten. In unserem Haus, an unserem Telefon, in unserem Garten, überall waren fremde Leute, die im Rahmen ihrer Tätigkeit unsere Privatsphäre einfach abschalteten. Dabei behandelten sie uns nicht unfreundlich, aber mit jener routinemäßigen Höflichkeit, die uns in jedem Wort spüren ließ, dass es ihnen gar nicht um uns ging.

Ich versuchte mir einzureden, das habe alles seine Richtigkeit. Hätte man die kompetent vor sich hin arbeitenden Polizisten gefragt, wäre ihre Antwort vermutlich gewesen, uns Hemmens sei durch diesem Mordfall kein Schaden entstanden. Meine Eltern hatten derweil andere Sorgen, die sie sich auf einige konkrete Probleme konzentrieren ließen. Ich möchte so weit gehen zu sagen, sie hatten im Gegensatz zu mir Glück, dass ihnen in all dem Trubel eine eindeutige Aufgabe zufiel. Ich saß nur herum. Sie hielten Heidi im Arm, während die Polizei sie befragte. Dass Herr Muh anscheinend schon einige Stunden tot gewesen war, als sie gegen seine Leiche fuhr und ihm grotekserweise in die Arme fiel, beruhigte meine Eltern nur wenig, aber immerhin wussten sie nun, dass Heidi nicht in unmittelbarer Gefahr geschwebt hatte. Bis sie auf ihrem Nachhauseweg den Tatort passierte, hatte Herr Muhs Mörder sich längst davongemacht.

Man brachte Heidi ins Krankenhaus nach Oldenburg, aber glücklicherweise konnten wir sie am Morgen wieder mit nach Hause nehmen. Sie habe keinen körperlichen Schaden davongetragen und werde sich bald erholen, versicherte uns eine übernächtigte Ärztin. Erst vor unserer Haustür fiel mir ein, dass der Unterricht schon begonnen hatte. Als ich meine Mutter darauf hinwies, sah sie mich müde an.

„Kümmer dich darum, Christa", sagte sie nur. Dann führte sie Heidi nach oben, damit die duschte, ehe sie zu Bett ginge. Mein Vater folgte ihnen wortlos. Ich atmete tief durch und rang mit der Erkenntnis, dass ich gar nicht berechtigt war, mich zurückgesetzt zu fühlen. Nicht ich war über eine blutige Leiche gestolpert, das war meiner kleinen Schwester widerfahren. Mich hatte man nicht mit Beruhigungsmitteln zum wandelnden Zombie gemacht, wohl aber Heidi. Ich war die Vernünftige, die fast Volljährige, die fast Erwachsene. Ich kümmerte mich um Dinge, ich hatte die Übersicht, auch wenn ich momentan bei der Frage nach meinem Namen gezögert hätte. Und weil ich all diese großartigen Eigenschaften verkörperte, rief ich auch im Wardenburger Schulzentrum an, um Heidis Fehlen zu entschuldigen.

Da erhielt ich den ersten Einblick in die Veränderungen, die die letzte Nacht herbeigeführt hatte. Man wusste an der Schule Bescheid. Die Schulsekretärin war bestens informiert, voller Verständnis und guter Wünsche für meine Schwester. Ich dankte ihr und legte auf. Es war eine Tatsache, wie ich mir müde in Erinnerung rief, dass außer Heidi sechs weitere Jugendliche aus dem stillen Tal das Schulzentrum besuchten, sechs Schüler ohne die Muhs, die an diesem Tag wieder, dafür aber nachvollziehbar begründet, zu Hause geblieben waren. Sechs aufgeregte Informanten hatten die Neuigkeiten von dem Mord und seiner schauerlichen Entdeckung in ihre Klassen getragen, von wo aus sich die Nachricht in Windeseile bis ins Sekretariat ausgebreitet hatte. Am Schulzentrum Wardenburg war Heidi nun eine Berühmtheit. Von mir konnte man das nicht sagen.

Als ich in meiner Schule anrief, sagte die Sekretärin:

„Ach komm. Das soll dir einer glauben?"

„Ja", entgegnete ich. „Lesen Sie es morgen in der Zeitung nach." Aber die Frustration blieb.

Den ganzen Montag kamen unsere Nachbarn in der guten Absicht, meiner Mutter beizustehen. Für uns zahlte sich nun das System des nachbarschaftlichen Zusammenhalts aus. Zuvor hatte meine Mutter Klatsch über die Muhs gegen Gebäck getauscht, nun erhielten die Nachbarn blutige Informationen über Herrn Muhs Leiche im

Austausch gegen Solidarität. Unser Haus war voll. Vormittags versammelten sich die Frauen, nachmittags erschienen die Männer. Mein Vater war an diesem Tag auch zu Hause geblieben, sogar auf Anraten seines Chefs. Der hatte von sich aus angerufen, nachdem ihn Andy Vosgerau beim Fegen des Restaurantparkplatzes angesprochen und ihm von dem Mord im stillen Tal und Heidi Hemmens Rolle bei der Entdeckung der Leiche in Kenntnis gesetzt hatte.

Im Laufe des Nachmittags kamen auch einer seiner Kollegen, einige Freunde von Heidi, ihre Klassenlehrerin Frau Schumann-Schulz, vor der ich mich versteckte, weil ich sie kannte und mich der Wucht ihrer Persönlichkeit nicht gewachsen sah, Andy Vosgerau außer Dienst und die in dem Mordfall ermittelnden Kriminalbeamten. Nachdem Letztere unser Haus verlassen hatten, gingen sie hinüber zum Bergerschen Haus der Muhs. Vom Fenster meines Zimmers aus beobachtete ich sie, wie sie den leeren Hof überquerten und von Bea eingelassen wurden. Zu den Muhs war kein Nachbar gekommen. Den Vater hatte man unweit des Hauses ermordet, aber die Sympathie der Nachbarn konzentrierte sich auf unsere Familie, als wären wir die Hauptgeschädigten. Trotz meines schlechten Gewissens traute auch ich mich nicht hinüber in das andere Haus. Was dort geschah, ginge mich nichts an.

Zwangsläufig kehrte die Normalität in unser Leben im stillen Tal zurück. Am Dienstag fuhr ich wieder zur Schule, mein Vater zur Arbeit. Meine Mutter begleitete Heidi zu unserem Hausarzt, chauffiert von Andy Vosgeraus Frau. Der Hausarzt kam zu dem Schluss, Heidi könne wieder zur Schule gehen, also tat sie das am Mittwoch. Sie allerdings wurde bis zum Ende der Woche von einer Nachbarin gefahren, ehe sie in der Woche darauf das Fahrrad meiner Mutter nahm. Ihr eigenes Fahrrad befand sich noch bei der Polizei. In den Herbstferien sollte sie ein neues bekommen, weil man ihr den Anblick des alten Fahrrades und die damit verbundenen Erinnerungen ersparen wollte.

Auch bei den Muhs trudelten in den nächsten Tagen Besucher ein. Sie kamen in mehreren kleinen Autos, hielten sich nach ihrer Ankunft nicht lange draußen auf und traten während ihres Aufenthaltes im Bergerschen Haus der Muhs nie in Erscheinung. Ihre Autokennzeichen waren HS, AC und DN. Zwei kamen aus Belgien. Heinsberg, Aachen und Düren, sagte ich mir, nachdem ich in der Schulbibliothek gesurft hatte. In solchen Nebensächlichkeiten wollte ich mir immer Klarheit verschaffen, auch wenn es keinen Nutzen daraus zu ziehen gab.

Plötzlich fiel mir Heidis Geschichte von dem roten Sportwagen mit auswärtigem Kennzeichen im Lerchenweg ein. Meine Mutter und ich hatten ihr nicht geglaubt, dass es tatsächlich das Auto des jungen Herrn Berger gewesen sein könnte, denn Heidis Beobachtungen waren uns kaum mehr als vage Eindrücke erschienen. Im Übrigen hätte sich der junge Herr Berger auch nach dem Verkauf seines Elternhauses in Wardenburg aufhalten dürfen, worüber er niemandem Rechenschaft schuldete. Doch das Bild eines roten Möchtegernsportwagens im Lerchenweg abgestellt, ganz vorne an der Straße, so dass die Schüler, die vom Schulzentrum die Huntestraße zur Oldenburger Straße hinauffuhren, dies unter den Augen des Fahrers taten, beunruhigte mich. Selbst wenn jemand anders als der junge Herr Berger in diesem Auto gesessen haben sollte, diese Person wäre nicht berechtigt, die Schüler zu beobachten, Schüler, unter denen sich meine Schwester und die Kinder der Muhs befanden.

Heidi war nichts zugestoßen. Ich schämte mich, dass ich nur an sie denken konnte und nicht an Herrn Muh oder, wenn die Erinnerung an den Anblick seines zertrümmerten Schädels zu viel wäre, nicht an seine Familie. Weiterem Schaden vorzubeugen sollte mein Ziel sein. Ich beschloss, Heidi zu fragen, ob sie den roten Sportwagen bei der Befragung durch die Polizei erwähnt hatte. Wahrscheinlich würde das die Ermittlungen nicht weiterbringen, aber jeder Spur sollte nachgegangen werden. Ob ich jemals Zeit zum Nachfragen fand, weiß ich nicht mehr. Erst holte uns der Alltag wieder ein, und dann kam das Ende ganz schnell. In jenem Übergang zum wiedergefundenen Alltag glaubte ich, hohen ideellen Ansprüchen gerecht werden zu müssen. Die Zukunft erschien mir so angefüllt mit wichtigen und edlen Vorhaben, deren Umsetzung allein ein befriedigendes Leben garantierte, dass ich zuerst gar nicht wusste, wo ich beginnen sollte. Schließlich erkannte ich, dass ich vor Ort, im stillen Tal, etwas tun konnte. Es war nicht länger hinzunehmen, dass bei uns weiterhin Tag für Tag Nachbarn nach Heidis Wohlbefinden fragten, auf dem Weg zu unserer Haustür das Bergersche Haus der Muhs ignorierend, obwohl es von ihrem Vorgarten an in ihrem Blickfeld lag, um dann von unserem Küchenfenster aus neugierig auf die zugezogenen Gardinen zu starren. Es lag an mir, es anders zu machen.

KAPITEL 8

Bei meiner Rückkehr aus der Schule saß meine Mutter mit Andy Vosgerau in unserer Küche. Andy, der einigen Nachbarn früher schon von Partys her bekannt gewesen war, war nach dem Mord an Herrn Muh zum Verfahrenskommentator für die Anwohner des stillen Tals geraten. Wenn Nachbarn ihn bei uns antrafen, forderten sie ihn jedes Mal auf, die Ermittlungsarbeit der Kriminalpolizei zu erläutern. Das tat er zwar, aber ich glaube, er tat es ungern. Mit am Tisch saßen noch die alte Kloopman und das Ehepaar Braasch, unsere direkten Nachbarn auf der anderen Seite. Obwohl es bei einer strengen Auslegung noch nicht Nachmittag war, trank man Kaffee und hatte einen von Hella Kloopman mitgebrachten Gugelhupf angeschnitten. Kuchen als Ersatz für das Mittagessen war mir in der letzten Zeit zu oft vorgesetzt worden, denn natürlich fand meine Mutter bei so vielen Besuchern keine Gelegenheit, für mich das Essen aufzuwärmen. Auch hätte ich keine Lust gehabt, zwischen den lebhaften Gesprächen der Nachbarinnen meine Kartoffeln und Frikadellen zu verzehren, nachdem man mir bereits das Aufwärmen zugemutet hatte. Zehn Tage nach dem Mord war unser Haus immer noch das Zentrum der nachbarschaftlichen Solidarität. Zu den Muhs war niemand gegangen.

Statt einer warmen Mahlzeit nahm ich mir nur eine Banane aus der Speisekammer und beantwortete einige teils wohlmeinende, teils spitze Fragen über meinen Tag in der Schule. Bisher hatten alle, die im stillen Tal aufgewachsen waren, auch ohne Abitur etwas aus sich gemacht. Der eine oder die andere konnte sich deshalb nur schwer gutgemeinte Sticheleien verkneifen, wenn ich nachmittags aus Oldenburg zurückkehrte, ohne ein Einundzwanzigstel einer monatlichen Ausbildungsvergütung erwirtschaftet zu haben. Allerdings musste man Andy zugutehalten, dass sein schlechtes Gewissen ihn zuverlässig veranlasste, mich zu verteidigen, fielen derartige Bemerkungen in seiner Hörweite.

Über Heidi sprach man anders, nie in ihrer Gegenwart, wohl aber, wenn ich dabei war. Wenn man die Leute reden hörte, sollte man glauben, sie hätte sich durch ihren Sturz in das Blut und die Hirnfetzen des Herrn Muh einen Ausbildungsvertrag gesichert. Missgönnt hätte ich ihr diese eigentümliche Art des Erfolgs nicht, ich fürchtete nur, man machte sie zum ewigen Opfer, dem fortwährend helfend unter die Arme gegriffen werden müsste. Wenn ich mir dann ausmalte, wie man mit Heidi umginge, verweigerte sie sich eines Tages der ihr zugeschriebenen Rolle, sah ich sie im Nachthemd und mit wirren Haaren durch die Flure einer mittelalterlichen Irrenanstalt taumeln. Natürlich wusste ich, dass dies überzogene Befürchtungen waren, die auch in keinster Weise meinem sachlichen Wesen entsprachen. Mit vierzehn, einem Alter, das offen für das Dunkle ist, hatte ich nie Visionen einer Welt voll Hoffnungslosigkeit und moralischer Korruption gehabt. Nun traten solche Phasen plötzlich auf. Ich nehme an, der Mord an Herrn Muh war der Auslöser. Eine der Realitäten des Lebens hatte mich gestreift, wenn auch glücklicherweise nicht direkt getroffen, und veranlasst, allgemein über das Leben nachzudenken. Ich meine heute, ich hätte besser der konkreten Heidi Aufmerksamkeit schenken sollen.

Doch an diesem Tag nahm ich nur meine Banane und ging aus Überzeugung nicht in Heidis Zimmer hinauf. Es genügte in meinen Augen, wenn ihre Freundinnen sie als tragische Heldin bestätigten. Mich benötigte sie nicht dazu. Die Banane kauend, stand ich unten im Flur, während ich meine Schultasche betrachtete, die ich am Fuß der Treppe abgelegt hatte, um sie nach dem Essen hinaufzutragen. Nach Hausaufgaben stand mir nicht der Sinn. Bemerkungen einiger Lehrer, ich solle meine Nachlässigkeit nicht mit diesem Mord entschuldigen, erschienen mir taktlos. Nach jedem Bissen die gelbe Schale ein Stück tiefer ziehend, beschloss ich, von diesem Tag an die relevanten Dinge zu beachten. Der Ausdruck erinnerte mich an Greta Muh und ihren Bericht über die täglichen Sammlungen ihrer Gemeinschaft. Das Beispiel von Herrn Muh bewies, wie plötzlich Leben beendet werden konnten. Man sollte das Beste aus seiner Zeit machen. Das Beste hieß für mich Abitur und Studium. Aber ehe ich mich auf mein Fortkommen konzentrieren konnte, glaubte ich, etwas Wichtiges, relevant im Muhschen Sinne, erledigen zu müssen.

Leise verließ ich das Haus. Die Bananenschale warf ich im Vorbeigehen auf den Komposthaufen zu zahlreichen Papierfiltern voll Kaffeesatz, die sich in den letzten zehn Tagen dort angesammelt hatten, ehe ich an unserem Gartenzaun entlang zum Bergerschen Haus der Muhs ging. Wenn ich den Vorhof beträte, könnte man mich von unserer Küche aus sehen, doch das kümmerte mich jetzt nicht mehr. Zu lange hatten wir Nachbarn diesen Gang hinausgezögert.

Auf dem Hof befanden sich der Bauwagen der Muhs und ein einziges kleines Auto mit Dürener Kennzeichen. Dieses Auto alleine war von denen der Gäste geblieben. Ob zu dem Auto auch Menschen gehörten, die sich im Bergerschen Haus der Muhs aufhielten, war nicht bekannt. Ich klingelte. Jemand war im Haus, das allein stand außer Zweifel. Dennoch dauerte es eine Weile, ehe

Bea die Haustür einen Spalt weit öffnete. Obwohl sie mich schon auf dem Hof hätte erblicken können, wirkte sie überrascht und nicht sonderlich erfreut, mich zu sehen.

„Was willst du?" Eine konkrete Begründung hatte ich nicht vorbereitet. Zu den Muhs zu gehen erschien mir relevant. Vielleicht hätte ich ihr diese Antwort geben sollen.

„Zu euch kommen?" entgegnete ich jedoch nur.

Aus dem Hintergrund war eine raue Stimme zu vernehmen, woraufhin Bea mir ungnädig die Tür aufhielt. Ich betrat an ihr vorbei den großen, dunklen Eingangsraum. Durch die winzigen Lichtschächte entlang der Seitenwände, wo in längst vergangenen Zeiten Kühe gestanden hatten, fiel nur wenig Licht in die Mitte des Raumes. Parallel zu den Fensterchen stand ein langer Tisch, der mindestens zwanzig Personen Platz geboten hätte. Andere Möbel gab es nicht.

Ich fühlte mich an den Tag meiner ersten Begegnung mit Herrn Muh erinnert. Das war am Tag der Beisetzung des alten Herrn Berger gewesen, und in diesem Raum hatte man exakt an der Stelle dieses Tisches die Kaffeetafel aufgebaut. Nun, kein Vierteljahr später, befand sich an demselben Platz wieder ein Tisch für eine Begräbnisfeier. Mehrere weiße Tischtücher deckten einander überlappend die lange Platte ab. Ein Sammelsurium unterschiedlicher Stühle nahm in unebener Reihe die Seiten ein, aber nur einer der Stühle war besetzt. An dem bei der Treppe stehenden Kopfende des Tisches saß ein Mann im Licht der beiden großen Fenster. Es war offensichtlich der Ehrenplatz, der von allen im Schatten liegenden Plätzen aus sichtbar wäre. Die angegrauten Haare des Mannes waren auf die gleiche Weise wie bei den Muhs kurzrasiert, als hätte er erst kürzlich einen Kopflausbefall bekämpft. Vor ihm auf dem Tischtuch stand ein leeres Glas. Es roch nach Essen, vielen Menschen in einem alten Haus und tagelang geschlossenen Fenstern. Außerdem roch es nach Angst. Ich war mir sicher, dass dieser Geruch Angst sein musste. Nach einem Mord wäre Angst sicher keine ungewöhnliche Empfindung und deshalb in diesem Haus nicht fehl am Platze. Dennoch verdichtete dieser Geruch die sowieso schon überladene Atmosphäre, bis mein Körper beinahe freiwillig auf das Atmen verzichtet hätte.

„Wer ist sie?" wollte der Mann am Tisch von Bea wissen, die in einer leicht gebeugten Haltung neben mir stand.

„Tochter von Nachbarn", antwortete sie sehr laut und völlig unpassend zu dem gesenkten Kopf.

Der Mann drehte seinen Kopf eigentümlich. Mir kam der Gedanke, er sei vielleicht schwerhörig. Einen Moment musterte er mich skeptisch über die Länge der Tafel.

„Bring sie her", befahl er.

Sie packte mich am Arm und schob mich zu ihm hin. Direkt vor ihm konnte ich seinen Schweiß riechen. Er hob den Blick und maß mich aus eingetrübten Augen, ehe er mir seine Hand hinhielt.

„Guten Tag. Muh ist mein Name. Und du bist ...?"

Ich hörte Bea zu einer Antwort ansetzen, doch mit erhobener Hand wies er ihr zu schweigen.

„Christa Hemmen. Ich wohne im Nachbarhaus", antwortete ich. Der Lohn meines mildtätigen Besuchs blieb vorläufig aus. Die beiden Muhs wechselten Blicke.

„Ihre Schwester ...", begann Bea wieder. Er unterbrach sie.

„Ich weiß. Setz dich, Christa Hemmen."

Ich tat wie geheißen, während Bea bei dem alten Mann stehen blieb. Am liebsten hätte ich aber das Haus verlassen. Es war mir vorher nicht in den Sinn gekommen, unter den Trauergästen mit einer fremden Autoritätspersonen zu rechnen. An Beas Haltung ließ sich ablesen, dass der Mann auf dem Ehrenplatz nicht irgendein Gast war, welche Rolle er im Haushalt spielte, dagegen nicht. Inzwischen musterte er mich angestrengt. Sein sonnenbrauner Kopf war fast vollständig, auch im Gesicht, mit kurzen grauen Haaren bedeckt, was in mir das ungebührliche Bild eines verschimmelten Apfels weckte, wie ich einen auf dem Weg in dieses Haus unter unserem Apfelbaum hatte liegen sehen. Erschrocken, dass ich zu solchen Vergleichen fähig war, kniff ich die Lippen zusammen, damit mir keinesfalls eine beleidigende Bemerkung entschlüpfte.

„Was willst du hier, Christa Hemmen?" erkundigte sich der Mann. Seine Stimme klang tief und rau, dabei zugleich näselnd.

Mein Widerwille regte sich.

„Nachbarn besuchen", sagte ich, die Zunge scharf zügelnd.

Vielleicht hatte ich nicht laut genug gesprochen, denn er starrte mich einen Moment an, ehe er ruckartig zu Bea sah.

„Hol deine Mutter."

Bea neigte sich leicht vor, fast als verbeugte sie sich, ehe sie die Treppe hinaufeilte. Der Mann, der sich Muh nannte, sah wieder mich an.

„Sinaida Muh geht es nicht gut", teilte er mir mit. Ich nickte. Er schüttelte den Kopf. „Nein, du verstehst nicht. Jedem widerfahren Prüfungen eigener Art. Erfassen können wir ihr Ausmaß nicht, nur die Folgen im Auge behalten. Das Leiden annehmen und respektieren. Aber egal. Wie geht es deiner Schwester?"

„Gut", antwortete ich automatisch. Von diesem Mann fand ich eine Frage nach Heidis Wohlbefinden unverschämt. Noch immer musterte er mich mit zusammengekniffenen Augen.

„Hoffentlich behältst du Recht. Wir bedauern, dass jemand in diese Angelegenheit hineingezogen wurde. Unglück auf das Umfeld auszubreiten, ist unschicklich, lässt sich aber nicht immer verhindern. Es reut uns."

Ich blickte an ihm vorbei zur Treppe. Sinaida Muh folgte Bea die Stufen hinunter. Ihr vor wenigen Wochen noch braunes Gesicht war blass, als hätte sie seit ihrem Einzug das Haus nicht mehr verlassen. Wenn ich es recht bedachte, hatte ich sie zuletzt bei den Grabungen auf dem Grundstück gesehen. Mit gesenktem Kopf blieb sie vor dem Mann stehen. Er machte mit der erhobenen rechten Hand ein Zeichen in die Luft. Daraufhin hob sie den Blick zu mir.

„Guten Tag, Christa Hemmen. Ich freue mich, dass du gekommen bist." Der Mann wies mit der Hand auf einen Stuhl. Sie setzte sich an den Tisch. Wieder blieb Bea stehen.

„Ihrer Schwester geht es gut, sagt sie", informierte der Mann Sinaida Muh.

Die nickte, mied dabei aber meinen Blick.

„Das freut mich zu hören."

Schweigen fiel über uns. Der Mann saß eine Weile da, als wollte er testen, wie lange wir es aushalten konnten, wortlos vor ihm zu sitzen, dann stand er so abrupt auf, dass wir alle zusammenfuhren.

„Sagt, was gesagt werden muss. Anschließend ist die Sammlung." Unsicheren Schrittes bewegte er sich zur Treppe, die er wegen des fehlenden Handlaufs mühsam erstieg.

Kaum hatten sich seine Tritte entfernt, kam ein Wandel über Frau Muh und ihre Tochter. Sie wandten sich mit lebhafteren Gesichtern zu mir hin. Bea setzte sich nun ebenfalls. Frau Muh legte eine Hand auf meine.

„Ich danke dir, dass du gekommen bist. Ich dürfte nicht so froh darüber sein, nach dem, was wir euch zugemutet haben, aber in diesem Augenblick bin ich zufrieden." Die Frau, der ich hatte kondolieren wollen, kam mir zuvor und entschuldigte sich für die Umstände, die mich in ihr Haus geführt hatten. Verlegen schwieg ich. Ich konnte, obgleich ich spürte, dass ich es tun sollte, nicht widersprechen und darauf hinweisen, dass nicht sie uns Schlimmes zugemutet sondern vielmehr ein Unbekannter mit seiner Bluttat ihr den Mann genommen habe. Die Worte kamen mir einfach nicht über die Lippen. Ebenso wenig konnte ich behaupten, zu ihr zu kommen, sei eine Selbstverständlichkeit, weil das Ausbleiben der anderen Nachbarn mich Lügen gestraft hätte. Ich wusste genau, dass ich zehn Tage nach dem Mord als Erste gekommen war. Der Rückgriff auf die üblichen Phrasen war mir infolgedessen verweigert, ich musste frei sprechen, und auch das fiel mir schwer.

„Bedanken Sie sich nicht", murmelte ich das Einzige, was mir angesichts ihrer Trauer einfiel. Sie schüttelte den Kopf. Fieberhaft überlegte ich, ob noch mehr zu sagen wäre, ehe ich mich wieder absetzen könnte. Ich fühlte mich überfordert. In meinem bisherigen Leben hatte ich nur einmal, nämlich dem jungen Herrn Berger, kondoliert, und der hatte mir zugezwinkert und erwidert, man müsse immer das Beste aus einer Sache machen. Diese Philosophie erschien mir angesichts der Umstände des Todes von Herrn Muh wenig hilfreich.

„Weiß die Polizei schon, ...", versuchte ich ein Gespräch in Gang zu bringen, unterbrach mich aber, als mir bewusst wurde, wie sensationslüstern die Frage in den Ohren der beiden Frauen klingen musste.

Doch Frau Muh wechselte nur einen Blick mit Bea, ehe sie demütig antwortete.

„Die Polizei weiß nichts. Was könnte sie auch wissen? Wir müssen akzeptieren, was geschieht. Leid übt das Ertragen."

Diese Worte erstaunten mich. Aufmerksam betrachtete ich Frau Muh, bis mir dämmerte, die Bemerkung des alten Herrn Muh, es gehe ihr schlecht, bedeutete eventuell, sie stehe noch unter Schock oder litte an Depressionen. Ein Blick von Bea an ihrem Kopf vorbei zu mir schien diese Möglichkeiten zu bestätigen. Vorsichtig löste ich Frau Muhs Hand von meiner und legte sie auf den Tisch. Zögernd stand ich auf. Helfen konnte ich nicht, auch keine Unterstützung anbieten. Was die Gemeinschaft der Bewohner des stillen Tals für meine Familie geleistet hatte, wäre mir als Einzelperson unmöglich. Im Falle von Depressionen wäre ich sowieso nicht kompetent.

„Ich muss jetzt gehen, Frau Muh", versuchte ich, mich aus der Affäre zu ziehen. „Hoffentlich ..."

Beas Kopfschütteln ließ mich innehalten. Frau Muh schien nicht bemerkt zu haben, dass ich nicht weitergesprochen hatte, kaum dass ihr bewusst zu sein schien, ihre Hand jetzt vor sich auf dem Tischtuch zu sehen. Aber sie hob den Kopf, wenn auch nicht so weit, dass sie zu meinem Gesicht aufsah.

„Danke schön, Christa Hemmen", murmelte sie zu meinem Bauchnabel, ehe sie sich wie eine Puppe erhob und die Treppe hinauf nach oben verschwand.

Bea begleitete mich zur Tür. Sie wirkte zugänglicher als am Anfang.

„Es geht ihr wirklich nicht gut. Der Kodexmeister sagt, er schickt ihr einen neuen Ehemann, aber das heitert sie auch nicht auf. Sie mochte den Mann, mit dem sie verheiratet war, glaube ich."

Was als Erläuterung gemeint war, verwirrte mich noch mehr.

„Kodexmeister?" rief ich aus.

Sie machte mir ein Zeichen, leiser zu sein, und zog mich näher an die Tür.

„Der Mann, mit dem du eben gesprochen hast, ist unser Kodexmeister. Er ist eine Art Vormund in Fragen der Lebenslehre, verstehst du? In der Heimat übernimmt er auch die finanzielle Verantwortung für die Gemeinschaft."

Ich verstand immer weniger.

„In der Heimat? Wo ist das?"

Bea machte ein irritiertes Gesicht, als verstünde sie meine Frage nicht.

„In Nideggen. Da kommen wir alle her."

„Aus Nideggen?"

„Ja."

„In welchem Land ist das?"

Wieder musterte sie mich etwas merkwürdig.

„In Deutschland. Wieso?"

„Und die komische Sprache in eurem Sprechgesang?"

Nun betrachtete sie mich misstrauisch, als zweifelte sie am Ausmaß meiner Unkenntnis.

„Unsere Sammlungsformeln sind auf Deutsch formuliert", erwiderte sie ein wenig steif.

Ich runzelte ungläubig die Stirn.

„Deutsch?" wiederholte ich platt.

Bea nickte.

„Natürlich. Was denn sonst? In einem älteren Dialekt aus der Region Moresnet. Heute ist das in Belgien. Gegründet wurde unsere Gemeinschaft vor über hundert Jahren in Neutral-Moresnet zur Unterstützung der Angehörigen junger Männer, die wegen des Militärdienstes aus Preußen und Belgien dorthin geflohen waren. Aber nur dort geborene Männer waren vom Militärdienst befreit. Viele mussten darum wieder in ihre Heimatorte zurückkehren, wo man sie wegen Fahnenflucht bestrafte. Um die Angehörigen kümmerte sich niemand. Aber heute befindet sich ein Zentrum Muh in Deutschland, in Nideggen. Soll ich dir einen Prospekt mitgeben?" Sie griff in einen offenen Karton, der zuoberst auf einem Stapel ähnlicher Kartons neben der Tür stand, und reichte mir einen Flyer. Ohne darauf zu blicken, faltete ich ihn zusammen und steckte ihn in die Jackentasche.

Angeregt durch dieses Falten und Tasten, begann etwas in meinem Kopf, für sich selbst zu denken, während der Rest von mir etwas dümmlich dreinblickend vor Bea stand.

„Kreis Düren?" platzte es aus mir heraus.

Bea nickte erleichtert. Sie hatte wohl befürchtet, ich wäre gleich ihrer Mutter von der Welt weggedriftet.

Nun beteiligten sich weitere Teile meines Hirns am Denken.

„Kennt ihr daher den jungen Herrn Berger?"

Sie öffnete den Mund, sagte aber nichts. Ich dachte, sie wüsste vielleicht nicht, wen ich meinte.

„Der Mann, von dem ihr dieses Haus gekauft habt. Das ist der junge Herr Berger. Seinem Vater hat das Haus gehört."

Bea schloss den Mund wieder, schluckte, blickte über die Schulter zur Treppe.

„Ja", flüsterte sie mir dann zu, als dürfe niemand von dieser Bekanntschaft wissen. „Der Kodexmeister hat von ihm das Haus für die Gemeinschaft gekauft. Er sagte, das Haus sei für unsere Zwecke geeignet."

Ein Geräusch von oben ließ sie innehalten. Einer der kurznamigen Jungen rannte halsbrecherisch die Treppe hinunter.

„Bea! Komm zur Sammlung!"

Sie nickte und winkte ihm zu gehen.

„Komm jetzt!" schrie er ungeduldig und stürmte zurück in die Etage.

Bea wandte sich wieder mir zu.

„Du musst jetzt gehen."

Ich nickte. Zu meiner Überraschung reckte sie sich auf die Zehenspitzen und umarmte mich. Für einen Moment war mir, als verschlänge mich eine Altkleidersammlung. Es musste eine Art Hungerfantasie gewesen sein, denn einzig mit einer Banane als Grundlage fand mein Magen die Ausdünstungen von Beas Pullover provozierend.

„Pass auf dich auf. Und auf deine Schwester." Im nächsten Moment hatte sie mich über die Schwelle geschoben und die Tür geschlossen.

Langsam machte ich mich auf den kurzen Weg zu unserem Haus, den von den Feldern bei der Autobahn herziehenden Güllegeruch erleichtert einsaugend. Es war nun Zeit für die Hausaufgaben. Erst nach dem Abendessen würde ich Muße finden, über diesen Besuch nachzudenken. In meiner Jackentasche knisterte Beas Flyer über die Gemeinschaft Muh. Mit den Fingerspitzen tastete ich danach und schob ihn tiefer in die Tasche, dabei fragte ich mich, weshalb Bea ihn mir gegeben hatte. Vielleicht war es eine automatische Handlung gewesen, nachdem sie ein Leben lang in Fußgängerzonen Prospekte und Flyer an desinteressierte Passanten verteilt hatte. Als ich durch unser Gartentor trat, kam die alte Kloopman aus unserem Haus. Kopfschüttelnd blieb sie vor mir stehen.

„Dass du dich nicht schämst, zu diesen Leuten zu gehen, Christa. Das hätte ich nicht von dir gedacht." Ich starrte ihr nach, wie sie, ohne mich eines weiteren Blickes zu würdigen, das stille Tal zu ihrem Haus hinabwanderte.

KAPITEL 9

Am nächsten Morgen hatte der Kodexmeister das Bergersche Haus der Familie Muh verlassen. Als ich um zwanzig vor sieben auf mein Fahrrad stieg, war sein Auto schon weg. Ich wunderte mich über meine Erleichterung. Durch diesen seltsamen Mann hatten die harmlos wirkenden Muhs einen dubiosen Hintergrund erhalten. Ungebeten drängte sich mir die Frage auf, ob es sich bei der Gemeinschaft Muh um eine religiöse Sekte oder eine politische, gar terroristische Vereinigung handeln mochte. Das Gerede von Leid, welches das Ertragen übt, schien mir nicht für eine Gruppe mit umstürzlerischen Absichten zu sprechen. Aber die Medienberichterstattung der letzten Jahre war nicht spurlos an mir vorübergezogen. Daher beschloss ich, sicherheitshalber ein Auge auf das Bergersche Haus der Muhs zu halten. Bis Ende September ergab sich allerdings nichts Auffallendes. In der ersten Herbstferienwoche überraschte uns dann das

Eintreffen eines weiteren Autos mit Dürener Kennzeichen auf dem Vorhof der Muhs.

Wieder stand unsere Familie am Küchenfenster und spekulierte, wer der unbekannte Besucher sein könne. Auch dieser Fremde zeigte sich nicht außerhalb des Gebäudes. Am folgenden Tag jedoch, nachdem meine Mutter und ich wegen eines Einkaufs zwei Stunden lang die Vorgänge auf dem Grundstück der Muhs nicht hatten verfolgen können, fiel uns auf, dass das unbekannte Auto nicht mehr auf dem Hof stand. Während wir diese unerhörte Veränderung diskutierten, bog es erneut in den Vorhof ein. Frau Muh und ein fremder Mann, fast zwei Köpfe größer als sie und doppelt so breit, aber ebenso rasiert, stiegen aus und eilten durch die Tür, die ihnen anscheinend jemand von innen geöffnet hatte und, nachdem sie hindurchgeschlüpft waren, schnell wieder hinter ihnen schloss.

„Was mag das jetzt wieder bedeuten?" fragte mich meine Mutter. Sie hatte meinen Besuch bei den Muhs nicht kommentiert, schien es aber im Gegensatz zu einigen unserer Nachbarn nicht für skandalös zu erachten, dass ich ohne vorherige Absprache zu den Muhs gegangen war. Ich hatte einmal mit angehört, wie sie Elke Braasch von nebenan ihre Haltung zu dem Kondolenzbesuch erläuterte.

„Kondolieren gehört zum guten Ton. Ich hoffe sehr, diese Leute glauben, Christa wäre als eine Art Vertreterin der Nachbarschaft zu ihnen gegangen. Die sind nicht wie

wir. Aber das ändert nichts daran, dass jemand ausgerechnet denen Schreckliches angetan hat. Das macht das Ganze so peinlich." Elke Braaschs Entgegnung hatte ich nicht
genau verstehen können, denn sie verfügte nicht über die
distinktive Sprechweise meiner Mutter, die von ihrer lei-
tenden Tätigkeit in Großhaushaltungen herrührte. Meine
Mutter konnte man über dem Tuckern eines alten Trak-
tormotors mühelos verstehen, die Entgegnung unserer
Nachbarin dagegen hob sich kaum von den Geräuschen
der laufenden Spülmaschine ab.

Seit meinem nachträglich zum Kondolenzbesuch erklärten Abstecher in das Bergersche Haus der Muhs behandelte meine Mutter mich als Spezialistin in Sachen
dieser Familie. Wie informiert ich tatsächlich mittlerweile war, ließ ich sie nicht wissen, denn meine Mutter misstraute freigiebig mit Prospekten und ähnlichem
werbenden Gemeinschaften. Dass mir Bea einen Flyer
über die Muh zugesteckt hatte, hätte sie als Bestätigung
ihrer Vorbehalte gewertet, und meine freiwillige Lektüre
des Flyers wäre ihr als Vertrauensbruch erschienen. So ti-
tulierte auch mein Gewissen die zwanzig Minuten, die ich
dem Flyer gewidmet hatte, und das waren sicherlich siebzehn Minuten mehr als angemessen.

Ich wusste nun, dass die heutigen Muh sich auf eine
Gruppe Menschen beriefen, die sich im späten neunzehnten Jahrhundert zusammengefunden hatten. Den Zweck
dieser ursprünglichen Vereinigung nannte das Faltblatt
nicht, da besaß ich nur Beas knappe Informationen über

die Unterstützung der Angehörigen irgendwelcher Solda-
ten im heutigen Belgien. Weshalb die damals der Unterstützung bedurft hätten, war mir weiterhin unklar,
ebenso der Zusammenhang zwischen der Unterstützung
und dem Ertragen von Leid oder der Unschicklichkeit,
Unglück auszubreiten. Dass man Letzteres nicht tun sollte, hielt ich für selbstverständlich. Inzwischen schienen
die Muh auf den Zug des Wellnesstourismus aufgesprun-
gen zu sein und in Südwestdeutschland Pensionen zu un-
terhalten, in denen sie Seminare anboten. Wenn ich das
reichhaltige Angebot des Tagungshotels, in dem eine
Freundin meiner Mutter als hauswirtschaftliche Leiterin
tätig war, mit dem verglich, was bei den Muh gebucht
werden konnte, erschienen deren Kurse lächerlich. Allerdings fiel mir der Schwerpunkt Lebensführung auf, zu
dem im Prospekt auch einige Grundsätze aufgelistet standen. Innere Befreiung in schwierigen Lebenslagen und
Trauerarbeit waren die erstgenannten Punkte, deshalb
vermutete ich den Hauptzweck jener Pensionen in der
Anwerbung neuer Mitglieder.

Tiefergehende Einsichten in das Denken der Muh bot
Beas Flyer nicht. Über dessen Informationen hinaus gab
es im Internet nur wenig über die Gemeinschaft der Muh
zu lesen. Dort hatte ich immerhin bestätigt gefunden,
dass in Nideggen, Kreis Düren, ein Zentrum Muh lag.
Auf der Webvisitenkarte dieses ominösen Zentrums gab
es das Bild eines kleinen, grauen Hauses, eine Adresse mit
Telefonnummer und einen Herrn Muh als Kontaktper-

son. Vielleicht handelte es sich bei diesem Herrn Muh um jenen seltsamen Kodexwächter, dem ich begegnet war. Da Muh aber anscheinend als eine Art Sammelname fungierte, hätte es durchaus ein anderer Mann sein können. Nun durfte ich mich in der Gewissheit sonnen, mehr als alle im stillen Tal über die neuen Nachbarn zu wissen, auch wenn ich vorsichtig in der Weitergabe verfahren musste. Was im Internet zu lesen war, hatte ich meiner Mutter unterbreitet, und sie hatte angesichts dieser Seltsamkeiten ausdrucksstark mit den Schultern gezuckt, sich aber nicht dazu geäußert.

Jetzt aber, nachdem ein weiteres mutmaßliches Mitglied dieser mysteriösen Gemeinschaft eingetroffen war, begann meine Mutter laut zu spekulieren.

„Das wird der neue Ehemann sein, von dem das Muh-Mädchen gesprochen hat", sagte sie zu mir, während wir unseren Einkauf in Speisekammer und Schränke räumten. Ich wollte das nicht ausschließen, fand jedoch die Vorstellung erschreckend, dass Frau Muh so kurz nach dem Tod des einen Mannes einen anderen heiraten sollte. Ich selbst machte zum Leidwesen meiner Mutter nicht einmal Anstalten, den berühmten netten Jungen ausfindig zu machen. Insgeheim glaubte ich gar nicht an die Existenz dieses Jungen und befürchtete schon selbst, die Behauptung meiner Mutter, keiner könne es mir recht machen, treffe zu. Bei den Muh schien man jedenfalls Ehepartner wie Ausrüstungsstücke zentral zugeteilt zu bekommen. Hinsichtlich dieses Brauchs konnte ich meiner Mutter nur zustimmen, dass es von seltsamem Denken zeuge, wenn Sinaida Muh nach Liste ein neuer Gatte als Ersatz für den verlorenen überstellt wurde. Befriedigt über meine Zustimmung, die sie wahrscheinlich positiv für die männliche Landjugend werten wollte, setzte meine Mutter das Nudelwasser auf.

Tags drauf fuhren Frau Muh und der Mann morgens fort. Ich entdeckte das Auto wenig später, als ich in Wardenburg Bücher in der Bücherei abgeben wollte. Der Wagen mit dem Dürener Kennzeichen war vor dem Rathaus an der Friedrichstraße abgestellt. Ich passierte das Auto, bremste scharf und stieg vom Rad. Zu dem Auto hingehen und durch die Scheiben in das Innere schauen wollte ich nicht, aber es interessierte mich brennend, wieso es vor dem Rathaus stand. Vielleicht wurde Frau Muh gerade mit dem neuen Herrn Muh getraut. Dem Auto war ein solcher Anlass nicht anzusehen, aber ich hegte den Verdacht, dass man bei den Muh selten, falls überhaupt, Dekorationen verwendete.

Die verbleibenden Meter schob ich mein Rad. Die Bücherei befindet sich in einem alten Reetdachhaus neben dem Rathaus aus den sechziger Jahren und ist über den schmalen Verbindungsgang zwischen Friedrichstraße und Patenbergsweg zugänglich. Als ich mich vom Abschließen des Fahrrades aufrichtete, fiel mein Blick auf das dem Patenbergsweg zugewandte Ende des Durchgangs, das gerade langsam von einem roten Sportwagen passiert wurde. Leider reagierte ich zu spät. Ich spurtete zwar noch zum Patenbergsweg, konnte aber nur noch sehen, wie der rote Sportwagen in die Oldenburger Straße abbog.

Unschlüssig stand ich auf dem Gehweg, bis eine Frau, die ich zuvor an der Tür der Bücherei mit meinem plötzlichen Losrennen verschreckt hatte, an mir vorbeizugehen versuchte. Eine Entschuldigung murmelnd kehrte ich zurück zu meinem Fahrrad, in dessen Korb noch meine Tasche lag. Bei der Rückgabe der Bücher kam mir die Eingebung zu fragen, ob es Bücher mit Informationen über eine Gemeinschaft namens Muh gebe. Die Bibliothekarin kannte mich und wusste, dass meine Anfrage ernst gemeint war. Leider gab der Katalog keine geeigneten Titel her. Im Grunde hatte ich nichts anderes erwartet. Wer Muh war, legte ohne Zweifel keinen gesteigerten Wert auf Öffentlichkeit.

Nachdenklich fuhr ich zu meiner nächsten Station, dem Schreibwarengeschäft an der Oldenburger Straße. Dort suchte ich geistesabwesend Ringbucheinlagen, Kugelschreiberminen und andere Kleinigkeiten für die Schule zusammen, ehe ich mich in eine der zwei kurzen Schlangen an der Kasse stellte. Neben mir bemerkte ich eine Frau, die bis vor ein paar Jahren im stillen Tal gewohnt hatte, ehe sie nach dem Tod ihres Mannes zu ihrer Tochter nach Westerholt umgesiedelt war. Natürlich erkundigte sie sich nach Heidi. Für die anderen wartenden Kunden und die Verkäuferinnen an der Kasse schien das eine sehr interessante Frage zu sein, denn alle hielten bei ihren jeweiligen Tätigkeiten inne oder senkten die Lautstärke der eigenen Gespräche, damit sie mit anhören könnten, was ich der Frau aus Westerholt zu sagen hätte. Mit einem giftigen Blick auf die Umstehenden erklärte ich, Heidi habe sich von ihrem Schock erholt. Die Gespräche um uns herum wurden wieder lauter. Während ich auf mein Wechselgeld wartete, wandte sich die Frau aus Westerholt noch einmal an mich.

„Ich habe gerade eben noch einen alten Nachbarn gesehen. Den Sohn vom alten Herrn Berger. Ich wusste gar nicht, dass der wieder in Wardenburg lebt."

Ich stutzte.

„Das tut er eigentlich auch nicht."

Sie hob die Schultern.

„Wahrscheinlich ist er zu Besuch."

Gerne hätte ich sie gefragt, ob sie sicher sei, es habe sich um den jungen Herrn Berger gehandelt. Ich hatte auch schon zu der Frage angesetzt, als mir mein Wechselgeld hingehalten wurde und die Verkäuferin an mir vorbei die Hand nach der Zeitung des nächsten Kunden ausstreckte. Eilig wich ich zur Seite. Der Augenblick zum Fragen war vorüber.

Ortsauswärts radelnd kam ich am Parkplatz eines Geldinstituts vorbei. Auch dort stand ein roter Sportwagen vom Typ Möchtegern, allerdings mit dem Kennzeichen unseres Landkreises. Wie viele Autos dieser Kategorie überhaupt existierten, wusste ich nicht. Andy

Vosgerau hätte womöglich eine Vorstellung von ihrer Häufigkeit. Zu meiner Freude war er bei uns zu Hause, konnte aber leider meine Frage über den Anteil roter Möchtegernsportwagen an der Fahrzeugflotte generell und im Landkreis Oldenburg im Besonderen nicht aus dem Stegreif beantworten. Er versprach mir aber, sich zu erkundigen.

„Seit wann interessieren dich denn Sportwagen, Christa? Gibt es da etwa einen jungen Mann mit Spaß am sportlichen Fahren?" erkundigte er sich amüsiert. Immerhin schwang in seiner Frage nicht das Wörtchen ‚endlich' mit, wie es bei meiner Mutter der Fall gewesen wäre. In seiner Welt fanden Mädchen Autos grundsätzlich nur in Verbindung mit einem schmucken Fahrer interessant. Mich interessierten Autos so sehr wie Teppichpflegespray, und ich nahm sie ansonsten ausschließlich als Fortbewegungsmittel wahr. Aber die häufigen Sichtungen solch roter Sportwagen stießen mir warnend auf, da hatte ich ihn einfach fragen müssen. Er war der einzig wirklich kompetente Ansprechpartner.

Nach den Grübeleien des Vormittags war ich jedoch nicht sicher, ob er mir einen Freund unterstellte oder den jungen Herrn Berger meinte. Entsprechend zögerte ich mit meiner Antwort. Andys Grinsen verblasste ein wenig.

„Reiner Wissensdurst unseres Genies?" fragte er, was wohl eine Anspielung auf meine Schulnoten sein sollte. Eilig nickte ich, möglicherweise zu eilig für seinen Geschmack. Ich hatte mir nicht einmal wie sonst die Mühe gegeben, Empörung wegen seiner spaßigen Unterstellungen vorzutäuschen und eine schlagfertige Antwort zu geben. Andy musterte mich nachdenklich. Mein Vater war gerade hinausgegangen, um sich für die Arbeit umzuziehen, meine Mutter verhandelte an der Haustür mit dem Boten eines privaten Paketdienstes, der eigentlich Im kühlen Grunde ausliefern sollte, aber ratlos durch das stille Tal irrte. Heidi war in ihrem Zimmer, wo sie für alle vernehmlich der aktuellen Boygroup lauschte. Zeugen für unser Gespräch gab es nicht. Er beugte sich zu mir vor. „Denkst du an einen speziellen roten Möchtegernsportwagen? Einen, dessen Halter wir beide kennen?" flüsterte er.

Ich zögerte.

„Möglich", entgegnete ich ihm dann ausweichend.

Sein Blick war ungewohnt scharf, wahrscheinlich handelte es sich um seinen Dienstblick.

„Wenn du etwas weißt, was die Polizei auch wissen sollte, sagst du es mir doch, Christa? Du spielst nicht Privatdetektivin?"

Teils entrüstet über seine Unterstellung, ich verheimlichte polizeirelevante Informationen, teils unangenehm berührt, weil ich nicht wusste, ob ich meine Beobachtungen nicht doch so einordnen sollte, schüttelte ich den Kopf.

Meine Mutter kehrte mit dem gelben Gemeindeplan Wardenburgs in die Küche zurück. Sie hatte den hoffnungsvollen Paketboten auf die Spur des wahren Empfängers des Paketes an der Straße nach Oberlethe gesetzt. Andy erhob sich.

„Tja, Kati, ich muss jetzt los. Vor meinem Dienst habe ich noch einen Zahnarzttermin. Bitte kein Mitleid. Ausschließlich Zahnreinigung. Der Bürger erwartet so etwas heutzutage von den Gesetzeshütern. In amerikanischen Fernsehserien haben die Cops ein so makelloses Gebiss, als wären sie alle Schauspieler. Also, tschüss." Er ging. Wir hörten noch, wie er meinem Vater nach oben einen Abschiedsgruß zurief, ehe die Haustür zuschlug.

Meine Mutter blieb vor mir stehen.

„Christa", begann sie.

Ich sah zu ihr auf.

„Ja, Mutti?"

Sie zögerte.

„Hast du irgendetwas gesehen oder gehört, was mit diesem Mord zu tun haben könnte? Entschuldige, wenn ich das so frage, aber ... Du hast doch etwas Ernstes mit Andy besprochen, oder?"

Ich starrte sie schockiert an, nicht weil sie unwissentlich hinter meine Machenschaften gekommen war, denn ich hatte keine Machenschaften, und sie war mir hinter nichts gekommen. Was mich so irritierte, war ihre Formulierung. Meine Mutter entschuldigte sich nicht wegen einer Frage. Ganz im Gegenteil fühlte sie sich stets berechtigt zu fragen, und ich gestand ihr dieses Recht zu, aus dem einfachen Grunde, weil sie meine Mutter war. Mütter fragten, Töchter antworteten, wenn auch nicht unbedingt mit der Wahrheit. Etwa in dieser Form hätte ich das Prinzip formuliert.

„Er ist nur besorgt, so wie ihr auch. Wegen diesem Mord. So etwas passiert hier normalerweise nicht. Da sind auch die Polizisten im Ort beunruhigt."

„Ja. Sicher." Aber der Blick meiner Mutter blieb forschend, auch wenn sie von weiteren Fragen Abstand nahm.

KAPITEL 10

Anfang Oktober war die Mitte der Herbstferien erreicht. Das Auto mit Dürener Kennzeichen auf dem Hof des Bergerschen Hauses blieb. Obwohl keiner im stillen Tal wirklich wusste, wer der unsichtbare Halter dieses Fahrzeuges war und was dieser Mensch bei den Muhs tatsächlich machte, sprach man unter der Hand vom neuen Mann der Frau Muh. Diese Formulierung, die nicht zwangsläufig einen neuen Ehemann meinte, war von unserer Küche aus beide Arme der Straße hinabgesickert. Bis zum Ende der zweiten Herbstferienwoche ging man allgemein davon aus, im Bergerschen Haus der Muhs habe dieser Mann, dessen Schatten kaum je gesehen worden war, die Rolle des Hausvaters übernommen.

Verbunden wurde diese Annahme mit der Mutmaßung, der neue Mann sei bereits früher Frau Muhs Liebhaber gewesen und habe sich jetzt auf die freigewordene Position an ihrer Seite begeben. Man hörte auch unter der

Hand die Behauptung, bei diesem Mann handele es sich um den Mörder, der Herrn Muh heimtückisch und zum Nachteil der armen Heidi Hemmen umgebracht habe. Das Einschreiten der Polizei wurde regelmäßig gefordert, aber niemand verständigte sie. Uneinigkeit bestand über die Rolle von Frau Muh. Manche sahen sie tief in den Mord verwickelt, andere, eine Minderheit jedoch, glaubte an ihre Unschuld. Wer derartige Unterstellungen in die Welt gesetzt hatte, ließ sich nicht aufdecken. Von unserer Familie kamen sie nicht. Es war jedoch nicht zu leugnen, dass sie kursierten und dass die meisten Anwohner fest an die jeweils bevorzugte Version glaubten.

Meine Mutter mahnte bei mehreren Teestunden in der Nachbarschaft gegen die unbewiesenen Behauptungen. Sie tat es aus Pflichtbewusstsein, nicht aus Sympathie für die Muhs. Im direkten Gespräch mit ihr schworen die meisten Nachbarn dem Lästern ab, was die Gerüchte jedoch nicht verstummen ließ. Frerk Deepken allein weigerte sich offen anzuerkennen, dass alles, was er im stillen Tal und in Wardenburg verbreitete, ausschließlich auf Vermutungen beruhte. Von meiner Mutter zur Rede gestellt, winkte er ab.

„Kati, sag mal ehrlich: Was weiß man denn von denen? Nichts. Nen Zirkuswagen haben sie. Fahrendes Pack. Einer wie der andere hat was auf dem Kerbholz. Diebstahl. Betrug. Auch Mord? Steck sie alle miteinander in einen Sack und schlag mit nem Knüppel drauf. Du triffst immer den Richtigen."

Meine Mutter warf mir einen mahnenden Blick zu, damit ich mich nicht einmischte. Sie hatte mich als Tarnung für ein nachbarliches Gespräch mitgenommen und hielt noch die Heckenschere, um die sie Frerk außerdem gebeten hatte, in den Händen. Nun fürchtete sie, meine idealistischen Äußerungen könnten Streit heraufbeschwören. Streit wollte sie wie eine Diskussion vermeiden, zumal Argumente an Frerk abprallten wie Bälle von einer Wand. Gewohnheitsmäßig behandelte sie ihn trotz der fünf Jahrzehnte auf seinem Buckel nicht anders als einen renitenten Auszubildenden. Mein Vater verfuhr ähnlich, mit gröberen Worten, wie es sich unter Männern geziemte. Bislang waren sie mit ihrer Methode relativ erfolgreich gewesen, erfolgreicher jedenfalls als die meisten anderen Nachbarn.

„Mit diesen Behauptungen hörst du auf, Frerk. Red nicht über Dinge, von denen du keine Ahnung hast. Niemand will deinen Quatsch hören", befahl sie.

Geschlagen nickte Frerk und kratzte an ein paar Schrammen auf seinem Handrücken.

„Was hast du denn da gemacht?" brach ich mein Schweigen. Ein Themenwechsel schien mir angezeigt.

Er steckte die Hand in die Hosentasche.

„'n paar Kratzer, Christa. Hab Brombeeren gepflückt."

„Jetzt noch? Hast du noch welche im Garten?" erkundigte ich mich in der Hoffnung, ihm so spät in der Saison noch ein Schälchen abschwatzen zu können.

Aber Frerk schüttelte bedauernd den Kopf.

„Das waren wilde. Gibt auch kaum noch welche, Christa."

Enttäuscht zog ich ab. Meine Mutter folgte mir nachdenklich.

„Hoffentlich hält er jetzt sein loses Mundwerk", sagte sie zu mir, als wir unser Gartentor erreicht hatten. Aber es sollte nicht ihr letztes Gespräch mit ihm über das Thema gewesen sein. Frerk nickte jedes Mal zustimmend, fing jedoch bei geringster Provokation wieder an.

„Die haben alle was zu verbergen. Vor Mord würden solche nicht zurückschrecken", hörte man von ihm und sah viele Zuhörer nicken.

Auch ohne Frerks Behauptungen galt Heidi über die Grenzen des stillen Tals hinweg als das wahre Opfer im Mordfall Muh. Sie hatte zwar nicht ihr Leben, dafür aber bei ihrem Sturz über die Leiche in gewisser Weise die Unschuld ihrer Jugend verloren. Meine Eltern und ich mochten es nicht, wenn die Leute so über Heidi redeten, aber auch diesem Strang des Klatsches gelang es uns nicht, Einhalt zu gebieten. Man hätte das Gerede als unbegründet abtun können, wenn Heidi nicht auch uns verändert erschienen wäre. Gewöhnlich aufgeschlossen für Neues und gern in Gesellschaft, wirkte sie an manchen Tagen abwesend, regelrecht gedämpft, wie meine Eltern besorgt feststellten. Wie man ihr helfen könnte, lag jenseits unserer Vorstellungskraft. Wir hatten von Andy einen Prospekt über psychosoziale Beratungsangebote bekommen,

aber alle drei glaubten wir, mit etwas Ruhe und wohldo-
sierter Ablenkung wäre Heidi am besten gedient. Was sie
erlebt hatte, wäre nicht ungeschehen zu machen. In unseren Augen hielten Gespräche daher die Erinnerung nur
unnötig wach. Wir Familienangehörige versuchten, den
Mord nicht zu erwähnen. Ganz uneigennützig geschah
das nicht, denn auch bei uns hatte sich etwas verändert.
Mein Vater schloss seit dem Mord abends sämtliche Türen ab, meine Mutter bestand auf eingeschalteten Handys,
sobald man das Haus verließ. Wir alle mieden Fern-
sehnachrichten und zahlreiche populäre Sendungen, die
täglich in Farbe zeigten, was Erinnerungen an den echten
Tatort wachrief. Unsere fürsorglichen Nachbarn, die ge-
legentlichen Nachfragen der Polizei und nicht zuletzt die
Präsenz der übrigen Familie Muh im Nachbarhaus und
sogar in Heidis Klasse verhinderten ebenfalls das Ein-
schlafen der Erinnerung. Nach Ablauf eines guten Mo-
nats war der Mord nur von der Oberfläche des
Alltagsgeschehens verschwunden. Darunter brodelten die
Spekulationen. Manchmal fürchtete ich, was da im stillen
Tal vor sich hin kochte.

Zum Glück begann nach den Herbstferien eine geschäfti-
gere Zeit. Meine Eltern und ich hofften, nun fände Heidi
endlich Ablenkung von den trüben Gedanken und kehrte zurück zu ihrer alten Unbeschwertheit. Unsere jeweiligen Schulen hielten es in diesem Herbst für angezeigt, die

Schülerschaft zu diversen Aktivitäten zu drängen, dazu kamen bei mir auch noch Klausuren. In den ersten zwei Wochen nach den Ferien war ich so mit Projektarbeiten und von der Schulleitung erwarteten freiwilligen Einsätzen beschäftigt, dass ich oft erst zum Abendessen ins stille Tal zurückkehrte.

Meine Schwester sah ich in diesen Tagen selten. Doch auch sie war in ein größeres Projekt eingebunden. Frau Schumann-Schulz, Heidis Klassenleiterin an der Realschule und zugleich meine ehemalige Lehrerin, gehörte zu jenen aktiven Gliedern des Lehrkörpers, die dafür plädierten, dass Schulleben und Gemeinde sich ergänzen sollten. Im Laufe ihres Verweilens am Wardenburger Schulzentrum hatte Frau Schumann-Schulz viele Projekte ins Leben gerufen, die tatsächlich zu einer Öffnung der Schule beigetragen hatten. Zu den bekanntesten gehörte eine Wertstoffsammlung in Gloysteinsfuhren, einem kleinen Waldstück am Rande Wardenburgs, welches Schulgelände und Sportanlagen an einer Seite von Wohnstraßen abschirmte. Hinter den Sportanlagen und dem Waldstück streckten sich die Felder und ein System von Bäken und Gräben bis zum Huntedeich hin. Aber das war weitgehend Privatland, die Wertstoffsammlung beschränkte sich auf Gemeindeboden und da ausschließlich auf Gloysteinsfuhren. Normalerweise wurde die Aktion nach dem Winter durchgeführt, gewissermaßen als eine Art Frühjahrsputz in der Kulturlandschaft. In diesem Jahr ließen die

Planungen für die zehnte Realschulklasse kein ausreichendes Zeitfenster frei für eine derartige Frühjahrsaktion. Spontan entschied man, die Schüler sollten nach den Herbstferien losziehen.

Heidi hatte schon während der Herbstferien immer wieder laut über die Aussicht gestöhnt, bei kaltem Wetter durch das Wäldchen zu stapfen, bewaffnet mit Eimer und Greifer und einem wachsamen Blick auf Hundekot, der dort ebenso massenhaft herumlag wie Getränkedosen. In den vierzehn Tagen nach den Ferien häufte sich das Klagen, bis ein allnachmittägliches Ritual entstanden war. Am Tag vor dem Waldputzen versuchte ich Heidi zu beruhigen. Ich selbst hatte die Aktion auch durchführen dürfen und behauptete nun beinahe aufrichtig, es könne auch Spaß machen.

Heidi widersprach:

„Bei dir war Frühling, das weiß ich noch. Bei dir war es warm. Ihr brauchtet keine Jacken. Aber wir könnten Frost haben. Und Nebel." Dabei musterte sie mich anklagend, als hätte ich Frau Schumann-Schulz zu der Verschiebung ihrer Wertstoffsammlung angeregt.

„Ja, ich hatte keine Jacke an und deshalb zerkratzte Arme. Stell dich nicht an wie ein Baby", gab ich ungeduldig zurück.

Sie verzog das Gesicht.

„Als ob dir die paar Kratzer etwas ausgemacht hätten. Außerdem, auf dich guckt eh keiner. Aber ich soll ihre blöde Gartenjacke anziehen, sagt Mutti. Und die olle Stepphose, die beim Waschen eingelaufen ist. Wie sehe ich da drin denn aus?"

Angesichts der Tatsache, dass meine Mutter sich in Hörweite aufhielt, verbiss ich mir eine patzige Entgegnung, zu weiterer Rücksichtnahme sah ich mich nicht in der Lage.

„Heidi, das ist keine Casting-Show. Ein Foto in einer Umsonst-Zeitung ist das höchste, was du erwarten kannst. Und da wollen sie auch die Handschuhe und Plastikbeutel draufhaben, damit es nach echter Arbeit aussieht", gab ich zurück und betrachtete in einer Mischung aus Neid und Verachtung ihre Stretch-Jeans, in der meine kleine Schwester wie ein echtes Model aussah. Mit siebzehn ärgerte es mich ungemein, dass ein und dasselbe Kleidungsstück an mir vernünftig und an ihr aufregend aussah. Mittlerweile stehe ich über solchen Kleinigkeiten, jedenfalls solange ich nicht in Heidis Nähe bin. An jenem Tag überhörte die geflissentlich jede Kritik.

„Dieses Waldputzen wird grausam", verkündete sie nur noch, ehe sie den Raum verließ. Sogar meine Mutter im Nebenzimmer lachte.

Der darauffolgende Tag war ein Dienstag und für mich ein besonders langer Schultag. Als ich am späten Nachmittag ins stille Tal zurückkehrte, standen nicht wie sonst so oft ein, sondern drei Polizeiwagen in der Haarnadelkehre und dazu Andys Privatwagen. Mir war sofort klar, dass etwas Furchtbares geschehen sein musste, und ich wusste instinktiv, dass es um Heidi ging. Dies bestätigten mir meine Eltern, die im Wohnzimmer mit einem zivilen Andy, einer uniformierten Beamtin und einem fremden Herrn in Glencheck-Sakko saßen. Allein schon das Wohnzimmer als Ort für ein Gespräch ließ Böses ahnen. Normalerweise saßen wir auch mit Gästen in unserer Küche, die zwar ein hocheffizient eingerichteter Arbeitsplatz für einen Koch und eine Hauswirtschaftsleiterin, zugleich aber ein gemütlicher Raum war, wo man sich gern um den Tisch herum versammelte. Sogar nachdem Heidi Herrn Muhs Leiche gefunden hatte, war keiner der Polizisten in unser Wohnzimmer vorgedrungen.

„Was ist los?" wollte ich wissen, dabei sah ich automatisch zu Andy, als habe der solche Antworten zu geben.

Aber Andy verzog nur das Gesicht und schielte zu meinem Vater, der verbissen schwieg. Ich musste etwas sagen, irgendetwas, damit sich jemand zur Antwort bereiterklären würde. Wie so oft in solchen Situationen fiel mir nur das Idiotischste ein.

„Wo ist mein Mittagessen? Ich habe Hunger."

Damit erreichte ich, dass Andy und die fremden Polizisten peinlich berührt zu meinen Eltern sahen, die schweigend auf dem Sofa kauerten. Meine Mutter hielt es schließlich nicht mehr aus, wahrscheinlich wirkte meine Taktlosigkeit als Ventil für ihre aufgestauten Emotionen.

„Heidi wurde entführt! In Gloysteinsfuhren. Mit dieser Muh. Und du denkst nur ans Essen!"

Obwohl ich geahnt hatte, dass etwas mit Heidi geschehen sein musste, erschrak ich, wenn auch nicht so sehr, dass ich hysterisch schluchzend zusammengebrochen wäre.

„Tut mir leid. Das konnte ich ja nicht wissen", murmelte ich, eher über mein lautes Magenknurren zerknirscht, und ließ mich auf einen Stuhl fallen, denn die Polizisten hielten die Sessel besetzt. Ich sah von meinen Eltern zu Andy und zu dem Beamten in Glencheck. So vieles bedurfte der Erklärung, damit auch ich die Lage verstünde. Die Befragung meiner Eltern hatte jedoch längst den Punkt überschritten, an dem ich noch Informationen über den Vorfall hätte aufschnappen können. Das musste warten, bis einer der Anwesenden es für nötig hielt, mir zu erzählen, was vorgefallen war.

Diese unschöne Aufgabe übernahm Andy, während meine Eltern die Polizeibeamten zur Haustür brachten. Aber als Erstes fuhr er mich an:

„Wie kannst du so gefühllos vom Essen reden?"

Das empörte mich nun doch.

„Wieso? Ich komme direkt aus der Schule. Da wusste ich doch gar nicht, was los war. Keiner hier hat es für nötig gehalten, mir Bescheid zu sagen. Wozu besteht Mutti eigentlich auf eingeschalteten Handys? Damit wir alle unsere tägliche Strahlendosis bekommen? Ich finde, sie hätte mich anrufen sollen."

Andy zögerte, wohl weil er zugeben musste, dass ich nicht ganz im Unrecht war. Aber seine Solidarität galt vorrangig meinen Eltern.

„Trotzdem. Du bist doch sonst so clever. Da hättest du doch sehen können, dass etwas nicht in Ordnung war. Ein bisschen mehr Taktgefühl kann auch dir nicht schaden, Fräulein, auch wenn du zur Gelehrtenschule gehst."

Den letzten Teil seiner Bemerkung ignorierte ich. Meiner Meinung nach sollte gerade Andy in Hinblick auf meine Schulkarriere seine Worte mit mehr Bedacht wählen.

„Nenn mich nicht Fräulein", gab ich also zurück, insgeheim bereit zur Entschuldigung. Andy nickte gnädig. Im Flur redeten meine Eltern mit jemandem, aber ich konnte die Stimme nicht erkennen. Andy betrachtete mich, wie ich mit unter die Schenkel geklemmten Händen auf dem Stuhl hockte.

„Es war ein Glücksfall, dass ich nach dem Dienst noch nicht nach Hause gefahren war", begann er. „Kollege Gert war letztens unbeobachtet an der Kaffeemaschine und hat irgendwie das Kabel angeschmort. Lange Geschichte. Jedenfalls habe ich heute das Kabel ersetzt." Nun erwartete er Lob von mir. Wie mein Vater erzählte, bastelte Andy seit ihrer gemeinsamen Jugend alles Mögliche und war aufgrund seiner außerberuflich erworbenen Kenntnisse mit elektrischen Geräten zu einer Art Ersatzhausmeister der Wardenburger Polizei geworden.

„Was du alles kannst, Andy", entgegnete ich.

Weise beachtete er mein Sticheln nicht.

„Kurz nach zwölf kam ein Notruf. Diese Lehrerin, für die ihr Teenager immer den Wald fegen dürft, war es.

Der wären zwei Mädchen abhanden gekommen, sagte der Kollege. Ich konnte es kaum glauben, als ich die Namen hörte. Die anderen haben die Verbindung zu dem Mord an eurem Nachbarn, dem Herrn Muh, gar nicht geknüpft, das musste ich denen erst einmal auseinandersetzen. Na ja. Gefunden haben sie die Mädels natürlich nicht zwischen den paar dürren Bäumen. War offensichtlich ein Fall für die Kollegen von der Kripo."

Ich schluckte. Heidis Worte vom vorherigen Abend fielen mir ein, und ich hoffte, dass es nicht die letzten Worte gewesen waren, die ich von ihr hören sollte. An diesem Morgen hatte ich sie gar nicht mehr zu Gesicht bekommen, weil wegen der Waldputzaktion ihre erste Unterrichtsstunde ausgefallen war. Als ich zur Haltestelle geradelt war, hatte sie noch im Bett gelegen.

„Und jetzt?" fragte ich leise.

„Jetzt sind die Kollegen dran", sagte Andy. Aus heutiger Sicht glaube ich, er habe mir Mut zusprechen wollen. Damals hielt ich seine Bemerkung für reinen Hohn.

In diesem Augenblick flog die Wohnzimmertür auf. Eine gewaltige Frau, ganz Schultern und Hüften, die kurzen Haare ampelrot, stapfte vor meinem Vater in den Raum und steuerte direkt auf mich zu. Es war Frau Schumann-Schulz, die mich noch in Weißblond unterrichtet hatte.

„Christa. Ich bin untröstlich", verkündete sie auf halbem Wege zu meinem Platz.

Andy, der Anstalten zum Aufstehen gemacht hatte, sank offenkundig ignoriert wieder auf das Sofa. Interessiert betrachtete er von dort aus Frau Schumann-Schulzes wattierten Rücken.

Meine Eltern traten zögerlich neben das Sofa, als trauten sie sich nicht in ihr eigenes Wohnzimmer. Frau Schumann-Schulz hatte diese Wirkung auf Eltern. Selbst meine Mutter blickte nur ratlos drein, allerdings war sie nach den Ereignissen des Nachmittages nicht in Bestform. Frau Schumann-Schulz setzte sich neben Andy, den sie sitzend weit überragte.

„Schumann-Schulz", informierte sie ihn, wartete seine Antwort jedoch nicht mehr ab. Stattdessen wandte sie sich mir zu. „Christa! Was soll ich sagen? Es tut mir so leid. Ich fühle mich verantwortlich, obwohl ich offen gesagt nicht wüsste, was ich anders hätte machen sollen. Wir hatten eine Aufgabe. Wir hatten ein Ziel."

Ich nickte, weil sie das offenbar von mir erwartete. Dass sie sich wenig um Einleitungen bemühte, kannte ich noch aus ihrem Unterricht. Mein Nicken als Zustimmung wertend, maß sie mich mit einem ihrer langen Blicke, die, wenn man eine Zeitschrift unter dem Pult las, diese durch die Tischplatte hindurch entdeckten. Im Geiste schlug ich das Heft zu, damit sie nicht las, dass ich mich bei ihrem letzten Besuch in meinem Zimmer versteckt hatte.

Frau Schumann-Schulz ließ ihren Blick über mein Gesicht und meine Kleidung wandern. Einige Veränderungen gab es natürlich. Wir hatten uns über ein Jahr nicht gesehen. In der Zeit hatte Frau Schumann-Schulz ein paar Falten mehr und eine neue Haarfarbe bekommen, ich neues Selbstbewusstsein, das mein Gesicht von innen her formte. Über ihre Betrachtungen schien sie völlig vergessen zu haben, weshalb sie eigentlich in unserem Wohnzimmer saß, denn ihre nächste Äußerung hätte sie auch bei einem zufälligen Treffen in der Eisdiele machen können.

„Gut siehst du aus. Gefällt es dir am Gymnasium?" Der erste Teil konnte nur eine Phrase sein. Gut sah ich, glaubte man Heidi und dem Badezimmerspiegel, nicht aus. Zum zweiten Teil nickte ich, immer noch ihre bravste Schülerin. Erfreut und offensichtlich zufrieden schlug sie sich mit der Hand auf das Knie. Andy wich von ihr zurück. Sein eigenes Knie war ebenfalls betroffen. „Ich hab deinen Eltern immer gesagt, du wärst Material für die höhere Schule."

Auch ich hatte kurzzeitig vergessen, weshalb wir in dieser Konstellation zusammensaßen. Ihre Äußerung kam so überraschend, dass ich skeptisch auf meine Eltern schaute. Die wirkten abwesend. Für sie hatte Heidis Verbleib Priorität, was mit mir besprochen wurde, interessierte sie nicht. Andy dagegen grinste verschwörerisch.

Frau Schumann-Schulz hatte wohl den Blickwechsel zwischen uns bemerkt. Sie fuhr mit der Hand knisternd durch die streichholzkurzen Haare. Das war eine für Schüler irritierende Angewohnheit, welche relativ eindeutig einen Themenwechsel ankündigte. Seit der achten Klasse hegte ich den Verdacht, sie sehne sich unbewusst nach langen Locken zum Raufen und Bauschen, damit andere sie für so verhuscht und harmlos hielten, wie sie definitiv nicht war. An diesem Abend wirkte die Geste unerwartet beruhigend auf mich, als wäre ich wieder fünfzehn und in ihrer Klasse und Heidi noch zu jung, um in Gloysteinsfuhren Abfall einzusammeln. Solches Leben war normal. Die Realität verunsicherte mich.

„Frau Schumann-Schulz, wie ist das mit Heidi eigentlich passiert? Wissen Sie das? Ich bin gerade erst nach Hause gekommen und habe noch nichts gehört", sagte ich zu ihr.

Sie wurde gerne um Informationen gebeten. Wieder fixierte sie mich forschend. Vor ein oder zwei Jahren hatte ich noch Angst vor diesem Blick gehabt, nach langer Schulerfahrung nur eine Restangst.

„Wie das passiert ist? Gut, dass du das ansprichst, Christa. Leider weiß auch ich nur sehr bruchstückhaft Bescheid. Die Polizei enthält mir Informationen vor. Im Übrigen solltet ihr", dabei sah sie von mir zu meinen Eltern und weiter zu Andy, „dem Geschwätz, das jetzt schon im Umlauf ist, keinen Glauben schenken. Ich tue das auch nicht." Was sie damit meinte, blieb mir an diesem Abend unklar. Erst in den nächsten Tagen hörte ich, dass einige Leute, darunter manche ihrer Kollegen und die meisten unserer Nachbarn, ihr vorwarfen, sie habe leichtfertig gehandelt, als sie Heidi und Greta mit dem offiziel-

len Traumpaar der Klasse in eine Vierergruppe einteilte.
Dass Heidi im Frühjahr Hoffnungen auf den jungen
Faustballstar gehegt hatte, verlieh dieser Zusammenstel-
lung zusätzlich eine pikante Note. „Ich habe keine Ahnung, welcher Teufel diese beiden verantwortungslosen
jungen Menschen geritten hat", lautete Frau Schumann-
Schulzes Vorbemerkung zu ihrer Version der Ereignisse
in Gloysteinsfuhren. „Ohne Zweifel hat der Junge seine
Freundin zu einem Stelldichein überredet. Von allem anderen abgesehen, über das ungenehmigte Verlassen einer
Schulveranstaltung kann man nicht hinweggehen. Und
was war die Motivation? Dieses Pärchen wollte die ganze
Arbeit, und es ist keine schöne Arbeit, wichtig, notwen-
dig, aber nicht schön, Heidi und dieser Greta Muh überlassen. Ich bin über ihr Verhalten enttäuscht. Dabei lag es
mir so sehr am Herzen, Greta mit netten und aufge-
schlossenen Kameraden zusammenzubringen. Sie ist
noch neu in der Klasse, und einige Mitschüler hatten Vorbehalte, weil sie so angepasst war. Außerdem hatte ich mir
vorgestellt ... Jedenfalls kam um halb zwölf zur Teepause
nur die halbe Gruppe zum Treffpunkt. Die zwei, die tatsächlich eintrafen, verspätet übrigens, haben sogar be-
hauptet, Heidi habe gesagt, sie wollten nur noch die
vollen Plastiktüten zubinden. Das war gelogen! Als die
beiden an den Arbeitsabschnitt der Gruppe zurückge-
kommen sind, haben sie die beiden Mädchen gar nicht
mehr angetroffen. Und keinen Mucks haben sie gesagt,
bis schließlich jemand meinte, es wäre schon seltsam, dass

Heidi und Greta nicht kämen. Ja, und dann ist uns kollektiv, man kann wirklich sagen: kollektiv eingefallen, dass ja vor kurzem der Vater von Greta ermordet worden ist. Und dass Heidi die ... den Verstorbenen gefunden hat. Oha, da schrillten bei mir die Alarmglocken! Ich habe mir zwei von den Jungs geschnappt und bin mit ihnen zum Einsatzbereich der Gruppe gegangen. Keine Spur von Heidi oder Greta. Nur die Sammeltüten lagen verstreut auf dem Boden. Nicht zugebunden. Und ein grüner Arbeitshandschuh, wie Heidi sie angehabt hatte. Keine Reaktion, als wir gerufen haben. Was, frage ich Sie, blieb mir da, als die Polizei zu rufen?"

Außer Atem und erwartungsvoll, sah Frau Schumann-Schulz Andy an. Vielleicht spürte sie den Polizisten in ihm, obwohl er ihr meines Wissens nicht bekannt war. Sie wohnte nicht in Wardenburg, und er hatte keine Kinder am Schulzentrum. Verständnisvoll nickte er.

„Das war eine kluge Entscheidung, Frau ... äh ..." Weiter kam er nicht. Es klingelte an der Haustür. Gleichzeitig mit meiner Mutter, die sich sonst mit dem Öffnen Zeit ließ, sprang Frau Schumann-Schulz auf.

„Ich will Sie nicht aufhalten! Machen Sie sich keine Umstände! Ich wollte nur klarstellen, dass ich verantwortungsbewusst gehandelt habe. Mir kann man keinen Vorwurf machen. Schönen Abend noch."

Damit rauschte sie an meiner Mutter vorbei und hatte schon die Haustür aufgerissen, als die den Flur erreichte. Auf der Türschwelle kollidierte Frau Schumann-Schulz anscheinend mit einem Nachbarn, ehe sie enteilte. Trotz der unmöglichen Umstände musste ich kichern. Diesen Effekt hatte Frau Schumann-Schulz auf mein reiferes Ich, das sich ausgerechnet in diesem Moment daran erinnerte, nicht mehr von ihrer Bewertung abzuhängen. Glücklicherweise waren Andy und mein Vater durch den Neuankömmling abgelenkt. Sie waren ebenfalls in den Flur gegangen und bemerkten mein neuerliches Fehlverhalten nicht. Ich nutzte die Unaufmerksamkeit der Erwachsenen und schlich die Treppe hinauf in mein Zimmer. Es gab einiges, das ich mir durch den Kopf gehen lassen musste.

KAPITEL 11

Meine kleine Schwester war verschwunden und mit ihr ein anderes Mädchen. Wieder hatte etwas, das ich in meinem beeindruckbaren Alter als Schicksal bezeichnen wollte, meine Familie auf seltsame Weise mit den Muhs verbunden. Während mir noch halb erinnerte und nie richtig verstandene Heldensagen im Kopf durcheinanderwirbelten, zögerte ich nicht lange. Was ich nun tat, sollte entscheidend zu den nachfolgenden Ereignissen beitragen. Ich dachte an diesem Abend jedoch nur daran, dass die Familie Muh nicht ein weiteres Mal von dem Mitgefühl ihrer Nachbarn ausgeschlossen werden sollte. Noch während meine Eltern mit dem neuen Besucher sprachen, verließ ich heimlich das Haus und lief das kurze Stück Wegs zum Bergerschen Haus der Muhs. Die Polizei befand sich offensichtlich dort, obwohl das verbleibende Auto weiterhin vor unserem Haus geparkt stand.

Auf mein Klingeln hin öffnete Bea die Tür. Als sie mich sah, fing sie zu weinen an. Ihre Tränen befremdeten mich. Bei uns hatte niemand geweint, weder meine Mutter noch ich, und auch mein Vater nicht. Nicht dass wir keine Angst um Heidi gehabt hätten, wir waren derzeit zu sehr mit dem Erfassen der Situation beschäftigt, um unseren Gefühlen freien Lauf zu lassen. Hinter meinen Augenlidern spürte ich ständig ein Brennen, welches nur von ungeweinten Tränen herrühren konnte. Dem Wunsch zu weinen gab ich jedoch nicht nach, denn ich war die vernünftige Tochter, zugleich gutes Beispiel und Stütze meiner Eltern. Nun stand Bea vor mir, die so klein und zierlich war wie Heidi als Elfjährige. Sie weinte und sah mit ihren geschorenen Haaren und der tantigen Bluse so zerbrechlich aus, dass ich nicht anders konnte, als sie in den Arm zu nehmen. Gemeinsam gingen wir dann in die Mitte des riesigen Raumes, wo nach wie vor eine lange Tafel aus zwei Tischen aufgebaut stand. Eine große Familie wie die der Muhs benötigte im Alltag viele Sitzgelegenheiten. Von der Trauertafel hatten sie nur einen der Tische weggenommen. Die weißen Tischtücher waren ebenfalls entfernt worden. Trotz seiner Länge, mit zusätzlich zwei Polizisten und mir, war der Tisch mehr als voll besetzt. Der Zivilpolizist war ein anderer als eben bei uns. Er hob den Blick und musterte mich prüfend.

„Darf ich fragen, wer Sie sind?" erkundigte er sich. Mein Erscheinungsbild bewies ihm selbstverständlich, dass ich nicht zu der Familie Muh gehörte.

Nachdem ich ihn über meine Identität aufgeklärt hatte, nickte er nur und ignorierte mich fortan. Schweigend saß ich dabei, während er versuchte, Informationen über Greta von ihren Angehörigen zu erfragen. Die Familie saß mit tief gesenkten Köpfen auf ihren Stühlen. Sogar die kleineren Kinder verhielten sich absolut still. Sämtliche Antworten auf polizeiliche Fragen fielen kurz, oft einsilbig aus. Kooperation sieht anders aus, sagte ich mir beinahe verzweifelt. So dachten wohl auch die Polizisten. Und wieder war da dieser merkwürdige Geruch, der die insgesamt abgestandene Note der Raumluft überlagerte. Wieder roch ich Angst. Mein Blick schweifte über die gesenkten rasierten Köpfe und blieb an dem neuen Mann der Frau Muh hängen. Weil er im Verhältnis zu den übrigen Muhs groß war und er als Einziger den Kopf nicht ganz so tief gesenkt hielt, konnten die Polizisten ihm zwar nicht in die Augen, aber noch auf sein Gesicht sehen. Schweiß glänzte auf seiner Stirn, und er antwortete auf Fragen mit dumpfer Stimme, ohne Blickkontakt herzustellen.

Ich zupfte Bea neben mir am Ärmel.

„Kann ich dich sprechen, ohne dass jemand zuhört?" flüsterte ich ihr zu.

Sie nickte langsam und nahm mich mit in die Küche. Dort überkam mich noch einmal die Neugier. In dieser Küche hatte meine Mutter zehn Jahre lang für den alten Herrn Berger gekocht. Offensichtlich war die Einrichtung vollständig von den Muhs übernommen worden. Die altbekannten Schränke und Geräte standen an ihren vertrauten Plätzen. Auf dem Herd zeigte ein krustig brauner Ring, wo vor kurzem Milch übergekocht war. Trotz des gekippten Fensters überlagerte der ätzende Geruch hier alle anderen Gerüche des Hauses. Beim Anblick des Herdes hätte meine Mutter beredt mit den Schultern gezuckt. Ich fand das Überkochen der Milch dagegen passend. Es war genau die Art Nachlässigkeit, welche eine Entführung in der Familie verursachen konnte. An Beas gepresstem Atem wurde mir bewusst, dass ich schon zu lange und zu intensiv auf den verkrusteten Herd gestarrt hatte. Eilig ließ ich den Blick weiterschweifen. Ein fremder Tisch nahm die Mitte des Raumes ein. Dort hatte jemand Brot und Milch verzehrt und das benutzte Geschirr stehen lassen. Krümel bedeckten die Tischplatte rund um den Teller und den Boden davor. Durch das Fenster sah man in der Dämmerung die Grabungsstellen, in denen die Muhs Rosenstöcke gepflanzt hatten. Einige der jungen Pflanzen waren aus dem Boden gerissen und zertreten worden. Ich drehte mich zu Bea um. Sie blickte ebenfalls aus dem Fenster, den Mund zu einer blassen Linie verkrampft.

„Wer hat das getan?" fragte ich. Ich meinte die herausgerissenen Rosenstöcke, aber sie glaubte wohl, ich spräche von dem Verschwinden unserer Schwestern.

„Die anderen Schüler haben nichts gesehen."

Ich nickte.

„Eigentlich meinte ich das da", sagte ich und zeigte aus dem Fenster auf die zerstörten Pflanzen.

Bea schüttelte den Kopf.

„Ich weiß nicht. Es ist während der Ferien passiert."

Ich überlegte, ob sie meinte, was ich verstanden zu haben glaubte.

„Das soll jemand von uns gewesen sein? Ich meine, von den Leuten hier? Von einem Kind oder Jugendlichen? Aus dem stillen Tal?" Für mich war die Vorstellung absurd. Bea hob ratlos die Schultern. Ihre matte Resignation reizte mich. „Das war niemand von uns", erklärte ich kategorisch. Sie nickte, als wollte sie ausdrücken, wenn ich dieser Ansicht sei, könne es sich nicht anders verhalten. In der Küche befanden sich keine Stühle, die standen wohl alle an der großen Tafel im Eingangszimmer. Statt mich zu setzen, lehnte ich mich an die Wand neben der Tür. Bea folgte meinem Beispiel und lehnte sich ihrerseits an die Spüle.

Über die Breite des Raumes betrachteten wir uns wachsam. Ich konnte nicht behaupten, Bea zu mögen. Bisher hatte ich sie lediglich unter die Muhs subsummiert und weiter unter die Mitglieder der Gemeinschaft Muh. Sie war mir nicht unsympathisch, für dieses Wort erschien sie mir zu eigenschaftslos. Diese junge Frau, die aussah und roch, als kleidete sie sich direkt aus Altkleidercontainern ein, war absolut unbeeindruckend. Ich fand in ihrem Gesicht keinerlei Hinweise auf ihr Alter, und die Züge waren so vollkommen frei von jedem Ausdruck, dass daran weder ihr aktuelles Befinden noch die Grundstimmung ihres Wesens abzulesen war. Während ich sie

anstarrte, kam mir der Gedanke, dass sie mich in genau
diesem Augenblick ebenso taxieren dürfte, obwohl ihr
Blick scheinbar so offen auf mir ruhte. Etwas musste sie
über mich denken, man konnte sich dem andauernden
Bewerten nicht einfach entziehen. Auch einer Muh wäre
dies unmöglich. Der Anblick, der sich dieser Muh bot,
war nicht gerade ein optischer Lichtblick. Ich sah nach einem langen Schultag in meiner Hemdbluse unter dem
Pullunder aus wie eine, die besser Bürokauffrau gelernt
hätte und in der Großstadt Oldenburg kaum als Gymna-
siastin erkannt worden wäre. Möglicherweise erschiene
ich Bea ebenfalls unbeeindruckend. Diese Erkenntnis war
ernüchternd.

Aus jener plötzlichen Ernüchterung heraus empfand
ich eine Art Solidarität.

„Bea, wir müssen etwas unternehmen", informierte
ich sie. Dafür wurde ich mit einem fragenden Blick be-
lohnt.

„Wir?"

Ausgerechnet wir, die wir uns praktisch nicht kannten und für die kein Anlass bestand, auch nur zu versuchen, sich zu mögen, sollten gemeinsam die Suche nach
den Entführten unterstützen. Ich besaß nicht einmal eine
Vorstellung, was wir auf eigene Faust unternehmen könnten, außer vielleicht Suchzettel an Laternenpfosten zu kle-
ben. Der Erfolg war sogar bei entlaufenen Katzen fraglich.
Ich spürte Beas Blick auf mir und sah zu ihr hin. Ihrem
Gesicht war ein Ringen abzulesen. Sie hüstelte nervös.

„Christa. Ich habe da etwas."

Was sie hatte, führte sie nicht aus. Ich blickte sie ebenso erwartungsvoll wie verständnislos an.

„Und was?" wollte ich wissen, da sie nicht weitersprach. Es klang patzig, wie bei einem Kind. Bea ignorierte den Tonfall. Sie trat an den Tisch und zog eine Schublade auf. Darin befand sich, soweit ich sehen konnte, kein Besteck, nur all die Kleinigkeiten, die sich in Küchen ansammelten und, sofern die Mutter keine Hauswirtschaftsleiterin war, auf nicht nachvollziehbaren Wegen in vernachlässigte Schrankfächer und Schubladen wanderten. Bea hob den Einsatz, den jemand in der Hoffnung, so werde Ordnung gehalten, in die Schublade gesetzt hatte, heraus. Darunter fischte sie nach zwei Zetteln. Ohne darauf zu sehen, drückte sie mir die Blätter in die Hand. Fragend sah ich sie an, dann las ich. Es waren anonyme Briefe. Der obere enthielt eine eindeutig formulierte Drohung:

„sonntag, 14 h an der hecke mit dem geld komm oder du bereust es",

las ich. Dies war offensichtlich der ältere Brief. Der zweite sah aus, als hätte er an einem feuchten Platz gelegen. Die Druckertinte war stellenweise zerlaufen, aber noch halbwegs lesbar.

„ich hole mir was euch gehört denn ihr habt was mir gehört das was euch gehört bekommt ihr im austausch für das geld ihr wisst ich meine es ernst".

Die Machart erinnerte mich an Vokabelübungen im Fremdsprachenunterricht. Leider handelte es sich um echte Drohungen.

Bea seufzte.

„Der da", sie wies auf die Verabredung um vierzehn Uhr, „kam am Tag vor ... am Tag vor dem Mord an meinem Vater. Der andere lag heute Vormittag draußen vor der Küchentür."

Es dauerte einen Moment, bis ich die Reihenfolge der Ereignisse auf einer inneren Zeitleiste geordnet hatte. Entgeistert starrte ich sie dann an.

„Ihr habt den zweiten Brief bekommen, bevor Heidi und Greta entführt wurden? Und ihr habt sie nicht gewarnt? Oder die Polizei verständigt?"

Bea machte ein merkwürdiges Gesicht. Ich stellte mir vor, mit diesem Ausdruck würde einem mitgeteilt, dass man für die Bank nicht mehr kreditwürdig sei.

„Es wurde dagegen entschieden."

„Ihr habt die Briefe auch jetzt nicht der Polizei gezeigt?" fragte ich, um sicherzugehen. Aber die Polizei hätte solche Briefe wohl kaum in einer Küchenschublade aufbewahren lassen. Man hätte sie in einem Labor untersucht, auf Fingerabdrücke, Faserspuren, DNA und was sonst so zur Spurensicherung verlangt wurde.

Bea nickte trotzig.

„Aber weshalb denn nicht?" rief ich aus, ohne Rücksicht auf die versammelten Muhs und die Polizeibeamten jenseits der Küchentür. Bea winkte hektisch.

Ich ging auf sie zu. „Aber weshalb nicht?" wiederholte ich leiser.

Sie senkte den Kopf.

„Zu gefährlich. Wir wissen, wozu er fähig ist. Mein Vater ..."

Ich betrachtete ihren gesenkten Kopf von oben. Diesen Anblick boten auch die übrigen Muhs, während der beanzugte Polizist vergeblich um Hinweise auf den Entführer rang. Sie hielten ihre Köpfe gesenkt, und der Polizist ahnte vielleicht genau wie ich, dass ihm Hinweise vorenthalten wurden.

„Bea?"

Sie nickte, den Kopf weiterhin gesenkt haltend.

„Wisst ihr, wer die Briefe geschrieben hat?" flüsterte ich ihr zu. Sie zuckte zusammen. „Wisst ihr es?" hakte ich noch leiser nach.

Als sie den Kopf hob, geschah das so ruckartig, dass ich mein Kinn gerade noch zurückziehen konnte. Bea sah mir direkt in die Augen, das erste Mal, seit ich sie kannte.

„Ich weiß es."

Ich hielt den Atem an, bis es nicht mehr ging, in der Erwartung, sie würde weitersprechen. Das tat sie nicht. Wieder musste ich fragen.

„Wer ist es?"

Bea zog die Brauen hoch.

„Glaubst du, es würde irgendetwas ändern, wenn du den Namen wüsstest?" Sie sprach, als glaubte sie das nicht, und ihre Überzeugung machte mich unsicher.

„Natürlich glaube ich das", gab ich eilig zurück, während ich fieberhaft überlegte, was die Kenntnis der Identität bedeutete. Die Polizei, oder ich, hätte eine konkrete Spur. Der Täter könnte schneller gefunden werden. Darin sah ich einen enormen Unterschied zu einer Suche nach einer namenlosen Person. Aber vielleicht hatten die Muhs andere Pläne. Vielleicht zögen sie Selbstjustiz vor oder wollten den Täter öffentlich bloßstellen, weil in ihrer Gedankenwelt Peinlichkeit die größte Strafe darstellte. Bisher hatten sie Letzteres jedoch noch nicht unternommen. Ich schüttelte mich, als könnte ich auf diese Weise das Durcheinander in meinem Kopf ordnen. Vielleicht fröstelte ich nur. „Und wer weiß es noch? Wissen es deine Eltern?" erkundigte ich mich düster.

Bea zog den Kopf zwischen die Schultern, als befürchtete sie einen Schlag in den Nacken.

„Selbstredend. Meine Mutter wusste es. Schon beim ersten Brief. Und mein Vater auch. Wir drei haben beratschlagt. Die anderen sind zu jung für eine Beratschlagung. Aber natürlich weiß es auch der Kodexmeister. Dem hat meine Mutter alles erzählt. Ob der neue Ehemann etwas weiß, kann ich nicht sagen. Aber es wäre sehr leichtsinnig vom Kodexmeister gewesen, ihn nicht einzuweihen, ehe er ihn zu uns schickte. Die Sachlage war eindeutig. Aber es ist davon auszugehen, dass meine Mutter sowieso nach seiner Ankunft mit ihm gesprochen hat."

Ich zog die Brauen hoch.

„Lass uns das klarstellen: Ihr habt schon bei dem ersten Brief gewusst, wer ihn geschrieben hat? Und ihr habt geahnt, dass es riskant ist, zu dem Treffen zu gehen. Trotzdem ist dein Vater hingegangen. Ihr habt die Polizei nicht informiert, auch nicht nach dem Mord." Bea betrachtete mich nachdenklich, dabei war ich diejenige, die hörte, was nachdenklich stimmte. „Ist das so, Bea?"

„Du sagst es."

Ärgerlich fragte ich mich, was hinter dieser Zurückhaltung der Polizei gegenüber stecken mochte. Offenbar hatten die Muhs, um es mit Frerks Worten zu sagen, etwas auf dem Kerbholz.

„Und dann habt ihr entschieden, nichts zu unternehmen, obwohl ihr gewusst habt, dass derselbe Mann eure Schwester und Heidi entführen wollte? Es ist doch ein Mann?" hakte ich nach.

Bea seufzte. Es klang genervt.

„So wurde entschieden. Es war nicht abzusehen, dass deine Schwester ebenfalls betroffen sein würde."

Diese Aussage musste ich überdenken. Für mich klang es so, als hätten die Muhs oder die Gemeinschaft Muh Beas Vater und Greta einer Sache, die zumindest den Muh wichtig war, geopfert, und Heidi wäre gleich mit geopfert worden. Während ich um Verständnis ringend mit Bea am Küchentisch stand, hörten wir lautere Stimmen im Eingangsraum. Die Haustür schlug zu. Im nächsten Moment wurde die Küchentür aufgestoßen. Sinaida Muh stand im Türrahmen. Sie starrte uns beide an, dann fiel ihr Blick auf die Briefe in meiner Hand. Ihre Augen in dem kleinen Gesicht wurden groß. Einen Moment betrachtete sie uns weitäugig, dann warf sie einen eiligen Blick über die Schulter und schloss geräuschlos die Tür hinter sich.

„Bea Muh. Was tust du da? Der Kodexmeister sagte eindeutig, dass niemand ..."

Ihre Tochter nahm die Briefe an sich und schob sie zurück in die Schublade, die sie sorgfältig schloss.

„Heidi Hemmen ist Christa Hemmens Schwester. Darin sehe ich eine Berechtigung. Hörst du? Für mich ist Christa Hemmen berechtigt. Sie muss wissen, dass sie sich keine Hoffnungen machen sollte. Das schuldet sie ihren Eltern."

Diese letzten Sätze gefielen mir nicht. Auch Frau Muh missfielen sie offensichtlich, wenn auch aus anderen Gründen.

„Die Gefahr erstreckt sich über immer mehr Personen. Das ist unverantwortlich. Du missachtest die Grundregeln. Muh zu sein bedeutet Bescheidenheit. Du bist nicht befugt, mit Außenstehenden zu beratschlagen oder etwa deine Sorgen mit einer der ihren zu teilen. Du bist nicht berechtigt, andere in Gefahr zu bringen. Ist dein Wissen gefährlich, behalte es für dich. Muh nehmen hin, bescheiden und demütig. Das Schicksal Außenstehender ist von Muh nicht zu beeinflussen."

Es war eine Predigt unbekannter Dogmen, die an mir vorbei auf Beas gebeugtem Haupt niederging. Ihre Schul-

tern zitterten. Ich bemerkte, wie sie die Hände an den
Hüften zu Fäusten ballte. Unerwartet hob sie den Kopf.
Ihr Blick war entschieden.

„Nicht ich missachte hier Grundregeln. Das war der
Mörder. Und Heidi Hemmen ist nicht Muh. Ihre Familie
liebt sie. Ihre Familie verlangt Maßnahmen. Das kann das
Einbeziehen staatlicher Autoritäten bedeuten. Muh sind
außerdem nicht berechtigt, andere zur Aufgabe zu zwin-
gen. Das wäre eine Beeinflussung Außenstehender."

Die kleine Frau Muh riss das Kinn hoch.

„Und wenn Christa Hemmen jetzt zur Polizei geht
und von den Briefen erzählt?" verlangte sie zu wissen.

Ich glaubte damals, dass sie vor Zorn gebebt hatte.
Vielleicht war es Angst, in dem Fall aber überspielte sie
die Ursache ihrer Erregung gut. Bea zögerte. Sie sah mich
an und lächelte.

„Dann weiß die Polizei von den Briefen", antwortete
sie fest. Ich nickte. Dies wäre die direkte Folge gewesen,
ebenso die Erkenntnis, dass die Muhs den Mörder und
Entführer kannten, ohne etwas zu unternehmen. Möglicherweise blieben juristische Konsequenzen für sie nicht
aus. Aber ich hatte gar nicht die Absicht, der Polizei zu
eröffnen, was ich erfahren hatte. Vielleicht würde ich das
später tun. In diesem Augenblick in der Küche der Muhs
war ich fest entschlossen, Heidi ohne die Hilfe der Polizei
wiederzufinden. Nach dem, was Bea zugegeben hatte, erschien es mir effizienter und auch sicherer für die Ent-
führte, selbst zu handeln. Das war, wie ich nur zehn

Minuten später einsah, geradezu dumm. Aber ich setzte meine Dummheit konsequent fort, als ich mich auch von dieser Erkenntnis nicht abhalten ließ.

KAPITEL 12

Ich wusste es besser. Davon war ich überzeugt, als ich zurück zu unserem Haus ging. Ich wusste besser als Polizeibeamte, die Jahrzehnte ihres Berufslebens mit der Suche nach Verbrechern zubrachten, wie einem namen- und gesichtslosen Mann beizukommen wäre. Das war meine absolute Überzeugung. Worauf sie gründete, war damals wie heute nebulös. Genährt wurde sie eindeutig durch die Vielzahl von Kriminalfilmen, in denen Laien die raffiniertesten Verbrecher unbeschadet zur Strecke brachten. Aus der Fachliteratur wusste ich außerdem, dass leitende Ermittlungsbeamte zu Depressionen neigende Exzentriker waren. Das Glencheck-Karo des Polizisten auf unserem Sofa schien diese Regel zu bestätigen. Andys frohgemute Persönlichkeit erklärte ich mir damit, dass er im Dienst Uniform trug und diese ihn auf geheimnisvolle Weise vor dem Absturz schützte. Sicher existierten in irgendwelchen geheimen Archiven Studien, die meine Vermutung bestätigten, aber aus politischen Gründen unter Verschluss gehalten wurden. An diesem Abend misstraute ich allen und hinterfragte alles, nur mein eigenes Handeln nicht. Ansonsten hätte ich es kaum für selbstverständlich gehalten, dass ich prädestiniert für die Befreiung meiner Schwester Heidi wäre und dies einzig aufgrund meiner psychischen Stabilität, der weiblichen Intuition und wegen meiner Ortskenntnis, welche die der lokalen Polizisten weit überstieg. Als Nebenprodukt meiner Heldentat würden auch Greta befreit und der Mörder des Herrn Muh dingfest gemacht werden. Sollte Beas Mutter meine Pläne ahnen, würde sie wegen der Bescheidenheit der Muh ihr Wissen nicht an die Polizei weitergeben. Aber diese Frau käme nie auf die Idee, ich, eine außerhalb der Gemeinschaft Muh Stehende, wollte die Institutionen meiner Gesellschaft umgehen. Dieser Glaube würde mir einen Zeitvorsprung verschaffen.

Auf dem Weg zum Heldentum kehrte ich bei meinen Eltern ein, wo ich die Nacht zu verbringen gedachte. Die Polizeiautos waren fortgefahren, nur Andy Vosgeraus Wagen stand vor unserer Garage. Dass er allein geblieben war, überraschte mich nicht. Andy war unser Pate. Er fühlte sich ebenso wie meine Eltern für Heidi verantwortlich. Nun hoffte ich, dass er bereit wäre zu reden, damit ich in Erfahrung bringen könnte, was die Polizei bereits über die Entführung und den Mord wusste. Ich fand ihn mit meinen Eltern und zwei Nachbarn in der Küche. Wie vorher schon, nachdem Heidi die Leiche

Herrn Muhs gefunden hatte, kamen die Anwohner aus dem stillen Tal zu uns, um Neuigkeiten gegen Solidarität zu tauschen. Mein Vater hatte seinen Spezialeintopf gekocht, der viele Gäste sättigen und zugleich begeistern konnte. Auf dem Herd stand ein acht-Liter-Topf, dessen leise blubbernder Inhalt die Küche mit einem aromatischen Duft erfüllte. Auf den Arbeitsflächen und dem Boden davor herrschte das Chaos eines Kochs bei der Arbeit, was meine Mutter an diesem Abend nicht einmal zu ignorieren brauchte, weil sie es nicht wahrnahm. Während mein Vater ungewöhnlich gedämpft am Herd hantierte, normalerweise klang es so, als probte er für eine Percussion-Aufführung, deckte Andy den Tisch, offensichtlich auch für sich und die beiden Nachbarn. Zwischen denen saß meine Mutter mit geschlossenen Augen. In der Hand hielt sie das Telefon. Bei meinem Eintreten drehten sich alle Köpfe zur Tür. Erschrocken blieb ich stehen, mit so viel Aufmerksamkeit hatte ich nicht gerechnet. Meine Überzeugung, auf dem Weg zum Heldenruhm zu wandeln, wich einem schlechten Gewissen, dass ich meine Mutter der Fürsorge von Nachbarn, Männern noch dazu, überlassen hatte. Wortlos trat ich hinter sie und nahm sie in den Arm.

„Wo warst du, Christa?" fragte sie, fügte aber sofort hinzu: „Du warst da drüben."

Ich nickte, bereit zum Trotz. Aber von meiner Mutter kam kein Kommentar, auch nicht von meinem Vater.

Nur die beiden Nachbarn musterten mich abschätzend.

„War die Polizei auch bei denen?" erkundigte sich Helger Braasch. Von ihm, vielmehr von seiner Frau Elke, stammte auch der halbgegessene Apfelkuchen auf der Arbeitsfläche. Elke war jetzt wahrscheinlich zu Hause und kümmerte sich um ihre Enkel, die wegen der unterschiedlichen Schichtdienste ihrer Eltern oft im stillen Tal übernachteten. Andy, der wiederum wegen des Schichtdiensts seiner Frau in einem Oldenburger Krankenhaus in häuslichen Tätigkeiten bewandert war, verstaute gerade die Teller mit den Krümeln in unserer Spülmaschine. Als er die Frage Helger Braaschs hörte, drehte er sich zu mir um.

„Ja. Natürlich war die Polizei auch bei den Muhs", entgegnete ich.

Der andere Nachbar, jener Frerk Deepken mit seinen Schmähgeschichten über Beas Familie, stieß einen Laut aus, der ein verächtliches Lachen hätte sein können. Niemand tadelte ihn, als er sagte:

„Muh! Was das schon für ein bescheuerter Name ist. Klingt nach Kuh." Wahrscheinlich hielt er sich für qualifiziert, diese Äußerung zu machen, denn zu den zahlreichen beruflichen Stationen seines Lebens gehörten auch ein paar Jahre als Hofgehilfe beim alten Herrn Berger, wo, wie wir von Oma wussten, schon sein Vater gearbeitet hatte. Die unberührte Kornflasche neben dem Kuchen kam unter Garantie von ihm. Korn trank mein Vater nicht. Frerks Mitbringsel zu nachbarschaftlichen Treffen verstaubten reihenweise in unserer Speisekammer.

Andy setzte sich zwischen mich und den Stuhl, auf den sich mein Vater setzen würde.

„Natürlich waren die Kollegen auch bei den Muhs. Was denkt ihr denn?" Er warf mir einen Blick zu, als wollte er mich bitten, nicht vor Helger Braasch und Frerk Deepken über die Gespräche, die ich bei den Muhs eventuell mit angehört hatte, zu reden. Das hatte ich nicht vorgehabt, ich sah jedoch ein, dass ich ihn meinerseits vor diesen Zeugen nicht aushorchen sollte. Mein Vater stellte den Topf auf den Tisch und begann daraus unsere Teller zu füllen. An normalen Abenden servierte man bei uns die Suppe in einer Terrine, aber dann war auch meine Mutter einsatzfähig.

„Arbeitet deine Frau heute?" erkundigte ich mich bei Andy. Der nickte.

„Nachtschicht. Die ganze Woche schon."

Helger Braasch machte eine Bemerkung über arbeitende Frauen, die anderen ihre Kinder aufhalsten, verstummte jedoch nach einem Blick von meinem Vater. Andy und seine Frau hatten ihren vergeblichen Wunsch nach Kindern, die sie anderen hätten aufhalsen können, kürzlich offiziell aufgegeben. Aber Andy schien die Bemerkung nicht gehört zu haben. Wir nahmen unsere Löffel auf. Nach einigen Minuten legte meine Mutter ihren wieder an den Tellerrand.

„Ob Heidi auch etwas zu essen bekommt?" fragte sie.

Wir anderen schwiegen. Andy nickte schließlich, nachdem er seine Suppe geschluckt hatte.

„Klar, Kati. Was nützt eine verhungerte Geisel?"

Mein Vater trat ihn unter dem Tisch.

„Entschuldige", murmelte Andy, aber meine Mutter nickte nur geistesabwesend und löffelte langsam weiter.

Nach dem Essen komplimentierte mein Vater die Nachbarn hinaus. Meine Mutter erklärte, sie brauche Ruhe und werde mit dem Telefon nach oben gehen.

Andy und ich begannen die Küche aufzuräumen. Obwohl niemand mehr im Flur sprach, kam mein Vater nicht zurück. Vielleicht war er zu meiner Mutter gegangen. Während ich überlegte, wie ich das Gespräch am besten auf die Ermittlungen lenken könnte, verfolgte Andy wohl seine eigenen Gedanken. Plötzlich drehte er sich zu mir um.

„Sieh mich an, Christa", befahl er. Ich gehorchte automatisch, weil er gesprochen hatte, nicht wegen seiner Anweisung. Ein Küchenhandtuch um die Handgelenke gewickelt, betrachtete er mich eingehend.

„Du weißt von nichts?"

Ich verstand ihn nicht, deshalb schüttelte ich den Kopf.

„Du glaubst nicht zu wissen, wer hinter dieser Entführung steckt?" erläuterte Andy seine Frage.

Wieder schüttelte ich den Kopf. Er blieb skeptisch.

„Und die Familie Muh? Die Kollegen sagen, die benehmen sich merkwürdig. Die Kollegen glauben auch, die

Muhs verheimlichen etwas. Man weiß nichts über diese Leute. Leben ja auch noch nicht lange hier. Kommen aus NRW, Nordrheinwestfalen für Laien. Und sie sind anders als wir. Wer weiß, in was für Geschichten die verwickelt sind."

Mir war, als hätte er mir ein Stichwort gegeben.

„Geschichten?" wiederholte ich papageienhaft.

Er wedelte mit dem Geschirrhandtuch.

„Ja, Geschichten, Christa. Mit ehemaligen Bürgern dieser friedlichen Gemeinde, wenn du verstehst, wen ich meine."

Ich überlegte nur kurz.

„Meinst du den jungen Herrn Berger?"

Er wurde ausweichend.

„Jung oder alt. Wen interessiert das schon? Aber, wenn die Muhs etwas wissen, was sie der Polizei vorenthalten, könnte das gefährlich für sie werden. Es ist doch kein Zufall, dass diese Leute in so kurzer Zeit zweimal von einem Verbrechen betroffen sind, Christa." Darin konnte ich ihm nur zustimmen. Es war seltsam und weckte den Anschein, jemand glaube, eine Rechnung mit den Muhs offen zu haben.

„Meint ihr denn, dass der Mord und jetzt die Entführung in irgend einer Verbindung stehen?" wollte ich von Andy wissen.

Der testete die Reißfestigkeit unseres Geschirrhandtuchs, in dem er es zu einem Strang drehte und mit beiden Händen fest daran zog.

„Wir?"

„Die Polizei."

„Ich bin Polizist, Christa, nicht die Polizei." Er schwang das Geschirrhandtuch im Kreis. „Ich bin über den Ermittlungsstand nicht informiert. Meine persönliche Meinung ist: ja, da gibt es bestimmt einen Zusammenhang. Und, wenn das wirklich so ist, dann ist es riskant für alle, die mit den Muhs zu tun haben. Denk an Heidi, Christa. Denk an deine Eltern und dich. Wenn du den Muhs helfen willst, und bei Gott, die brauchen Hilfe, mach ihnen klar, dass sie mit den Kollegen zusammenarbeiten müssen. Verstanden?"

Ich nickte, denn seine Worte waren klar gewesen, und ich hatte jedes einzelne verstanden. Andy wurde sich seiner Spielereien bewusst. Sorgfältig hängte er das Geschirrhandtuch über die Trockenstange, die in unserer Küche für solch feuchte Tücher montiert war. Nichts trocknete hier über Stuhllehnen oder Heizkörpern. Nachdem er sich des Tuches entledigt hatte, musterte er mich nochmals eindringlich.

„Und du, Christa, tätest gut daran, vernünftig zu sein. Du bist doch auch sonst immer so vernünftig. Wenn du etwas weißt, wenn du jemanden in Verdacht hast, dann sag es mir oder den Kollegen von der Kripo. Aber sag es. Keine falsche Bescheidenheit. Und keine Alleingänge von kleinen Mädchen, Christa."

Ich kann nicht ausschließen, dass es diese Worte waren, die mich in meinem Entschluss bestärkten, an der

Polizei vorbei zu ermitteln. Ich war kein kleines Mädchen. Ich würde Heidi und Greta finden. Dann wäre, wie ich fest glaubte, alles gut.

KAPITEL 13

In derselben Nacht wurde ich von einem Klirren geweckt. Schlaftrunken fuhr ich auf. Bis ich einigermaßen wach war, war ich zu der Ansicht gelangt, ich hätte mich getäuscht, das Klirren stamme aus einem Traum. Gerade wollte ich das Lauschen einstellen, als es wieder klirrte. Nun hörte ich auch meine Eltern ihre Schlafzimmertür öffnen. Ich sprang aus dem Bett.

Das stille Tal war eine ruhige Straße. Bei uns hörte man nie das Grölen Betrunkener oder die spitzen Schreie spät heimkehrender Frauen, die sich von den Witzen ihrer männlichen Begleiter zu solchen Ausdrucksformen der Erheiterung genötigt sahen. In Städten oder dichter besiedelten Gegenden zählte solches zu den normalen nächtlichen Geräuschen, wie ich bei Übernachtungen in Oldenburg gelernt hatte. Im stillen Tal herrschte stets nächtlicher Frieden. Klirrende Fensterscheiben und das

Geräusch schwerer Gegenstände, die von einem harten Hintergrund abprallten, dazu lautes Gebell von Helger Braaschs Hund zeugten von außergewöhnlichen Ereignissen, denen man nachgehen musste. Dabei war natürlich mein erster Gedanke, dass jemand versuchte, in unser Haus einzusteigen. Einbrüche waren im stillen Tal unbekannt, obwohl es hieß, kurz nach dem Zweiten Weltkrieg habe einmal einer bei den Eltern von Hella Kloopman stattgefunden. Zwei Hühner sollen die Beute gewesen sein, was in jenen Zeiten einen beträchtlichen Verlust bedeutete. Seitdem war nichts dergleichen bekannt geworden, was natürlich, wie man bei Zusammenkünften der Anwohner äußerte, nicht zugleich hieße, Einbrüche könnten grundsätzlich nicht auch bei uns vorkommen. Sie kamen nur einfach nicht vor.

Meine Eltern schienen, nach den von ihnen herrührenden Geräuschen zu urteilen, ebenfalls einen Einbruchsversuch zu vermuten. Inzwischen hatte der Dackel von Helger Braasch mit seinem schrillen Gebell andere Hunde in der Nachbarschaft alarmiert, die nun ebenfalls anschlugen. Ein weiteres Klirren ließ mich zu meinem Fenster schleichen. Ich hatte es in meiner Verwirrung unterlassen, das Licht einzuschalten. Nun schob ich vorsichtig die Gardine beiseite und blickte im Schutz der Dunkelheit hinaus in die sternenklare Nacht. Von diesem Zimmer aus wäre auch bei Hellem nur ein Teil unseres Gartens einsehbar gewesen, dafür bot mein Fenster einen guten Ausblick auf den Vorhof des Bergerschen Hauses der Muhs. Dort, nicht bei uns im Garten, bewegten sich Schatten. Inzwischen hatten meine Eltern offensichtlich ebenfalls erkannt, dass die Eindringlinge nicht unser Haus bedrohten. Ich hörte, wie unsere Küchentür entriegelt und aufgestoßen wurde. Unten fiel ein gelber Lichtkegel auf den Rasen.

„Hey!" ertönte die Stimme meines Vaters in der Lautstärke, mit der er über den Lärm einer Restaurantküche Beiköche und Auszubildende dirigierte.

„Was soll der Lärm? Haut ab, oder ich rufe die Polizei!"

Spontan knipste ich meine Schreibtischlampe an, riss das Fenster auf und schrie ebenfalls:

„Sofort abhauen! Die Polizei kommt!"

Auf dem Grundstück gegenüber hasteten Schritte über den Kies. Im nächsten Moment überquerten zwei Schatten das Rasenstück zwischen dem Haus und dem Gestrüpp, in dem die Leiche von Herrn Muh gefunden worden war. Der eine stolperte, rappelte sich aber auf und setzte seinem Kumpanen nach. Lautes Rascheln und Knistern zeigte an, dass sie zwischen trockenem Rainfarn und Sauerampfer auf den echten Feldweg tauchten. Sofort verschmolzen die Schatten mit denen des Gebüschs der Renaturierungsmaßnahme.

Eilig schloss ich mein Fenster und rannte die Treppe hinunter in die Küche, wo meine Mutter gerade den Notruf absetzte. Mein Vater hatte eine alte Jogginghose über den Schlafanzug gezogen. Nun warf er seine Jacke über und schlüpfte in die Gartenclogs. In der Hand hielt er die große Taschenlampe, die zuletzt für die Suche nach Heidi Verwendung gefunden hatte. Als ich durch die Tür polterte, drehte er sich zu mir um.

„Zieh dir etwas über, Christa, und komm dann mit mir. Ich will nachsehen, was die Kerle nebenan angestellt haben. Du kennst die Muhs. Vor dir werden sie keine Angst haben."

Ich nickte. Gleich darauf gingen wir das kurze Straßenstück zwischen den Grundstückszugängen. In allen Häusern nahe der Haarnadelkehre brannten die Lichter, nur bei den Muhs war alles dunkel.

Helger Braasch und einige andere Männer mit Taschenlampen kamen die Arme des stillen Tals hinauf. Besitzer größerer Hunde hatten ihre Tiere an der Leine. In unserer abgelegenen Straße hielten viele Leute Hofhunde, die außer Radfahrern mühelos auch Einbrecher hätten stellen können. Der Anblick unserer mit Lichtern und Hunden bewaffneten Nachbarn erinnerte mich an amerikanische Filme, in denen tapfere, weiße Siedler auszogen, verbrecherische Rothäute an ihrem hinterhältigen Tun zu hindern, oder aber weiße Südstaatler auf der Jagd nach aufmüpfigen Schwarzen und vorlauten Bürgerrechtlern. Ich rief mir ins Bewusstsein, dass wir in Deutschland und vor allem in Wardenburg und dort im stillen Tal waren, wo solidarische Anwohner das Haus einer Nachbarsfamilie verteidigten, was die Südstaatler auf Befragen hin wahrscheinlich auch geantwortet hätten. Nicht nur wegen dieses Nachgedankens hätte ich es vorgezogen, es wäre hell gewesen und die Taschenlampen unnötig.

Bei den Muhs war es nach wie vor dunkel. Nichts rührte sich in dem großen Haus, obwohl der Lärm der zwei Unbekannten und das Brechen von Fensterglas von den Bewohnern kaum unbemerkt hatte bleiben können. Wir waren eine Gruppe von etwa zehn Männern und mir, der einzigen Frau, als wir vorsichtig auf den Vorhof des Bergerschen Hauses der Muhs traten. Noch auf dem Straßenpflaster knirschten Glasscherben unter unseren Schuhen. Am Bauwagen waren sämtliche Scheiben zertrümmert. Dellen bedeckten die Seitenwände. Der kleine Personenwagen war glimpflich mit einigen Dellen davongekommen. Aber die Scherben, die mit dem Kies vermischt lagen, rührten nicht nur von Autoglas her. Als wir die Lichtkegel über die Fassade wandern ließen, sahen wir die zerschlagenen Scheiben. An dieser Seite des Gebäudes waren beinahe alle Fenster der oberen Etage eingeworfen worden. Farbe und Lehmklumpen klebten an den Mauern. Auf das braunrote Holz unter dem Torbogen war in leuchtendem Pink „Versclvindett" gesprüht worden. Mein Vater sah über die Schulter zurück zu unserem Haus.

„Kommt die Polizei?" brüllte er meiner Mutter an der offenen Küchentür zu.

„Sie sagen, sie schicken jemanden!" rief sie zurück.

Trotz der Entfernung funktionierte die Verständigung vortrefflich. Mein Vater berührte meinen Arm. Ich zuckte zusammen.

„Wie lange ist es her, dass Mutti die Polizei gerufen hat?"

Die Frage verwirrte mich zunächst, dann, als ich die große Zahl der Nachbarn, die mittlerweile im Licht der Straßenlaternen unserem Pioniertrupp zusah, überblickte, dämmerte Verständnis.

„Fünf bis zehn Minuten", antwortete ich ihm. Er überlegte.

„Ruf Andy an! Er ist zu Hause", schrie er zu meiner Mutter.

Wir sahen, wie ihre Silhouette das Telefon ans Ohr führte. Befriedigt nickte mein Vater. Dann drehte er sich zum Bergerschen Haus der Muhs um.

„Hallo? Herr Muh? Frau Muh? Hören Sie mich?" Eine Antwort konnten wir gegen den Wind und das Rauschen aus Richtung der Autobahn nicht ausmachen. Das Haus lag wie ausgestorben da. Ich trat an den beschmierten Eingang und drückte den Klingelknopf.

Drinnen im Haus schrillte die altmodische Klingel. Ich lauschte. Da waren Geräusche im Haus. Ich dachte an den riesigen, düsteren Eingangsraum, wo zwei Tische und zahlreiche nicht zueinander passende Stühle eine lange Tafel für die Familie und zugleich das einzige Mobiliar darstellten. Ich vergegenwärtigte mir die abgestandene Luft, die verschlossenen Fenster, den Geruch aus Schweiß und Angst, der gleichsam unter dem Türholz herauszuströmen schien. Aber die Fenster waren nun zerschlagen. Entgegen der Gewohnheit der Muhs wehte kalte Nachtluft in das Gebäude, in dem sich sieben Personen, Erwachsene wie Kinder, befanden. Es war nicht nachvollziehbar, dass sie immer noch ungestört schlafen sollten. Ich stellte mir vor, wie sie alle zusammen auf der steilen Treppe kauerten, wie sie lauschten und versuchten zu erkennen, wer nun vor ihrer Tür stand und mit welchem Begehr. Mir war, als stiege ihr säuerlicher Angstgeruch in meine Nase, als wäre ich eine Jägerin und die Leute im Haus nicht Nachbarn, die wir schützen wollten, sondern Beutetiere. Entschlossen klingelte ich ein zweites Mal. Diesmal hielt ich den Finger länger auf dem Klingelknopf, bis das Schrillen im Haus einen gequält schnarrenden Ton annahm. Dann erst löste ich meinen Finger, schüttelte die Hand, um wieder Gefühl in den verbogenen Finger zu bringen, und klopfte an die Tür.

„Bea? Frau Muh? Ich bin es. Christa Hemmen. Die Männer bei mir sind Nachbarn. Wir wollen Ihnen helfen. Wir haben die Polizei gerufen. Die wird gleich kommen und die Leute, die die Scheiben eingeworfen haben, suchen. Hallo! Bea?" Es erschien mir sinnvoller, Bea unter Umgehung der Mutter und des neuen Ehemannes direkt anzusprechen. Etwas verband mich mit der jungen Frau, ihr Entschluss, mir entgegen dem erklärten Wunsch ihrer Mutter Informationen über den Entführer zu geben, machte nur einen Teil des Gefühls aus. Wenn sie es ähnlich sah — und ich vermutete, Bea vertraute mir ein wenig — würde sie mir die Tür öffnen.

Hinter mir rief mein Vater wieder nach Herrn Muh. Die Männer hatten sich etwas zerstreut. Einige waren auf die Rückseite des Gebäudes gegangen. Jemand fragte leise: „Was soll denn ‚versclvindett‘ heißen?" erhielt jedoch keine Antwort.

„Bea!" rief ich wieder. Im Hause polterte etwas. Mir war auch, als hörte ich das Wimmern eines Kindes. Nachdem es einige Sekunden still gewesen war, wurden innen die Riegel zurückgezogen und die Tür geöffnet. Jemand richtete seine Taschenlampe auf den sich vergrößernden Spalt, aus dem Bea lugte. Sie öffnete die Tür weiter. Hinter ihr in dem großen Eingangsraum ging das Licht an. Die restlichen Familienmitglieder tauchten in Nachthemden und Schlafanzügen auf der Treppe auf. Bea stand, die Tür in der Hand, von mehreren Taschenlampen geblendet und blinzelte.

„Ist bei dir alles in Ordnung, Mädchen?" fragte Helger Braasch.

Sie nickte und ließ die Tür los. Unvermittelt stand Frau Muh neben ihr. Trotz Bademantels, bloßer Füße und offensichtlich kürzlich erst auf unter einen Zentimeter Länge geschorener Haare machte sie mit verschränkten Armen den Eindruck einer erzürnten Äbtissin.

„Was ist der Grund für diese nächtliche Störung?" verlangte sie harsch zu wissen.

Diese unerwartete Ansprache ließ meinen Vater und die anderen Männer stutzen. Mein Vater, wegen gelegentlicher Konfrontationen mit besserwisserischen Restaurantgästen geübter in solchen Situationen, trat neben mich.

„Frau Muh, ich bin Ihr Nachbar, Jörn Hemmen. Meine Tochter Christa kennen Sie schon." Sinaida Muh zuckte mit keiner Wimper. Mein Vater sprach weiter: „Auf Ihrem Grundstück waren Männer. Die haben Ihre Autos und Ihre Fensterscheiben demoliert und auch die Fassade beworfen. Wir, diese Männer hier und ich — und meine Tochter Christa", fügte er im letzten Moment hinzu, „wollten bei Ihnen nach dem Rechten sehen. Meine Frau hat die Polizei gerufen. Die kommt bald."

Da Frau Muh nach wie vor schwieg und ihn auch nur kühl musterte, war seine Stimme immer leiser geworden. Nachdem er verstummt war, ließ Frau Muh einige Sekunden verstreichen, ehe sie den Kopf zurücknahm.

„Ich danke Ihnen für Ihre Fürsorge. Aber ich versichere Ihnen, dass wir Ihre Unterstützung nicht benötigen. Es ist nichts geschehen, was sich nicht leicht beheben ließe. Trotzdem vielen Dank. Sie können jetzt in Ihre Häuser zurückgehen."

Regungslos standen die Männer vor der kleinen Frau. Für wenige Minuten hatten auch sie sich wie in einem Hollywoodfilm gesehen, nun befanden sie sich wieder im stillen Tal vor den Toren Wardenburgs und wurden von einer Frau im Bademantel, die den meisten von ihnen gerade bis zur breiten Brust reichte, nach Hause geschickt. So schnell durften sie ihre Mission nicht aufgeben, zumal

ihre eigenen Frauen und Kinder als Publikum am Gartenzaun der Muhs standen.

„Hör mal, Mädchen, wo ist denn dein Mann?" begann jemand hinter mir, der Stimme nach Frerk Deepken. Frau Muh wandte majestätisch den Blick von
meinem Vater auf den Sprecher.

Ich drehte mich um. Es war tatsächlich Frerk, der sich
bisher untypischerweise nicht in den Vordergrund ge-
drängt hatte. Seine Anwesenheit fiel mir erst jetzt auf.

„Meinem Ehemann ist nicht zuzumuten, um diese
Stunde mit fremden Personen zu reden. Sie müssen mit
mir Vorlieb nehmen." In der entstandenen Stille, sah sie
wieder zu meinem Vater. „Ich danke Ihnen nochmals für
die Mühe, die Sie für uns auf sich nehmen wollten.
Nichtsdestoweniger versichere ich Ihnen, dass nichts, rein
gar nichts, was diese Mühe rechtfertigen würde, geschehen ist."

Während ihrer Rede stand Bea mit devot gebeugtem
Kopf neben ihr. Über die beiden Frauen hinweg sah ich
die übrigen Muhs am Fuße der Treppe stehen. Der neue
Ehemann machte nicht die geringsten Anstalten, sich an
dem Gespräch an der Haustür zu beteiligen. Ich sah zu
Bea. Sie schien meinen Blick zu bemerken. Unmerklich
hob sie den Kopf und zuckte mit den Schultern. Auch sie
zeigte, nachdem sie sich noch am Abend ihrer Mutter in
der Küche entgegengestellt hatte, keinerlei Initiative.

Mein Vater unternahm einen weiteren Versuch, auf
Frau Muh einzudringen.

„Frau Muh. Ihr Haus wurde angegriffen. Ihre Autos wurden beschädigt. Ihre Tochter wurde zusammen mit unserer Tochter entführt. Ihr Mann wurde ermordet. Jemand will Ihnen Böses. Wir ..."

Frau Muh ließ ihn nicht ausreden.

„Danke, aber ich weiß, was uns angetan wurde. Diese Familie benötigt Ihre Hilfe nicht. Wir wissen zu schätzen, was ..."

Sie hielt inne.

Die neugierigen Zuschauer wichen vor einem Polizeiwagen zurück, der an ihnen vorbei auf den Hof des Bergerschen Hauses rollte. Zwei Polizisten stiegen aus und sahen sich verwundert ob der filmgleichen Szenerie um, ehe sie auf das Haus zugingen. Die Männer mit den Taschenlampen und angeleinten Hunden öffneten einen Gang für sie.

„Was ist denn hier los?" fragte der eine, den ich vom Sehen kannte. „Wer hat den Notruf abgesetzt? Sie?" Er blickte auf Frau Muh.

Mein Vater, dessen gerunzelte Stirn von Verwirrung über das Verhalten der Muhs sprach, hob wie in der Schule die Hand.

„Meine Frau war das, Gert."

Jetzt wusste auch ich, wer dieser Polizist war. Gert Tamminga spielte mit Andy Vosgerau Doppelkopf. Er galt als gemütlich, obwohl einige Leute behaupteten, er sei schlicht faul. Wie dem auch sei, er war derjenige, dem es gelungen war, das Kabel der Kaffeemaschine in der Polizeistation zu verschmoren. Als Andy davon berichtete, hatte ich die Geschichte vom angeschmorten Kabel als sinnbildlich für seine Arbeitshaltung, wie ich sie auf City-Festen erlebt hatte, genommen. Sein Gesichtsausdruck nun ließ ahnen, wie er zu diesem nächtlichen Einsatz stand.

„Also, was ist los?" Gert Tamminga blickte um sich auf der Suche nach einem offensichtlich Geschädigten. Er betrachtete kurz die eingeworfenen Fensterscheiben, die demolierten Wagen, die Männer in ihren teilweise nur unzureichend bedeckten Schlafanzügen und Frau Muh, frisch wiederverheiratete Witwe eines Mordopfers.

„Ward ihr das?" erkundigte er sich ungläubig bei den Männern.

Helger Braasch schnaubte.

„Mensch, Gert! Wir wollten das Haus unserer Nachbarn verteidigen. Wer weiß denn, auf was für Ideen diese Kerle noch kommen? Ein Haus demolieren, schön, zwanzig Häuser sind doch noch besser."

Gert Tamminga drehte langsam den großen Kopf zu ihm.

„Tja, dann war' ja kolossal schlau von euch, dass ihr alle hierher gelaufen seid. Mit Frauen und Kindern und Hunden. Wahrscheinlich räumen die jetzt gerade eure Häuser aus. In aller Ruhe. Ist ja keiner drin. Sind ja alle hier und gucken."

Ein Raunen ging durch das Publikum. Einige Leute lösten sich vom Zaun und trabten die Arme des stillen

Tals hinunter zu den verteidigungslosen Häusern. Sogar Frerk humpelte davon. Ich trat vor Gert.

„Ich habe die Männer von meinem Fenster aus gesehen. Es waren zwei. Sie sind über den Rasen zu dem Gebüsch an der Grundstücksgrenze gerannt."

Er verzog zweifelnd den Mund.

„Und haste sie erkannt? Siehste, natürlich nicht. Was ist nun eigentlich passiert?" wiederholte er, als ob das nicht trotz der Lichtverhältnisse offensichtlich gewesen wäre.

„Jemand hat hier die Fensterscheiben eingeworfen", begann mein Vater. „Die Fenster eingeworfen, das Auto und diesen Bauwagen demoliert und die Fassade beworfen. Guck hier, Gert. Die armen Leute im Haus waren völlig verstört …"

Frau Muh hatte die ganze Zeit über geschwiegen. Nun fixierte sie die massive, nachtblaue Form unseres Polizisten.

„Herr Wachtmeister." Sie ignorierte sein Ansetzen zu einem empörten Protest. „Meine Nachbarn haben einen verwegenen Scherz falsch eingeschätzt. Sie wollten meine Familie gegen Übergriffe schützen. Das war äußerst lobenswert. Bis auf leichten Sachschaden ist glücklicherweise nichts passiert. Jugendlicher Übermut steckt dahinter, mehr nicht. Ich bedaure, dass Sie sich um diese Stunde hierher bemühen mussten. Ich bin Ihnen für diese Mühe dankbar, und ich schätze den Einsatzeifer der örtlichen Polizei. Aber es ist nichts geschehen."

Mein Vater und einige der anderen Männer wollten protestieren, aber Gert Tamminga hob gebieterisch die Hand.

„Heißt das, Sie erstatten keine Anzeige wegen der entstandenen Schäden?" fragte er über das unwillige Gemurmel hinweg.

„Das heißt es, Herr Wachtmeister", erwiderte Frau Muh ungerührt.

Ich warf Bea einen Blick zu. Die verzog nur den Mund, sagte aber nichts. Vom Zaun kam Unruhe. Andy Vosgerau war eingetroffen. Er drängte sich zu Gert Tamminga und Frau Muh durch. Die Männer machten ihm bereitwillig Platz, aber Gert Tamminga wirkte verärgert.

„Was machst du denn hier?"

„Freundschaftsbesuch", entgegnete Andy. Er stellte sich neben meinen Vater und mich. Gert Tamminga musterte ihn missmutig.

„Sie können jetzt gehen, Herr Wachtmeister", teilte Frau Muh ihm freundlich mit.

Er betrachtete sie, betrachtete nochmals die Schäden und warf einen verstohlenen Blick auf den Kollegen außer Dienst.

„Wenn Sie meinen ..."

Frau Muh nickte.

„Auf Wiedersehen, Herr Wachtmeister", sagte sie kühl.

Ohne ein weiteres Wort zu verlieren, wandte Gert Tamminga sich um und stiefelte zurück zum Auto, wohin sein Kollege sich bereits verzogen hatte. Andy starrte ihm nach, dann wandte er sich zu Frau Muh um, doch die schloss in diesem Moment nachdrücklich die Haustür.

Die Männer standen einen Augenblick unschlüssig zusammen, ehe sich jeder möglichst unbeteiligt blickend wieder zu seinem eigenen Haus begab. Mein Vater und ich nahmen Andy mit zu uns.

„Erklär mir mal, was das sollte", verlangte Andy von meinem Vater zu wissen, nachdem wir das Grundstück der Muhs verlassen hatten. „Kati klang am Telefon, als wäre hier eine tobende Meute am Werk."

„So ähnlich war es auch. Und deine Kollegen haben sich Zeit gelassen." Bis zur Küche hatte mein Vater ihm alles berichtet.

Meine Mutter empfing uns erleichtert.

„Was war denn da los?" fragte sie, während sie mich in eine Decke wickelte und mir einen heißen Tee aufdrängte. Erst jetzt merkte ich, wie sehr ich fror. Mein Vater, der ohne Decke auskommen musste, wiederholte seine Schilderung der Ereignisse auf dem Grundstück der Muhs. Meine Mutter gab derweil auch Andy und ihm heißen Tee. Etwas schien sie zu beschäftigen.

„Andy?" Er betrachtete sie schweigend über den Rand seiner Tasse. „Andy, als alle am Zaun standen ... Ich kann mich irren ... Für einen Moment sah es so aus, als ob ..."

Als sie nicht weitersprach, strich er ihr über den Arm.

„Sag schon, Kati. Als ob?" fragte er sanft.

Meine Mutter schüttelte den Kopf.

„Es war ja ziemlich dunkel, nur die Sterne. Aber ich stand oben an Christas Fenster, weil ich da besser sehen konnte, was bei den Muhs passierte. Und da sah es so aus, als ob jemand aus dem Gestrüpp gekommen und die Straße hinuntergerannt wäre. Ich bin rüber in unser Schlafzimmer gelaufen, aber da war niemand mehr auf der Straße zu sehen. Deshalb weiß ich nicht recht, ob ich mir das nur eingebildet habe."

„Könnte es nicht ein Tier gewesen sein?" fragte mein Vater. „So viele Leute hatten ihre Hunde dabei. Vielleicht ist einer herumgestromert."

Sie nickte, wirkte aber nicht überzeugt. Andy musterte sie nachdenklich. Dann sah er erstaunlicherweise mich an, als ob ich etwas hinzuzufügen hätte, was ich aber nicht hatte. Ich lauschte meiner Mutter mit all der Faszination, die Kälte und Übermüdung mit sich brachten.

„Es könnte ein Hund gewesen sein", gab meine Mutter gedehnt zu. „Es lief irgendwie komisch. Aber, irgendwie ... ein Hund läuft doch anders."

Andy nickte.

„Allerdings. Aber, wie Jörn sagt, diese Frau Muh will keine Anzeige erstatten. Da ist es völlig gleichgültig, wer oder was aus dem Gestrüpp gekommen ist. Wenn sie sagt, es ist nichts passiert, dann ist nichts passiert. Gert wird sie nicht drängen, doch noch Anzeige zu erstatten."

Meine Mutter nickte unzufrieden. Mein Vater gähnte, und Andy reckte sich. Kurz darauf fuhr er nach Hause. Es war halb vier.

KAPITEL 14

In den nächsten Tagen ersetzten die Muhs die eingeworfenen Scheiben und reinigten so gut es ging die
Fassade des Bergerschen Hauses. Sie rechten die Scherben
aus dem Kies und verklebten die Fenster des Bauwagens.
Gegen die Dellen in der Karosserie des PKW unternahmen sie nichts. Vermutlich reichten ihre finanziellen Mit-
tel nicht so weit. Die Anwohner des stillen Tals hielten
sich ihrerseits mit Hilfsangeboten zurück, vielmehr
machten sie gar keine Angebote. Aber sie belagerten auch
nicht unsere Küche, um die interessanten Aktionen der
Muhs von dort aus zu verfolgen. So hatten sie es noch
während der Renovierung des Bergerschen Hauses durch
die neuen Besitzer gehalten, zu einer Zeit, als ihre Neugier noch unschuldig genannt werden konnte.

Nach dem Mord an Herrn Muh, nach der Entführung von Greta und Heidi und nicht zuletzt nach dem
nächtlichen Vandalismus auf dem Grundstück erschien es

den meisten Anwohnern problematisch, ihre Sensations-
lust so offen zu zeigen. Aber, wie ich in diesen Tagen
lernte, einfach abstellen sich ließ die Neugier nicht. Ein-
zeln und in diskretem Abstand zueinander kamen weiter
Leute in unsere Küche. Sie brachten Solidaritätskuchen,
sie tranken unseren Kaffee und Tee und verhalfen meiner
Mutter mit Spekulationen über Heidis Verbleib und har-
scher Kritik an der Polizeiarbeit zu einem stabilisierenden
Trotz gegen die Attacken des Schicksals. Wenn sie hin
und wieder aus dem Küchenfenster zum Bergerschen
Haus der Muhs starrten, war es manchmal rührend anzusehen, wie sie sich bemühten, das Drehen der Köpfe und
Verharren der Hälse zufällig erscheinen zulassen. Was die
Muhs zu diesem Verhalten sagten, blieb uns allen unbekannt, bemerken mussten sie es.

Meine Eltern und ich bemühten uns währenddessen
um Zweckoptimismus. Der äußerte sich in einer möglichst normalen Gestaltung unseres Alltags. Mein Unterricht und die Schichten meines Vaters lieferten dem Tag
einen Rahmen, an dem wir uns von Telefonanruf zu Tür-
klingeln hangelten. Doch kein Anruf des Entführers ging
bei uns ein, und auch die Polizei meldete sich nur einmal.
Heidi stand nicht unerwartet, aber wohlbehalten vor der
Tür. Selbst per Post ging keine Lösegeldforderung ein.
Mein Vater fuhr täglich zur Arbeit. Wenn ihn die Unge-
wissheit um Heidi belastete, äußerte sich das allenfalls in
einem raueren Ton gegenüber den Küchenhilfen und einer Neigung, schärfer als gewöhnlich zu würzen. Es hieß

später, am Mittwoch habe das Hirschgulasch den Beinamen Vindaloo verdient und einem indischen Restaurant Ehre gemacht. Meine Mutter wiederum begann mit der lange aufgeschobenen Renovierung des Gästezimmers und verbrachte jenen Mittwoch mit dem Abkratzen der alten Tapete. Ich saß in der Schule, setzte am selben Mittwoch eine Mathe-Klausur in den Teich und verursachte am nächsten Tag während eines Versuchs im Physikunterricht einen Kurzschluss.

Niemandem gegenüber erwähnte ich, dass meine Familie ein weiteres Mal von einem Verbrechen betroffen war. Am Gymnasium hatte ich zwar Mitschülerinnen, mit denen ich mich gut verstand, und die ich auch privat öfters traf, aber keine Freundin. Selbst die ehemaligen Klassenkameradinnen von der Realschule, die ich als Freundinnen bezeichnete, zog ich nicht ins Vertrauen, obwohl oder vielleicht gerade weil sich die Nachricht von der Doppelentführung in Gloysteinsfuhren zu denen herumgesprochen haben dürfte. Es war keine Absicht, kein Plan steckte dahinter, eher uneingestandener Aberglaube. Je weniger Leute von Heidis Entführung wussten, desto eher konnte ich mir, zumindest zeitweise, vormachen, sie sei gar nicht fort, sondern sitze in ihrem Zimmer. Je weniger Leute wussten, was am Dienstag in Gloysteinsfuhren geschehen war, desto schneller und sicherer ginge dieser Albtraum vorüber.

Bis zum Donnerstag war er jedoch nicht vorüber, dafür aber der Oktober. Es erschien mir ein schlechtes Vorzeichen, dass der neue Monat ohne Nachricht von Heidi begann. Am Wardenburger Marktplatz stieg ich aus dem Bus, schloss mein Fahrrad auf und radelte zur Oldenburger Straße. Wegen der geringen Verkehrsdichte von der Huntestraße her war die Ampelanlage an der Einmündung auf Dauerrot programmiert. Ein Sensor veranlasste zügiges Umschalten auf Grün, kurzes Warten war jedoch unausweichlich. Gedankenverloren stand ich an der Ampel, als mich jemand vom Bürgersteig aus ansprach. Unwillig blickte ich nach rechts zur Fußgängerampel, wo Chanelle Oelschlaeger aus Heidis Klasse von einem Fuß auf den anderen trat. Sie war der weibliche Teil des Traumpaares, das Heidi und Greta alleine im Wäldchen gelassen hatte.

„Hi Christa", sagte sie und verzog den Mund zu einer Grimasse, die ein Lächeln werden sollte, welches misslang, weil sie gleichzeitig in Tränen zerfloss.

Peinlich berührt stand ich da und übersah das grüne Ampellicht.

„Habt ihr etwas von Heidi gehört?" schluchzte Chanelle. Ihr Lidstrich verwischte, als sie mit dem Handrücken an ihren Tränen rieb.

„Nein", teilte ich ihr kurz angebunden mit. Die Ampel sprang wieder auf Rot. Glücklicherweise wollte niemand hinter mir in die Oldenburger Straße einbiegen. Chanelle lehnte die Stirn gegen den Ampelmast.

„Alles klar?" fragte ich, obwohl dem offensichtlich nicht so war. Nur konnte ich nicht nachvollziehen, weshalb sie sich so in aller Öffentlichkeit gehen ließ. In meinen Augen trug sie Mitschuld daran, dass der Entführer unbeobachteten Zugriff auf Heidi und Greta gehabt hatte, aber mehr war ihr nicht vorzuwerfen, obwohl das Wenige, was sie getan hatte, mir unverzeihlich erschien. Da Chanelle nicht antwortete und auch nicht aufhörte, wie ein Hofhund beim Anflug eines Düsenjägers zu heulen, schob ich mein Rad auf den Bürgersteig und stellte es da ab. Vorsichtig trat ich hinter sie an den Mast. Trotz des kühlen Windes trug sie keine Jacke, so dass jeder die Gänsehaut am gebräunten Dekolleté und den bleichen Fleischrollen über der Hüfthose sehen konnte.

„Was ist los?" fragte ich wenig zartfühlend. Sie war keine Freundin von Heidi, eher das Gegenteil, und deshalb nach meiner Meinung nicht zu solchen Ausbrüchen berechtigt, wenn bei uns zu Hause jeder sorgsam seine Tränen vor den anderen verbarg.

„Es tut mir so leid!" jammerte sie.

Leute, die an uns vorbeigingen, warfen mitleidige oder auch amüsierte Blicke in unsere Richtung. Wahrscheinlich dachten sie, wir veranstalteten dieses Straßentheater wegen eines Jungen, um den wir bis aufs Blut zu kämpfen bereit waren. Dass Frauen unseres Alters Auseinandersetzungen um echte Probleme austragen konnten, hielt man allgemein für unwahrscheinlich.

„Was tut dir leid?" Es interessierte mich nicht sonderlich, ich fand Chanelle nur peinlich, konnte sie aber, verlässlich und vernünftig wie ich war, nicht so stehenlassen.

„Wir hätten nicht weggehen sollen. Wir haben sie allein gelassen. Wer hätte denn gedacht, dass so etwas passiert? Oh, wenn er sie jetzt umbringt?"

Ich schloss die Augen, zählte bis zehn.

„Dann bist du daran schuld, Chanelle." Es bereitete mir Freude, so grausam zu sprechen. Nichts hatte mich seit Dienstag mehr erleichtert.

„Nein. Nein. Das kann nicht sein. Das wollte ich nicht. Das habe ich zu Marco gesagt. Er hat Schluss gemacht." Wieder heulte sie auf.

Ich nahm mit Genugtuung zur Kenntnis, dass der Junge, von dem Heidis Herz vor fünf Monaten gebrochen worden war, dies nun auch bei Chanelle erreicht hatte, fragte mich aber, wie da ein Zusammenhang zu den Ereignissen vom Dienstag bestehen konnte.

„Wieso das?" verlangte ich also zu wissen und reichte ihr ein Papiertaschentuch. Dank meiner Mutter waren Heidi und ich immer gut für derartige Notfälle ausgestattet.

Chanelle putzte sich die Nase.

„Ich habe Frau Schumann-Schulz gesagt, dass wir aus Gloysteinsfuhren weggeschlichen sind. Marco sagt jetzt, das wäre nicht nötig gewesen. Deshalb haben wir jetzt Ärger mit Frau Schumann-Schulz. Marco sagt, er ist nur meinetwegen mitgegangen und will keinen Ärger."

Dazu nickte ich.

„Nee, kann ich verstehen. Hätte er mal auf sein Hirn hören sollen, was?" Chanelle musterte mich misstrauisch.

„Du siehst ziemlich verschmiert aus", stellte ich trocken fest.

Diese Nachricht schien ihren Kummer zu mäßigen. Eilig zog sie einen Spiegel aus der Handtasche. Ich staunte. Eine Handtasche besaßen Heidi und ich nicht, dabei war ich zwei Jahre älter als Chanelle. Selbst meine Mutter transportierte ihren persönlichen Bedarf an Kosmetik und amtlichen Papieren in einem Lederrucksack ohne eine einzige Paillette. Beim Anblick ihres Spiegelbildes stöhnte Chanelle laut auf. Sie begann mit dem durchfeuchteten Taschentuch an ihrem Gesicht zu reiben. Während ich ihr fasziniert zusah, kam mir ein Gedanke. Chanelle und Marco hatten am Dienstag Gloysteinsfuhren verlassen. Eventuell wäre ihnen etwas aufgefallen, an das sie zu diesem Zeitpunkt keinen Gedanken verschwendet hatten. Mir könnten diese Informationen nützlich sein. Um sie zu erlangen, musste ich Chanelles Vertrauen gewinnen. Liebevoll wie eine Würgeschlange legte ich ihr einen Arm um die Schulter und führte sie zur Terrasse des Gasthofs an der Ecke Oldenburger Straße und Huntestraße. Die Außenbestuhlung war für den Winter aufgestapelt und mit Ketten gesichert, mir aber genügte eine kleine Stufe an der Seite der Terrasse.

„Setz dich erst mal. Hier sind noch mehr Taschentücher, Chanelle", säuselte ich in ihr Ohr. Wir setzten uns auf die Stufe, von der aus ich mein Fahrrad im Auge behalten konnte. Dann hielt ich ihr den Spiegel, während Chanelle die schwierige Restauration ihres Make-ups in Angriff nahm. Nachdem sie nicht mehr aussah wie ein Panda, hielt ich den richtigen Zeitpunkt für die Befragung gekommen.

„Chanelle, am Dienstag, hast du da irgendetwas in der Nähe von Gloysteinsfuhren gesehen? Ein auffälliges Auto? Oder waren Leute in der Nähe, die dir komisch vorkamen?" Chanelle schüttelte den Kopf.

„Nö. Das hab ich auch schon dem Polizisten gesagt. Da war keiner. Um die Zeit ist da immer wenig los. Wir sind hinten raus aus dem Wald, weißt du, zwischen den Bäumen, nicht auf dem Weg, und dann auf das hintere Stück vom Everkamp, beim Hallenbad. Es war Unterricht. Kein Schüler, kein Lehrer zu sehen. Auch sonst keiner. Dann sind wir hinten auf das Ende vom Jahnweg und außen rum beim Sportplatz in die Büsche."

Es wäre zu schön gewesen, hätte Chanelle trotz hormonellem Hoch ihre Umwelt einigermaßen aufmerksam wahrgenommen. Mitleidig verfolgte ich ihre neuerlichen Versuche, die schwarzen Schatten von ihren Wangenknochen zu entfernen.

„Hat Marco irgendetwas gesehen?"

Chanelle hob den Kopf.

„Marco? Der doch nicht."

Dazu konnte ich nur nicken. Dreimal war er im Frühling bei uns zu Hause gewesen. Mein Vater hatte für ihn den Namen Dödi gefunden, was Heidi erst verärgert, nach dem Herzbruch jedoch mit bitterer Heiterkeit erfüllt hatte. Chanelle und ich nickten einander wissend zu. Marco hätte auch ohne Aussicht auf Sex im Nieselregen nichts bemerkt, was weniger auffallend als ein roter Tyrannosaurus Rex auf dem Jahnweg gewesen wäre. Aber es existierten noch andere rote Sachen.

„Du hast nicht zufällig einen roten Sportwagen gesehen?" Wieso mir der rote Sportwagen in den Sinn gekommen war, verstand ich selbst nicht. Es hatte etwas mit Andys umständlicher Bemerkung über ehemalige Mitbürger zu tun und auch mit den roten Möchtegernsportwagen, die Wardenburg in letzter Zeit überschwemmten. Gerade bog unserem Standort gegenüber einer mit Cloppenburger Kennzeichen von der Friedrichstraße in die Oldenburger Straße.

Chanelle war meinem Blick gefolgt.

„Meinst du so einen? Nee. Nicht am Dienstag."

Andy hatte mich oft clever genannt. Aufmerksam war ich auch.

„Nicht am Dienstag? Wann dann?"

Sie betrachtete stirnrunzelnd ihr linkes Unterlid im Taschenspiegel. Die Wimpern klebten im äußeren Augenwinkel zu einem schwarzen Stachel zusammen. Vorsichtig tippte sie daran.

„Ein paar Mal. Während der Ferien. Und am Montag."

„Wo?"

„Im Lerchenweg. Da vorne an der Ecke." Chanelle winkte vage in Richtung der Einmündung des Lerchenwegs in die Huntestraße. Dort wollte vor Wochen schon Heidi so einen Möchtegernsportwagen gesehen haben.

Mein Hals war plötzlich wie zugeschnürt. Ich musste ein paarmal schlucken, ehe ich mich an die nächste Frage wagen konnte.

„Hast du den Fahrer bemerkt?"

Sie lachte.

„Ich weiß nicht. Und, ach, am Dienstag stand morgens vor dem Unterricht so ein alter Typ am Waldrand und hat gepinkelt."

Verlegen wegen ihrer beiläufigen Erwähnung dieses typisch männlichen Fehlverhaltens schob ich eilig die nächste Frage hinterher.

„Hast du sein Gesicht gesehen?"

„Nö. Er hat gepinkelt, Gesicht zum Baum. Hatte es wohl eilig. Erst hat er noch auf die Straße geguckt. Und als er mich auf dem Fahrrad gesehen hat, ist er schnell zu dem Baum gesprungen, der Perversling." Ich konnte mir die Szene gut vorstellen. Ich sah an dem Baum einen Mann mit dunklen Haaren, weshalb auch immer, und Chanelle ergänzte: „Dunkle Haare hatte er. Der Polizist hat das auch gefragt."

Ein wenig irritiert sah ich sie an.

„Und das Auto? Kennzeichen? Marke?"

„Frag nicht. Keine Ahnung. Rot. Die Marke hat Marco erkannt. Das Kennzeichen … Ich glaube, der kennt

nicht mal das Kennzeichen von seinem eigenen Mofa."
Bitter lachte Chanelle auf. Dann beugte sie sich vor und
tätschelte unerwartet meine Schulter. „Christa. Die Polizei findet Heidi. Und Greta. Bestimmt. Ich hab die ja am
Dienstag gesprochen. Die sind total gut drauf. Und der eine ist total süß. Wie dieser Schauspieler, weißt du, wen ich
meine? Die retten Heidi."

Solches Vertrauen in die Fähigkeiten der Polizei hatte
ich nicht. Mir standen der Beamte im Glencheck-Sakko
und Gert Tamminga mit dem verschmorten Kabel der
Kaffeemaschine vor Augen. Wenn das die Leute sein sollten, die meine Schwester und Greta Muh ausfindig machen und befreien sollten, dann durfte man nicht viel
erwarten. Ich dagegen glaubte nun, außer den für die Ver-
brecherjagd notwendigen physischen und psychischen
Voraussetzungen eine heiße Spur zu haben. Der würde
ich folgen, sobald ich einen praxistauglichen Plan entwickelt hätte. Vorher trennten Chanelle und ich uns mit einer Umarmung. Im Grunde verachtete ich sie immer
noch, wenn ich ihr jedoch den Schlüssel zum Heldenruhm verdanken sollte, rechtfertigte das meine scheinhei-
lige Liebkosung.

Auf der Weiterfahrt zum stillen Tal grübelte ich. Es
gab viele rote Sportwagen, richtige und möchtegern.
Zwar wollte ich nicht so weit gehen zu behaupten, solche
Autos würden ausschließlich von Kriminellen gefahren,
aber anders als ein dunkelgrüner Kleinwagen übten rote
Möchtegernsportwagen und ihre vollblütigen Artgenos-

sen einen besonderen Reiz auf Fahrer mit risikofreudiger Disposition aus.

Solche und ähnliche Gedanken ließ ich an mir vorüberziehen, bis ich mir eingestehen musste, dass ich mich um eine Frage herumdrückte. Mir persönlich war nur ein einziger Fahrer eines roten Möchtegernsportwagens bekannt. Dieser Fahrer hatte Kenntnis über die Muhs, weil er ihnen das Bergersche Haus verkauft hatte. Außerdem war er dunkelhaarig und durchaus das, was man als alten Typen bezeichnen konnte, wenn man die richtig alten Vertreter dieser Gruppe einmal außer Acht ließ. Aber ich konnte mich nicht überwinden zu glauben, dass der junge Herr Berger etwas mit dem Mord an Herrn Muh und der Entführung von Heidi und Greta Muh zu tun haben sollte, stammte er doch wie ich aus dem stillen Tal, wo Integrität Kennzeichen aller Bewohner war. Er war der Sohn des alten Herrn Berger, dem meine Mutter den Haushalt geführt hatte. All dies waren die besten Voraussetzungen für ein Leben in Wohlanständigkeit. Leute aus dem stillen Tal begingen keine Verbrechen, sie vermieden es normalerweise sogar, Opfer eines Verbrechens zu werden. Sicher war ein Wagen ähnlich dem des jungen Herrn Berger rein zufällig bei Gloysteinsfuhren abgestellt worden. Und bei einer rasant alternden Bevölkerung war es wahrscheinlich normal, wenn in den frühen Morgenstunden ein Spaziergänger den nächstgelegenen Baum aufsuchen musste.

Von alldem erklärte ich mich überzeugt, während ich mein Fahrrad vor unserem Haus abstellte. Meine Mutter erwartete mich schon an der offenen Haustür. Ich setzte ein optimistisches Gesicht auf, gleichzeitig bemühte sie sich um einen entspannten Ausdruck. Arm in Arm gingen wir ins Haus.

KAPITEL 15

Wenn ich vom Schreibtisch aus zum Bergerschen Haus der Muhs hinüberblickte, kamen
ungefragt Erinnerungen an den alten Herrn Berger. Solange er lebte, war sein Haus das freundliche Zentrum der
Nachbarschaft gewesen. Aber aus diesem Zentrum war
ein Fokus für böse Blicke geworden, und ausgerechnet der
Sohn des alten Herrn Berger wäre vielleicht Urheber der
schlimmen Taten in unserer Mitte. Niemand außer den
Muhs wusste, ob dem wirklich so war. Ich ahnte nur die
Möglichkeit, und diese Ahnung lastete auf mir. Offiziell
saß ich an den Hausaufgaben. Aber trotz des aufgeschla-
genen Buches hatte ich noch kein Wort gelesen. Meine
Gedanken kreisten ausschließlich um die Frage, ob ich
nicht trotz aller Bestrebungen nach Ruhm und Ehre zur
Polizei gehen sollte, um ihr meinen Verdacht, so vage und
aus Zufällen entstanden, mitzuteilen. Doch ich brauchte

nur an Gert Tamminga zu denken, um sicher zu wissen, dass die Polizei in diesem Fall nichts würde ausrichten können.

Das Übel, welches es zu bekämpfen galt, kam aus dem stillen Tal. Nur von dort aus war es zu besiegen, und nur von mir allein. Ich stützte das Kinn in die verschränkten Hände und starrte auf das karierte Papier des Schreibblocks vor mir. Das, was ich so unbedingt unternehmen wollte, entzog sich meiner Vorstellungskraft. Zudem drohte die immense Verantwortung meine Kräfte zu übersteigen. Mein Tatendrang verflüchtigte sich. Ich sah ihm nach und empfand nur noch Müdigkeit.

Nachdem der Freitag ereignislos verstrichen war, radelte ich Sonnabend früh nach Wardenburg. Ein bestimmtes Ziel hatte ich nicht. Ich wollte nur nicht länger zu Hause sitzen und warten. Von Heidi und Greta fehlte seit vier Tagen jede Spur. Der Entführer war nicht in Eile, mit unserer Familie Kontakt aufzunehmen. Möglicherweise hatte er Kontakt mit den Muhs aufgenommen, doch darüber konnten wir nur spekulieren. Gesehen hatte ich Bea oder irgendein Mitglied ihrer Familie, das ich hätte fragen können, nicht mehr, und ein drittes Mal zu den Muhs zu gehen wagte ich nicht. Wie die Polizei in ihren Ermittlungen vorankam, erfuhren wir ebenfalls nicht. Gab es Fortschritte, hielten die Beamten es für unnötig, uns zu informieren. Seit Dienstag war unsere Stimmung vom ursprünglichen Zweckoptimismus in Gereiztheit abgeglitten. Zu bekämpfen hofften wir die weiter durch übertriebene Aktivität. Meine Mutter hatte das Gästezimmer fertig tapeziert und sich nun für Gartenarbeit entschieden. Da das Wochenende gekommen war, wählte ich eine Runde auf dem Fahrrad.

Nachdem ich den Kreisverkehr in der Oldenburger Straße überwunden hatte, fuhr ich gemächlich an den Firmengeländen und Supermarktauffahrten entlang. Heftiger Gegenwind bremste mich, aber an diesem Widerstand konnte ich mich abarbeiten. Endlich lag das Gewerbegebiet hinter mir, und der eigentliche Ort begann. Rechts von mir erstreckte sich das Wohngebiet mit den Vogelnamen. Erst trieben meine Gedanken zu ehemaligen Klassenkameraden in diesen Straßen, der Tatsache, dass ich kaum noch Kontakt zu meinen früheren Schulfreunden hielt, dass ich so gerne in den Kindergarten im Lerchenweg gegangen wäre, meine Eltern wegen der Entfernung aber davon abgesehen hatten. Damals hatte meine Großmutter mütterlicherseits noch bei uns im Haus gewohnt. Von der waren Heidi und ich betreut worden, wenn meine Mutter im Oldenburger Altenheim Essenspläne ausarbeitete, Vorräte bestellte und die Wäschekammer verwaltete. Meiner Assoziationskette körperlich folgend, fuhr ich wie ferngesteuert in den Lerchenweg, passierte den Kindergarten meiner vergangenen Sehnsüchte und fand mich vor Gloysteinsfuhren wieder.

Im Sonnenlicht leuchteten die Buchen orange. An diesem Novembermorgen gaben sie sich den Anschein ewiger Lebenskraft, doch ihr Laub knisterte trocken im Wind, vor dem bereits Scharen abgefallener Blätter über Bürgersteig und Fahrbahn trieben. Ich hörte auf zu treten, rollte auf die Straßenbiegung zu und hielt an. Ein Autofahrer hinter mir hupte, als er an mir vorbeifuhr. Ich ignorierte ihn. Langsam schob ich mein Fahrrad ein Stück in den Jahnweg. An der einen Seite zogen sich die wispernden Bäume von Gloysteinsfuhren entlang, auf der anderen Seite standen Wohnhäuser, deren Gärten sich im Übergang von herbstlicher Fülle zu vorwinterlichem Verfall befanden. Der Anblick sich verfärbender Chrysanthemen war mir zu deprimierend. An diesem Sonnabend brauchte ich Aufmunterung. Als ich mein Fahrrad wendete, wäre ich beinahe in Bea hineingefahren, die mit ihrem Rad an der Mündung des Jahnwegs stand.

„Was machst du denn hier?" fuhr ich sie an, ehe mich ein beunruhigender Gedanke hinzufügen ließ: „Bist du mir gefolgt?" Wenn Bea mir unbemerkt folgen konnte, wäre das jedem möglich, auch dem Entführer.

Bea hatte den Anstand, verlegen auszusehen.

„Ja. Sozusagen."

„Sozusagen?" fragte ich zurück. Sie nickte.

„Ich wollte mit dir reden. Zu Hause geht das nicht."

Damit hatte sie recht. Meine Eltern betonten immer, wir lebten in aufgeklärten Zeiten, in denen jeder frei sei zu tun, was er wollte. Heidi und ich stellten unsere Gäste kurz vor, um dann mit ihnen auf die Zimmer zu gehen.

Meine Mutter nahm sich das Recht, uns nach wie vor Tee
und Gebäck zu bringen, aber das lag eher an ihrem haus-
wirtschaftlichen Hintergrund als an mütterlicher Indis-
kretion. Kritik an Freunden wurde kaum geäußert.
Keiner unserer Besucher hatte jemals Hausverbot erhalten. Nun konnte ich mich jedoch nicht gegen das beklem-
mende Gefühl wehren, brächte ich Bea ins Haus, wäre
meine Mutter weniger aufgeschlossen gewesen. Im Ideal-
fall hätten wir nur auf die Kekse verzichten müssen. Beas
Mutter wiederum, mit den Lehren der Muh im Rücken
und den Erfahrungen der letzten Wochen vor Augen,
schien ihren Nachbarn grundsätzlich skeptisch gegen-
überzustehen. Mir begann zu dämmern, man könne sich
nur so lange frei fühlen, wie man im Wahrnehmen einer
verbrieften Freiheit nicht gegen die Vorstellungen der
Angehörigen und Freunde verstieß. Bisher hatte ich
Schilderungen solcher Erfahrungen in Jugendzeitschrif-
ten als Ausreden für schlechtes Benehmen von Groß-
stadtteenagern gehalten.

In die Betrachtung meiner neuen Erkenntnisse versunken, merkte ich gar nicht, dass ich nun neben Bea
mein Fahrrad weiter den Lerchenweg entlang schob.
Auch hier lagen Wohnhäuser den Bäumen gegenüber.
Am Rande des Bürgersteiges parkten Autos. Abrupt blieb
ich stehen.

„Heidi behauptete, bevor dein Vater ermordet wurde,
habe hier nach Schulschluss ein roter Sportwagen gestanden. Und eine Klassenkameradin von Heidi sagt, am

Montag, am Tag vor der Entführung, auch. Und Diens-
tagmorgen war ein dunkelhaariger Mann am Wald."

Bea nickte, sorgfältig meinen Blick meidend.

„Der Wagen war der von dem Mann, der uns das
Haus verkauft hat. Berger heißt er."

Ich starrte sie an. Es war nun wirklich nicht so, dass
ich nicht auch an den jungen Herrn Berger gedacht hätte, aber seinen Namen jetzt von Bea zu hören, versetzte
mir einen Schlag. Unwillig schüttelte ich den Kopf. Obwohl es passte, wollte ich nicht, dass jemand, den ich
kannte, so etwas getan hatte. Doch während sich mein
Innerstes gegen die Vorstellung vom Sohn des alten
Herrn Berger als Entführer oder Mörder auflehnte,
zweifelte ich keinen Augenblick an der Wahrheit von
Beas Worten. Schweigend schob ich weiter. Bea folgte
mir langsam. An der Einmündung in die Huntestraße
blieben wir auf der Fahrbahn stehen. Ein Pfad führte in
Gloysteinsfuhren hinein. Folgte man dem Pfad, käme
man am Everkamp in Höhe der Bushaltestellen heraus.
Da ich nicht wusste, ob Bea darüber informiert war, erwähnte ich den Umstand.

Sie nickte langsam.

„Aber man könnte nicht so schnell durch den Wald
laufen, dass man vor einem Radfahrer hier ankäme?" fragte sie.

Ich schüttelte den Kopf.

„Kaum. Der junge Herr Berger könnte das bestimmt
nicht."

Ohne vorherige Absprache schoben wir die Räder auf den Bürgersteig und gingen an der Huntestraße ortsauswärts Richtung Schulzentrum.

„Warum sagst du eigentlich ,er junge Herr Berger'" wollte Bea von mir wissen. „Der ist doch mindestens so alt wie deine Eltern."

Die Frage überraschte mich, aber ich erkannte, dass sie nicht unberechtigt war. Jung im Sinne von jugendlich war der junge Herr Berger selbstverständlich nicht mehr.

„Er ist jünger als sein Vater. Der war der alte Herr Berger."

„Kanntest du den?"

„Natürlich. Er war doch unser Nachbar. Und meine Mutter seine Haushälterin."

„Deine Mutter?"

Ich nickte, unsicher, ob ich stolz oder beschämt sein sollte. Am Gymnasium verschwieg ich die uncoolen Berufe meiner Eltern, besonders den meiner Mutter. Bea hatte aber offenbar keine Meinung zu der Tatsache, dass meine Mutter in dem Haus, das sie jetzt bewohnte, den Haushalt geführt hatte. Einige Meter gingen wir schweigend nebeneinander her. Ich fragte mich, was der alte und der junge Herr Berger mit den Muhs oder der Gemeinschaft Muh zu schaffen gehabt hätten. Eine Verbindung des alten Herrn Berger zu den Muh konnte ich mir gar nicht vorstellen. Der alte Herr Berger hatte Wardenburg kaum verlassen, angeblich hatte er es nie für nötig gehalten, weiter als bis in die Kreisstadt Wildeshausen zu rei-

sen. Der junge Herr Berger war deutlich weiter herumgekommen, bis in den Kreis Düren, wo die Muh ihr Zentrum unterhielten.

„Bist du auch hier zur Schule gegangen?" erkundigte
sich Bea nach einer längeren Pause.

„Ja", entgegnete ich kurz. Ich hatte diese Schule nicht
ungern besucht. Aber nach kaum mehr als einem Jahr
fand ich schwer vorstellbar, was so lange selbstverständlich gewesen war. Ich war schulpflichtig gewesen, und dieses Schulzentrum lag unserem Haus am nächsten. Sechs
Jahre war der Schulbesuch dort Gewohnheit, nun hatte
sogar der Weg seine unreflektierte Vertrautheit verloren.
Die Huntestraße fiel in Höhe von Gloysteinsfuhren
leicht ab, wenn auch weniger merklich als an der Ampel
zur Oldenburger Straße. Alles wirkte weit im Sonnenlicht, als ob die Gärten jenseits der Straße vor den Schatten des Wäldchens zurückwichen.

„Steckt der junge Herr Berger auch hinter den Stein-
würfen auf euer Haus?" fragte ich.

Bea zögerte.

„Vielleicht. Aber ... geworfen haben andere." Ich
musste an das denken, was meine Mutter glaubte gesehen
zu haben. Hätte sie sich nicht geirrt, wäre es tatsächlich
kein Hund gewesen, der aus Richtung des Gestrüpps an
unserem Haus vorbeigelaufen war, dann wäre ein Mensch
den nächstliegenden Arm des stillen Tals hinabgelaufen.
In diesem Fall könnte man auch nicht ausschließen, dieser
Mensch habe sich in ein Haus nahe der Oldenburger Stra-

ße geflüchtet, sei einer unserer Nachbarn. Angedeutet
hatte Bea nichts. Ich war selbst auf diesen abwegigen Gedanken gekommen, angeregt durch unser Gespräch über
die vandalisierten Rosenstöcke. Dass am Abend nach der
Entführung ein Anwohner des stillen Tals, einer von uns,
die neuen Bewohner des Bergerschen Hauses terrorisieren
sollte, erschien mir eine absurde Vorstellung, die ich nicht
weiter verfolgen wollte.

Wir blieben auf dem Bürgersteig und vollführten den
Bogen in den Everkamp. An der Schulhofseite der Straße
lagen die zahlreichen Haltestellen für die Schulbusse.
Gloysteinsfuhren hielt erfolgreich jedes Sonnenlicht ab.
Feine Feuchtigkeit bedeckte den Asphalt. Wir blieben am
Eingang in das Wäldchen stehen.

„Warst du schon einmal hier drin?"

Bea schüttelte den Kopf.

„Los, komm." Wir stellten die Räder ab und folgten
dem Pfad. Jeder Meter unter den Bäumen erinnerte mich,
dass erst Dienstag Heidi und Greta über den feuchten Boden gegangen waren, wie ich Heidi kannte, laut mit ihren
Freunden scherzend. Das Scherzen war verstummt. Meine Schwester und Greta hatten den Wald verlassen, un-
freiwillig und in der Gewalt eines Mannes, der allen
Erwachsenen im stillen Tal als Sohn seines integeren Vaters ebenfalls als integer galt. Sollte Bea mit ihrer Behauptung, der junge Herr Berger stecke hinter dem Mord an
ihrem Vater und der Entführung unserer Schwestern,
Recht behalten, wäre der junge Herr Berger ein Verbre-

cher, und die Leute hätten ihm zu Unrecht ihr Vertrauen geschenkt. Solche Überlegungen öffneten Tür und Tor für Zweifel jeglicher Art. Im jungen Herrn Berger hatten die Nachbarn sich getäuscht, irrten möglicherweise in ihrer Einschätzung anderer Personen, sahen vielleicht nicht, dass unter ihnen derjenige lebte, dessen Schatten meine Mutter in der Nacht des Vandalismus auf dem Grundstück des Bergerschen Hauses der Muhs aus dem Gestrüpp hatte kommen sehen.

Angesichts dieser Überlegungen half es mir auch nicht, dass sich seit der abgebrochenen Waldputzaktion weitere Scherben und Getränkedosen und natürlich Hundekot auf den Wegen angesammelt hatten. Gloysteinsfuhren war nicht nur Naherholungsgebiet und somit beliebte Strecke für Läufer und Walker, es war wie die ortsnahen Huntedeiche eine riesige kommunale Hundetoilette. Säuberungen, wie Frau Schumann-Schulz sie einmal jährlich durchführen ließ, verpufften effektlos. Darüber informierte ich Bea, während wir die Pfade abgingen und versuchten, die Stelle zu finden, an der unsere Schwestern entführt worden waren. Bea lauschte schweigend und grinste nur kurz, als ich berichtete, wie ich selbst in meiner zehnten Klasse durch das Gestrüpp gekrabbelt war. Schließlich fanden wir einen entlegenen Abschnitt, den wir für den einzig möglichen Platz hielten. Das Unterholz machte einen durchwühlten Eindruck, was unserer Ansicht nach von einer Untersuchung des Tatorts herrührte. Dieses Stück des Weges war in Sichtweite der ver-

schmälerten Straße Am Everkamp. Man roch die Ausdünstungen des Hallenbades. An einem trüben Vormittag
hätten sich kaum Läufer oder Walkerinnen hierher ver-
irrt, und die Wohnhäuser im Jahnweg standen durch die
Vegetation abgeschirmt. Riskant wäre es auf jeden Fall gewesen, in einem relativ übersichtlichen Waldstück, durch
das außerdem eine ganze Schulklasse marodierte, ein, und
wie sich gezeigt hatte, zwei Mädchen zu überwältigen und
zu verschleppen. Aber es war geschehen.

Wir standen eine Weile auf dem feuchten Waldboden
und ließen die Umgebung auf uns wirken.

„Hat der junge Herr Berger sich bei euch gemeldet?"
fragte ich schließlich.

Bea drehte sich zu mir um.

„Ja." Mein Verdacht hatte sich bestätigt.

„Bei uns hat er sich nämlich nicht gemeldet", teilte ich
ihr mit. Bea machte ein betretenes Gesicht. „Hat er euch
angerufen?" fragte ich sie.

Sie schüttelte den Kopf.

„Wir haben kein Telefon. Kein Festnetz."

„Aber ..." Ich starrte sie an. „Wie hat er sich mit euch
in Verbindung gesetzt? Gemailt?"

„Einfacher. Er hat das Zentrum Muh in Nideggen angerufen. Der Kodexmeister hat meine Mutter auf dem
Handy kontaktiert. Der junge Herr Berger weiß natürlich, dass der Kodexmeister in Nideggen meine Mutter
führt und sie deshalb immer erreichbar sein muss und sowieso nichts Wichtiges ohne ihn entscheiden kann."

„Dieser Mann führt deine Mutter? Wie bei der Stasi? So wie ein Führungsoffizier eine informelle Mitarbeiterin?"

Meinen Sarkasmus stumpf ausblendend, wägte Bea die Antwort ab.

„So könnte man es ausdrücken. Meine Mutter ist Kodexwächterin. Die sind verantwortlich für eine kleine Gruppe von Personen, in ihrem Fall die eigene Familie und ein paar andere Leute in der Gegend. Und sie gründen neue Zellen. Oder Zentren, wenn sich mehrere Zellen zusammentun. Das sollten wir hier in Wardenburg machen. Erst unter der Leitung meiner Mutter und ihrer Zelle, also hauptsächlich die Mitglieder der Familie. Die anderen haben Aufgaben außerhalb der Gemeinschaft, die hätten uns nur von außen unterstützt. Und, sobald mir auch ein oder mehrere Personen zugewiesen worden wären, mit einer zweiten Zelle. Dann wären wir ein Zentrum gewesen. Ich bin auch zur Kodexwächterin ausgebildet worden, weißt du, nur ohne eigene Zelle wird der Status nicht wirksam. Das sollte sich hier ändern. Unser Haus ist ideal für ein Begegnungszentrum. Nach der Planung des Kodexmeisters hätten wir in zwei Jahren eröffnen sollen. Aber es haben sich Unstimmigkeiten mit Herrn Berger ergeben."

Ich dachte zurück an den Tag, an dem ich Herrn Muh zum ersten Mal begegnet war. Er hatte höflich im Vorhof auf den jungen Herrn Berger gewartet, ehe sie zusammen das Haus besichtigt hatten. Anschließend war mir der junge Herr Berger zufrieden erschienen. Als ich das Bea sagte, lachte die säuerlich.

„Da behauptete er noch nicht, dass sein Vater ihn angeblich hintergangen hatte. Oder einfach vergessen hatte, ihn zu informieren."

„Hintergangen?" Ich dachte an den freundlichen, alten Mann. „Vergessen, ihn zu informieren?" Zugegebenermaßen war der alte Herr Berger trotz seines Alters unerwartet gestorben.

„Ja. Eins von beidem. Es hat etwas mit dem Haus zu tun, vielmehr dem Grundstück. Wie gesagt, angeblich. Da soll etwas sein, das den Wert des Grundstücks steigert. Was, haben wir noch nicht herausgefunden. Jedenfalls behauptete der junge Herr Berger, wir hätten davon gewusst, und verlangte nachträglich einen höheren Preis. Darauf hat die Gemeinschaft Muh sich natürlich nicht eingelassen. Du musst bedenken, Herr Berger hatte die Kaufsumme bereits in bar erhalten."

Das Geld war wohl von Herrn Muh in seinem Pappköfferchen mit zu der Hausbesichtigung gebracht worden. Ich fragte nicht nach dem Preis. Groß, wie Haus und Grundstück waren, musste er hoch gewesen sein.

„Wie habt ihr, wie hat die Gemeinschaft Muh, oder wie ihr euch nennt, das Bergersche Haus überhaupt gefunden? Ich wusste nicht, dass der junge Herr Berger einen Makler mit dem Verkauf beauftragt hatte", erkundigte ich mich.

Bea zögerte.

„Über einen Makler hätten wir nicht gekauft", erwiderte sie ausweichend. Nach einer Pause setzte sie erläuternd hinzu: „Vertragsabschlüsse über Dritte widersprechen der Lehre. Die Gemeinschaft muss immer direkt mit einem Anbieter verhandeln. Streng genommen dürften wir auch nicht in einem Geschäft einkaufen." Sie brach einen dürren Zweig ab und fingerte die vertrockneten Knospen an dessen Spitze.

Ich wurde ungeduldig.

„Also habt ihr mit dem jungen Herrn Berger verhandelt", folgerte ich und sah sie herausfordernd an.

Aber Bea ließ sich nicht drängen.

„Ja", erklärte sie und schwieg wieder. Systematisch knickte sie den Zweig abschnittsweise zusammen, bis sie eine Ziehharmonika aus dürrem Holz in den Händen hielt. Ich teilte ihre Beherrschung nicht. Am liebsten hätte ich sie geschüttelt. „Der Mann, den du den jungen Herrn Berger nennst, hatte früher schon einmal mit dem Zentrum Muh in Nideggen zu tun gehabt. Ich weiß nicht, was. Damals war ich noch keine sechzehn, nahm also nicht an der Beratschlagung teil. Ich glaube, er hat uns einen unserer Bauwagen verkauft. Weißt du, oft übernehmen Zellen alte Gebäude, die sie erst für den Bezug herrichten müssen. In der Zeit wohnen die Mitglieder in Bauwagen."

„Und nachdem er das Bergersche Haus geerbt hatte, hat er sich wieder an euch gewandt?" hakte ich nach.

Bea nickte.

„Vermutlich, weil er wusste, dass die Muh in bar zahlen würden. Leute wie er nehmen gern Bargeld, ist mir aufgefallen. Aber zu der Zeit war ich bei meiner Wächter-Schulung in unserem Haupthaus in Kelmis, also in Belgien. Als ich zurückkam, eröffnete mir der Kodexmeister den Plan, dass ich mit meiner Mutter in Wardenburg das neue Zentrum aufbauen sollte. Es ist eine Ehre, wenn man sofort nach der Ausbildung als Kodexwächterin eingesetzt wird. Eigentlich hätte ich zunächst in Lüttich studieren sollen. Das Bildungsniveau innerhalb der Gemeinschaft, und besonders der Kodexwächter, muss angehoben werden. Die Muh leben nicht mehr im neunzehnten Jahrhundert und nicht mehr nur in Moresnet. Aber sofortiger Einsatz ist natürlich die größere Ehre.“ Sie sagte das ernsthaft, doch mir war, als schimmerte Bedauern hinter dem gleichmütigen Blick.

Mein Interesse kehrte zurück zu dem Anruf des jungen Herrn Berger bei dem Kodexmeister der Muh.

„Hat er etwas über Heidi und Greta gesagt? Wie es ihnen geht? Was will er? Lösegeld?“

Bea machte mit einem Mal ein ängstliches Gesicht. Abwehrend hob sie die Hände.

„Das weiß ich alles nicht. Er hat Forderungen gestellt. Gestern Morgen lag dann ein Umschlag hinter dem Haus. Aber meine Mutter hat mir nicht gesagt, was darin war. Erst hat sie geweint, und anschließend hat sie lange mit dem Kodexmeister telefoniert. Aber worüber sie gesprochen haben, hat sie mir nicht erzählt. Sie ist nicht nur meine Mutter, sondern auch meine Kodexwächterin. Ich kann sie nicht einfach fragen, was los ist. Auch wenn es um meine Schwester geht. Aber sie erscheint mir äußerst besorgt. Ich fürchte ..." Sie unterbrach sich und presste wieder die Lippen zusammen, als hielte sie mit Gewalt Worte zurück, die nicht für jemanden außerhalb der Gemeinschaft der Muh bestimmt waren.

Ein wenig fassungslos starrte ich sie an, aber meine Fassungslosigkeit hielt sich zu meinem eigenen Erstaunen in Grenzen. Vermutlich begann ich mich allmählich an die Eigenheiten der Muhs zu gewöhnen.

„Du weißt also nur, dass der junge Herr Berger Forderungen an die Muhs gestellt hat? Vielmehr an die Gemeinschaft Muh? Ob er von meinen Eltern etwas verlangt, weißt du nicht?"

Bea nickte. Sie schien erleichtert, dies ohne Einschränkungen tun zu können, aber ich konnte sehen, dass sie noch etwas beschäftigte. Eine Weile grübelte sie. Als sie mich dann ansah, war in ihren Augen ein, wie mir erst schien, milder Ausdruck.

„Deine Schwester war in gewisser Weise ein Betriebsunfall, Christa. Er wollte Greta Muh, aber deine Schwester war dabei. Als Zeugin. Er hätte sie töten können. Dass er tötet, wissen wir. Aber er hat sie mitgenommen." Nicht Milde, sondern Mitleid, peinliches, demütigendes Mitleid sprach aus Beas Blicken. Im ersten Trotz auf die Nachricht, die doch nur beinhaltete, was ich mir nach allem, was wir zuvor besprochen hatten, hätte denken können, erwartete ich, dass Bea mir einen weiteren Flyer der Muh anbieten oder billige Weisheiten von Demut und dem Erdulden von Leid aufsagen würde. Stattdessen wandte sie sich von mir ab und überließ mich meinen Gefühlen, in denen Wut gegen den jungen Herrn Berger, gegen die Muhs und Bea, gegen Heidi und Frau Schumann-Schulz, gegen meine Eltern und die Polizei das einzig Identifizierbare war. Es dauerte eine Weile, bis meine Wut sich zurückzog und teilweise verwandelte. Worin sie sich verwandelte könnte ich nicht sagen. Damals glaubte ich, meine Fähigkeit, vernünftig zu denken, wäre zurückgekehrt. Das war natürlich ein Trugschluss, den als solchen zu erkennen, mir zu diesem Zeitpunkt unmöglich war. Ich erinnerte mich nur plötzlich an meinen Entschluss vom Dienstag. Den wollte ich nun unbedingt umsetzen.

„Wir haben Dienstag gesagt, wir wollten Heidi und Greta finden", erinnerte ich Bea. Meine Stimme klang ein wenig rau.

Bea warf mir einen raschen Blick zu, drehte sich aber nicht voll zu mir um.

„Von Finden war nicht die Rede. Von etwas unternehmen", erinnerte sie mich, definitiv mild und geduldig.

Gereizt stampfte ich auf. So tief war ich gesunken.

„Meinetwegen das. Bist du noch dabei?"

Bea entfernte sich langsam, den Blick auf dem Waldboden, wo unsere Fußabdrücke überlagerten, was von den Ereignissen am Dienstag zurückgeblieben war. Ihr

Schweigen verstärkte meine Gereiztheit. Erst wollte ich etwas sagen, hielt mich aber zurück. Eingehend betrachtete ich einen Streifen Pilze, die orange schimmernd einen toten Ast besiedelten. Gelegentlich schielte ich zu Bea. Die zog ihre Zweigziehharmonika auseinander und warf sie zurück in das Unterholz. Schließlich hob sie den Kopf.

„Christa, du kennst dich doch hier aus. Wohin könnte er Greta und Heidi gebracht haben?"

In mir regte sich Protest der prinzipiellen Art.

„Ich kenne den jungen Herrn Berger praktisch gar nicht. Was weiß ich, wo er seinen Unterschlupf hat?"

„Aber sonst du kennst hier doch jeden", entgegnete Bea.

Diesmal wollte ich nicht widersprechen, wenn ihre Behauptung in dieser Absolutheit auch nicht zutraf.

„Wer von deinen Bekannten könnte den jungen Herrn Berger denn von früher kennen? Los, denk nach."

Im Geiste ging ich die Liste meiner älteren Bekannten nach jemandem durch, der den jungen Herrn Berger besser kennen könnte. Frerk Deepken fiel mir ein, doch der würde wissentlich keinem Mitglied der Familie Muh helfen. Dann war da Oma. Die hatte nach dem Krieg beim alten Herrn Berger gearbeitet. Sie musste auch den jungen Herrn Berger gekannt haben.

„Gut", erklärte Bea und wandte sich schon um zu gehen. „Wir fragen deine Oma. Los, komm."

KAPITEL 16

Zu Oma hätte meine Mutter mich nie ohne trifti-
gen Grund gebracht. So einen hatte ich zwar,
aber von dem sollte sie tunlichst nichts erfahren. Außerdem stand unser Auto auf dem Mitarbeiterparkplatz des
Restaurants in Wardenburg und würde an diesem Sonnabend bis spät in den Abend dort bleiben. Selbst wenn sie
mich hätte fahren wollen, wäre es meiner Mutter nicht
möglich gewesen. Mir blieb als Transportmittel nur das
Fahrrad, mit dem Sannum durchaus erreichbar gewesen
wäre. Auf eine Radtour hatte ich bei dem frischen Wind
jedoch keine Lust, wie ich Bea auf der Fahrt zurück ins
stille Tal mitteilte. Meine eigenen Einwände klangen mir
nicht gerade von Tatendrang inspiriert. Tatsächlich
schämte ich mich für meine Mäkelei, weil die mich sehr
an Heidi erinnerte. Eine kleine Schwester durfte mäkeln,
eine große nicht.

Heute lese ich gern unbewusstes Zögern vor nicht absehbaren Risiken hinein, aber es ist sehr zu befürchten, dass hinter dieser Interpretation nur der Versuch steckt, meinen kindischen Verdruss zu reiferer Skepsis zu schönen. Bea jedenfalls überhörte meine Einwände wohlweislich. Stattdessen bot sie das Auto der Muhs an. Ich hätte ahnen sollen, dass Bea volljährig war und den Führerschein besaß, aber ihre zierliche Erscheinung hatte den Gedanken gar nicht erst aufkommen lassen. Somit war das Transportproblem gelöst, allerdings wäre meine Mutter aus allen Wolken gefallen, entdeckte sie mich im Auto der Familie Muh. Bea war mit derartigen mütterlichen Reaktionen vertraut.

„Was glaubst du, was meine Mutter sagen würde? Sie denkt so schon, ich wollte ihr Konkurrenz als Kodexwächterin machen. Ihre Auffassung der Lehre ist strikt. Sie hält es für gefährlich, mit der Welt, also Leuten wie dir zu kooperieren. So sind Mütter. Kein Vertrauen."

Ich nickte. Weil unsere Mütter so waren und kein Vertrauen hatten, vereinbarten wir, dass wir uns nach dem Mittagessen an der Oldenburger Straße bei der Stadtplantafel treffen wollten. Die lag zwischen Abzweig Wikingerstraße und Kreisverkehr und war definitiv so weit von unseren Häusern entfernt, dass keine unserer Mütter die Zusammenkunft würde beobachten können.

Was das Einhalten dieser Verabredung anging, war ich zuversichtlich, wurde aber mit unvorhersehbaren Widerständen konfrontiert. Mein Vater befand sich an seinem Arbeitsplatz, stellte also kein Hindernis dar. Meine Mutter hatte den Vormittag über im Garten gearbeitet. Zuvor hatte sie verlauten lassen, säße sie nur im Haus beim Telefon und wartete auf Nachricht von Heidi, würde sie vor Sorge wahnsinnig werden. Für meine Mutter waren dies starke Worte. Ich konnte nachvollziehen, wie sie sich fühlte, sah mich aber überfordert, angemessen mit ihr umzugehen.

Aus ihrer Erklärung vom Vormittag hatte ich geschlossen, dass sie auch nach dem Essen wieder hinausgehen und mich deshalb nicht vermissen würde. Das hatte sie jedoch nicht vor, denn der Akku des Telefons, das meine Mutter seit Heidis Entführung stets, und stets vergeblich, mit sich herumtrug, war leer. Das Telefon musste in der Ladestation bleiben, und meine Mutter war fest entschlossen, die Nähe der Ladestation nicht zu verlassen. Unter anderen Umständen hätte sie vermutlich nichts zu meiner Ankündigung, ein zweites Mal wegfahren zu wollen, gesagt. An diesem Sonnabend zog sie andere Saiten auf.

„Willst du etwa schon wieder nach Wardenburg?" wollte sie vorwurfsvoll wissen. „Die Geschäfte machen sowieso gleich zu, es ist doch schon fast ein Uhr. Hast du etwa nichts auf und musst ausnahmsweise mal nicht für eine deiner Klausuren lernen? Dann kannst du dich auch einmal zu mir setzen. Ich bin den ganzen Tag allein. Und den ganzen Tag warte ich auf eine Nachricht von Heidi. Das halte ich nicht länger aus."

Nun erhielt meine Mutter zwar immer wieder Besuch von anderen Anwohnern des stillen Tals, ihre Rede weckte nichtsdestoweniger mein schlechtes Gewissen. Dabei wollte ich genau das vollbringen, was alle anderen von der Polizei erwarteten. Ich wollte Heidi finden, unabhängig von meinen schwesterlichen Zweifeln an ihrem Wert für die Menschheit. Dazu fühlte ich mich außerdem viel eher geeignet als Polizisten vom Schlage eines Gert Tamminga. Dass solche Leute nur die Handlangerdienste der Suche nach meiner Schwester auszuführen hatten, wusste ich damals nicht. Für mich war es jedenfalls unumgänglich, an jenem Nachmittag das Haus zu verlassen.

Normalerweise entsprach es nicht meiner Gewohnheit, im Umgang mit meinen Eltern Tricks anzuwenden. Sie waren vernünftige Leute und durchaus bereit, meine Argumente anzuhören. In diesem Punkt zumindest hatte ich einen unbestrittenen Vorteil gegenüber Heidi, die man für zu jung für echte Argumente hielt. Mir war aber klar, dass meine Mutter kein Verständnis für private Ermittlungen ihrer Tochter haben würde. Andy Vosgerau klagte oft genug über übereifrige Mitbürger, deren eigenmächtiges Handeln, wie er behauptete, im schlimmsten Fall zu noch mehr Arbeit für die Polizei führten. Seine Worte zum Thema galten in unserer Familie als die eines Fachmanns, und meine Mutter würde sich triumphierend auf seine Kompetenz berufen. Zudem würde sie allgemein mit dem Stichwort Vernunft argumentieren, womit man mich leicht ködern konnte, und notfalls emotional werden. Wenn sie aber einmal in Tränen ausgebrochen wäre, so selten dies im Alltag geschah, bliebe mir kaum etwas anderes, als bei ihr zu bleiben und sie zu trösten. So weit durfte ich es nicht kommen lassen. Auch wollte ich mich keinesfalls ihren Argumenten aussetzen. Sie würde mich schnell dazu bringen, ihr zuzustimmen, dass ich etwas Gefährliches und auch noch Unmögliches plante, von dem ich sofort Abstand nehmen sollte. Wenn mir dann eine halbe Stunde später passende Gegenargumente einfielen, hätte sie mich längst mit einer Aufgabe betraut, die mich für die nächsten Stunden im Hause festhielt.

All diesen Ärger wollte ich umgehen. Ich redete mir ein, es wäre rücksichtsvoll gegenüber meiner Mutter, die sich nur sinnlos aufregen würde, erführe sie meine Pläne. Also behauptete ich, die Klassenkameraden von Heidi veranstalteten am Nachmittag ein Solidaritäts-Teetrinken bei Frau Schumann-Schulz in Hundsmühlen, zu dem sie mich eingeladen hätten. Nun brach meine Mutter doch in Tränen aus, was ich eigentlich hatte vermeiden wollen. Glücklicherweise waren es schnell trocknende Tränen der Rührung. So viel Anteilnahme habe sie von der heutigen Jugend nicht erwartet. Selbstverständlich dürfe ich zu diesem Teetrinken fahren. Mit einem ständig mulmiger werdenden Gefühl in der Magengegend versprach ich, alle zu grüßen und mich in ihrem Namen zu bedanken. Mein Gewissen versuchte ich mit der Aussicht zu beruhigen, wie dankbar meine Mutter mir wäre, gelänge es mir unter dem Schutz meiner kleinen Lüge, Heidi zu finden.

Wegen der Art der Ausrede zog ich mich schicker an, als ich mich normalerweise für Oma gekleidet hätte. Ich legte sogar die Silberkette mit Kreuzanhänger an, die sie mir zu meinem Schrecken zur Konfirmation geschenkt hatte. Dann nahm ich Abschied von meiner Mutter, beruhigte sie, falls es spät werden sollte, und versprach, die Strecke von Hundsmühlen nach Wardenburg nicht allein im Dunkeln zu fahren und mein Handy eingeschaltet zu lassen, ehe ich eilig davonradelte.

An der Stadtplantafel musste ich jedoch zehn Minuten warten und fürchtete schon, von sämtlichen Anwohnern des stillen Tals, die ihre Wochenendeinkäufe in Wardenburg erledigen wollten, erspäht worden zu sein. Als Bea endlich angefahren kam, stieg ich eilig in das von den Vandalen malträtierte Auto. Der Schließmechanismus der Beifahrertür klemmte wegen einer großen Delle, deshalb musste ich die Tür mehrmals zuschlagen, ehe das Schloss zuschnappte. Nachdem ich mich mittels des schwergängigen Gurtes angeschnallt hatte, sah ich mich in dem Auto der Muhs um. Es war schon älter und hatte eine fast organische Atmosphäre, weil es ausschließlich draußen und meist unter Bäumen stand. Moos wuchs außen am unteren Rand der Fenster, auf dem Dach und entlang der Stoßfänger, und auch im Innenraum, wo trockene Blätter und Sand auf den Fußmatten lagen, saßen grüne Linien entlang der Fensterdichtungen und webten Spinnen ihre

Netze, in denen sie winzige Fliegen fingen. Das Aroma der Luft erinnerte an sehr alte Gummistiefel.

„Ist das das Auto deines Stiefvaters?" fragte ich Bea.

Sie schüttelte den Kopf.

„Autos besitzen Muh nicht als Einzelpersonen. Das Auto gehört der Gemeinschaft, obwohl wir im Moment darüber verfügen. Sollten andere Muh größeren Nutzen an diesem Auto haben, wird es ihnen überstellt."

„Aha", sagte ich und überlegte, ob es etwas hinzuzufügen gäbe. Dem schien nicht so zu sein.

„Wie kommen wir denn zu deiner Oma?" wollte Bea nun von mir wissen. Sie behauptete, überhaupt keine Orientierung über die Lage der Ortschaften und Dörfer in der Region zu besitzen. Da wir schon bis zur Stadtplantafel an Wardenburg herangekommen waren, lotste ich Bea zum Kreisverkehr und auf die Astruper Straße, die zur Huntloser Straße wurde und deren Verlauf, erst als Landstraße, dann als rotgepflasterter Weg durch Höven und Westerburg und dann, als Fortsetzung der Wikingerstraße, wieder als Landstraße Richtung Huntlosen, Bea irritierte.

„Kann es sein, dass du mich einen gigantischen Umweg hast fahren lassen?" erkundigte sie sich, als wir wieder auf der gut ausgebauten Landstraße rollten.

Ich bestätigte ihre Vermutung.

„So hast du einen Eindruck über die Gegend hier erhalten. Möglicherweise stecken Heidi und Greta in einem Gebäude in so einem kleinen Dorf."

„Die können wir nicht alle abklappern", stellte Bea fest. Es war einer der wenigen vernünftigen Gedanken, die wir an diesem Tag austauschen sollten. Inzwischen passierten wir das grüne Ortsschild von Sannum. Meine Oma lebte nahe dem Wohnheim des Gertrudenstifts in einem kleinen, roten Haus abseits der Landstraße. Bezogen hatten sie und mein Opa das Häuschen, nachdem er bei einem Bauunternehmen in Huntlosen Arbeit gefunden und sie ihre Beschäftigung beim alten Herrn Berger aufgegeben hatte. Ein Auto hatte mein Opa sein Leben lang nicht besessen, aber Motorrad war er gefahren. Schenkt man den Schilderungen meines Vaters Glauben, muss die dreiköpfige Familie bei gemeinsamen Fahrten auf der Maschine ein Bild geboten haben, wie wir es heutzutage nur in Fernsehberichten aus Indien zu sehen bekommen. In der Bereitschaft ihrer Schwiegermutter, bei strömendem Regen hinten auf dem Motorrad ihres Mannes zu fahren, vermuteten Heidi und ich schon lange den Ursprung der Spannungen zwischen Oma und unserer Mutter.

Nachdem ich schon länger nicht mehr in Omas Haus gewesen war, wusste ich nicht, ob eine Warnung an Bea gerechtfertigt wäre. Während der Garten stets von ihr gepflegt wurde, hatte Oma es nie für nötig gehalten, im Haus mehr als das Notwendigste zu erledigen. Dieses Notwendigste wurde von Jahr zu Jahr weniger, während die ursprüngliche Nachlässigkeit schon länger mit jener Altersschlampigkeit einherging, welche früh eingesetzt und sich konsequent entwickelt hatte. Aber für langwierige Erklärungen blieb mir keine Zeit. Das Einbiegen eines fremden Fahrzeugs in die schmale Stichstraße, an der drei kleine Häuser lagen, hatte bereits Aufsehen erregt. Am ersten Haus bewegten sich die Gardinen, im Garten des zweiten Hauses bellte ein Hund, bis der ältere Besitzer ihm zu schweigen befahl. Er blieb dann neben dem aufgeregt japsenden Tier stehen und starrte auf den Wagen, dessen zahlreiche tiefe Dellen offensichtlich sein Interesse, allerdings auch sein Misstrauen erregten. Im dritten Haus wohnte meine Oma.

Weil der Nachbarshund so laut gebellt hatte, sah sie aus dem Fenster, erkannte ihre Enkelin und eilte zur Haustür.

„Hallo Oma", begrüßte ich die alte Frau.

Irritiert sah sie von mir zu Bea und zwischen uns auf das demolierte Auto, dessen Anblick sie veranlasste, erschrocken die Hände an die Schläfen zu heben. Ältere Leute erwarteten immer das Schlimmste. Ich wusste nicht genau, wie alt sie eigentlich war, aber achtzig noch nicht. Die pflichtbewusst arrangierten Feierlichkeiten zu diesem Geburtstag wären mir nicht entgangen.

„Habt ihr Neuigkeiten von Heidi?" waren Omas erste Worte, nachdem sie erfasst hatte, dass ich ohne Blessuren vor ihr stand.

Angesichts Heidis Entführung hätten sie mich nicht befremden sollen, sie taten es aber. Bea und ich waren zu offenkundig unverletzt dem zerbeulten Wagen entstiegen, unseretwegen brauchte Oma keine Sorgen zu verschwenden und konnte sich ganz auf Heidis Situation konzentrieren.

Unaufrichtig lächelnd teilte ich ihr mit, von Heidi wüssten wir nichts Neues, wir glaubten aber, sie, Oma Hemmen, könne uns bei der Suche helfen. Meine Oma war perplex. Sie sank in einen Sessel, während wir vor ihr standen und etwas ratlos auf sie herabblickten. Unser Plan war, Oma über ihre Kenntnisse der Familie Berger und insbesondere des jungen Herrn Berger zu befragen. Was genau wir wissen wollten, hatten wir noch gar nicht geklärt und außerdem nicht besprochen, wie wir vorgehen sollten. Vermutlich ging Bea einfach davon aus, ich wüsste instinktiv, wie mit meiner Oma zu verfahren sei.

„Was weiß ich denn schon?" fragte Oma mich, ungläubig, dass man von ihr sachdienliche Informationen in einer so ernsten Angelegenheit haben wollte. Ich hob die Hände.

„Äh ... Du kennst hier viele Leute. Und du kennst die Gegend. Und ... ja, du willst uns doch bestimmt helfen, Heidi zu finden. Und Beas Schwester Greta."

An diesem Punkt wurde der Blick meiner Oma unerwartet scharf.

„Wieso euch? Die Polizei sucht doch hoffentlich nach Heidi?" fragte sie in einem Ton, dem merkliche Zweifel zu entnehmen waren.

Ich überlegte, wie ich das keimende Misstrauen niedertrampeln könnte.

„Natürlich, Oma. Die Polizei sucht nach Heidi und Greta. Aber wir wollen der Polizei helfen. Das ist doch unsere Pflicht als Bürgerinnen."

Oma nickte vage.

„Ja, ja. Der Polizei muss man helfen. Die Polizei, dein Freund und Helfer." Ruckartig hob sie den Kopf. „Nun setzt euch mal. Ich hole etwas zu trinken."

In abgetretenen Schlappen schlurfte sie in die Küche, während Bea und ich auf dem Sofa Platz nahmen. Ich meinte, dessen Bezug heller in Erinnerung zu haben, allerdings dämpften die sichtlich getrübten Fensterscheiben das einfallende Licht. Ansonsten tat die Indoktrination meiner Mutter, die sich bei mir wie bei Heidi in einem robusten Umgang mit der Ordnung anderer Leute niederschlug, ihre Wirkung. Ich frage mich heute manchmal, ob unsere Neigung, bei Fremden unter die Sofas zu sehen, beruflich verwertbar sein könnte. An jenem Sonnabend hob ich eines von Omas Sofakissen hoch — bei diesem Manöver wurde ein kleiner Falter aufschreckt — und schüttelte es kräftig. Staub stob auf. Es roch erwartungsgemäß nach alten Federn und unerwartet nach Schaf.

Bea verfolgte mein Tun mit Anzeichen unmuhischer Fassungslosigkeit.

„Was in aller Welt tust du da?" zischte sie.

Ich sah sie an. Offen gestanden war mir nur peinlich, was ich ihr zu sagen hatte. Mein Tun fand ich normal.

„Bea, meine Oma ist nicht sonderlich penibel in Haushaltsdingen. Das solltest du wissen, wenn du in diesem Haus etwas zu dir nimmst." Sie nickte, offenkundig nicht über Gebühr schockiert.

Oma kam mit zwei Gläsern Saft zurück, schließlich waren wir in ihrer Wahrnehmung Kinder, denen man keinen Tee anbot. Enttäuscht war ich nicht. Das Aufgießen von Tee bereitete Oma zu viel Mühe. Sie war eine Teebeutelfetischistin, die zudem Kosten sparte, indem sie die Teebeutel mehrfach verwendete. So gesehen war es gewiss von Vorteil, für teeunwürdig gehalten zu werden. Immerhin erschienen mir die Gläser sauber, was man von Omas Fingernägeln nicht hätte behaupten können. Ich beruhigte mich, dass sie den Saft nicht hatte berühren müssen. Eine Geschmacksprobe sprach im Übrigen nicht von langem Stehen des geöffneten Getränks. Wahrscheinlich war es sicher, davon zu trinken. Ich konzentrierte mich wieder auf den Grund unseres Besuchs.

„Also, Oma. Es ist so ...", begann ich, machte aber eine Pause, in der ich Bea ansah, die wenig hilfreich die Schultern hob. „Es ist nämlich so", setzte ich wieder an, „dass die Polizei sich tatsächlich fragt, ob Heidi und Greta von jemandem aus der näheren Umgebung entführt worden sein könnten. Jemand, den die zwei und wir und dann vielleicht auch du kennen", behauptete ich gemessen, obwohl ich keine Einsicht in die Überlegungen der Polizei besaß und nicht wusste, welche Spuren sie tatsächlich verfolgte. Wenn Chanelle ihnen das Gleiche wie mir erzählt hatte, verdächtigten möglicherweise auch sie den jungen Herrn Berger.

Erschrocken von der Vorstellung, einer ihrer Bekannten könne ein Verbrecher sein, schlug Oma eine Hand vor den Mund. Ihre Reaktion verwunderte mich keineswegs, schreckte ich doch schon vor dem bloßen Gedanken zurück, jemand aus dem stillen Tal habe eventuell etwas mit den eingeworfenen Scheiben am Bergerschen Haus der Muhs zu tun.

„Wer soll das denn sein?" erkundigte Oma sich kopfschüttelnd.

„Es sind verschiedene Namen im Gespräch. Schlimm, nicht wahr?" entgegnete ich.

Oma stimmte mir zu.

„Das sind schlimme Zeiten heute, Christa. Früher konnte man den Leuten trauen."

„Ja, das ist wohl so", murmelte ich.

Sie saß still da, in Gedanken versunken.

„Oma, die Polizei hat Mutti und Vati gefragt, ob wir mehr über den jungen Herrn Berger wissen", log ich kühn.

Oma verzog den Mund.

„Den jungen Herrn Berger! Herrn!" Sie lehnte sich nun mit über der Brust verschränkten Armen zurück und schnaubte. Feines Spray stieg über ihr auf und senkte sich auf die Pulloverärmel. Ich fragte mich, was meine Mutter dazu sagen würde. Prompt meldete sich mein schlechtes Gewissen, denn meine Mutter vermutete mich bei einer anderen Beschäftigung. Oma schüttelte den Kopf. „Der junge Berger ist so alt wie dein Vater, Kind. Weißt du, ein paar Jahre älter sogar." Das hatte ich mir gedacht, deshalb unterbrach ich nicht leichtfertig mit einer Zustimmung, die sie abgelenkt hätte. Oma grübelte. „Als Junge war er so lieb. Später ... na ja, das waren auch keine einfachen Zeiten. Das sind sie nie für die Landwirte." Zum Abgleiten brauchte Oma offenkundig keine Zwischenbemerkung.

Ich versuchte sie wieder auf die Spur zu bringen.

„Aber du hast für den alten Herrn Berger gearbeitet, oder? Das hast du doch letztens erzählt."

Sie nickte.

„Ja, Kindchen. Nach dem Krieg gab es hier lange keine bessere Arbeit. Bald zwanzig Jahre habe ich da gewohnt und dann auch für den Berger und seine Frau gearbeitet. Auch noch, als ich schon verheiratet war. Das waren gute Leute. Besonders die Frau. Aber die ist schon lange tot. Und jetzt auch der alte Berger."

Plötzlich hob sie den Kopf.

„Was soll mit dem Haus passieren?" Offenkundig hatte sie vergessen, was wir ihr über das Haus berichtet hatten. Man musste berücksichtigen, wie alt sie war.

„Der junge Herr Berger hat das Haus schon verkauft. An Beas Familie." Ich wollte sie daran erinnern, dass wir ihr bei ihrem Besuch bereits von dem Verkauf berichtet hatten, ließ es aber, weil ich ihr eine Wiederholung ihrer Bemerkungen über die komischen Vögel, wie sie die Muhs genannt hatte, zutraute. Oma sah kurz zu Bea, schien sie aber für uninteressant zu halten.

„Verkauft? Na, der hat nix anbrennen lassen, was? Und der Schatz? Du weißt doch." Sie grinste breit. Neben mir zuckte Bea zusammen. Das entging Oma nicht. Kichernd strich sie über die Tischplatte. Den Staub, der dabei an ihren Fingern haften geblieben war, wischte sie am Sessel ab. „Hast du noch nie was von dem Schatz gehört, Kindchen? Verkauft, ah, verkauft. Na ja, einmal musste es ja so kommen." Mit einem Mal betrachtete sie Bea eingehender. „Was ist mit deinen Haaren, Mädchen? Hast du Läuse?"

Bea errötete leicht und strich mit der Hand über ihren geschorenen Kopf.

„Die trage ich immer so kurz."

Oma musterte sie aufmerksam.

„Du siehst aus wie ein Kriegsgefangener. Wie die Franzosen, die sie in Westerburg im Lager hatten. Die hatten die Köpfe auch so rasiert. Deine Bluse gefällt mir. So eine hatte ich auch mal", teilte sie Bea mit. Die ließ sich nichts anmerken, aber mir war dieser Vergleich mit den internierten Fremdarbeitern peinlich.

Nach kurzem Überlegen wandte Oma sich wieder mir zu.

„Der junge Berger konnte nicht mit seinem Vater. Und von der Landwirtschaft hat er nichts wissen wollen. Damals wohnten wir schon hier. Wenn ich seine Mutter getroffen habe, da hat sie oft geweint. In schlechte Gesellschaft war der Junge auch geraten. Hat sich mit den Hanbecks eingelassen." Den Namen hatte ich noch nie gehört. Als ich Oma das sagte, lachte sie nur. „Kein Wunder. Heute will keiner mehr mit denen zu tun gehabt haben. So vor dreißig Jahren war das etwas ganz anderes. Es gibt so einige, die würden nie zugeben, mit denen losgezogen zu sein. Frag mal deinen Vater." Das würde ich sicher tun, denn sie stellte meinen Vater sonst als Mustersohn dar, doch das Stillen meiner Neugier musste auf später verschoben werden. Nun wollte ich hören, was Oma zu sagen hatte.

„Wer sind denn die Hanbecks?" hakte ich nach.

Sie winkte ab.

„Die haben sich hier schon lange nicht mehr blicken lassen. Die Hütte gibt es noch. Im Sommer hab ich sie noch gesehen. Total heruntergekommen natürlich. Keiner benutzt sie jetzt. Aber dieses komische Bild von einem Wildschwein, das kann man noch erkennen. Die Hanbecks dachten, sie wären was Besseres. Da haben sie ihre mickrige Hütte angemalt wie so ein Haus da unten in den Bergen."

Bea räusperte sich.

„Frau Hemmen, ich bin neu in der Gegend. Die alten Geschichten kenne ich nicht. Erzählen Sie mir doch bitte von den Hanbecks." Es war ihr erster Beitrag zu dem Gespräch. Oma fuhr zusammen, als sie ihre Stimme hörte. Wahrscheinlich hatte sie nicht mehr an das Mädchen mit der Haartracht eines französischen Kriegsgefangenen gedacht. Aber sie wurde natürlich gerne gebeten zu erzählen, wenn Aussicht bestand, dass man ihr auch zuhörte.

„Die Hanbecks kamen aus dem Ruhrpott. Anfang der Siebziger haben sie hier bei Huntlosen die Jagdhütte gebaut. Die Männer haben in der Saison gejagt. Ein Vater war' mit zwei Söhnen. Die waren älter als dein Vater, Christa. Auch älter als der junge Berger. Und immer hatten sie Frauen mit. Sogar wenn die Frau vom alten Hanbeck da war. Später ist die aber nicht mehr gekommen. Dafür waren die jungen Hanbecks immer öfter auch allein hier, ohne den Alten. Die hatten den Jagdschein. Aber sie haben immer auch Jungen aus der Gegend mitgenommen, die haben dann ohne Jagdschein geschossen. Dein Vater war auch einmal mit, Christa. Aber dem haben wir was erzählt, als wir dahintergekommen sind. Der ist da nie mehr hingegangen." Oma räusperte sich. An lange Reden war sie nicht gewöhnt. „Ja, da hat es oft Ärger gegeben. Wegen der Jungen ohne Jagdschein. Und wegen der Mädchen, die sie aus dem Ruhrpott mitgebracht haben, die Söhne wie der Vater. Irgendwann hörte das mit der Jagd auf. Trotzdem sind sie weiter gekommen, einmal sogar den ganzen Sommer über. Die Gastwirte in der Gegend wussten dann schon Bescheid. Man sagt, die haben sich gegenseitig gewarnt, wenn die Hanbecks unterwegs waren. Und der junge Berger immer dabei. Das hat den Eltern Kummer gemacht."

Ich war nun etwas verwirrt. Der junge Herr Berger war für mich bis zum Tod des alten Herrn Berger ausschließlich ein Name gewesen. Meine Eltern hatten gesagt, man solle ihn nicht vermissen, was ich nach diesen

Schilderungen nachvollziehen konnte. Nur konnte ich nicht erkennen, inwieweit Omas Geschichte Bea und mir bei der Suche nach Heidi und Greta helfen könnte.

„Wann genau war das alles, Frau Hemmen?" fragte Bea neben mir.

Die Antwort stellte Oma vor einige Probleme. Sie überlegte hin und her, versuchte Verbindungen zu Ereignissen herzustellen, die sie zeitlich zuordnen konnte, und geriet immer mehr durcheinander. Ich war kurz davor, sie zu bitten aufzuhören, als sie sich an die Stirn schlug.

„Bin ich denn blöd? Natürlich. Also, das letzte Mal waren die Hanbecks hier, als dein Vater seine Lehre angefangen hat, Christa. Drüben in Huntlosen, in dem großen Gasthaus da. An einem Abend ist er von der Arbeit gekommen und hat von einer Prügelei auf dem Parkplatz erzählt. Da waren die Hanbecks dabei gewesen. Später war die Polizei bei der Hütte, sagten die Leute. Danach sind die Hanbecks schnell verschwunden." Sie überlegte einen Moment. „Ja, genau. Das war das letzte Mal, dass die jungen Hanbecks in Huntlosen waren. Der Alte ist noch einige Male allein gekommen. Ganz allein. Kein einziges Frauenzimmer hat er dabeigehabt. Ob er noch lebt, weiß ich nicht. Ziemlich alt wäre er jetzt. Älter als ich war er. Sicher ein paar Jährchen."

Oma verfiel in tiefes Schweigen. Ich überlegte in der Zwischenzeit. Wir wussten jetzt, dass der junge Herr Berger in seiner lange zurückliegenden Jugend kein Heiliger gewesen war. Seine Vergangenheit erlaubte aber keine

Schlüsse darauf, was er mit unseren Schwestern vorhatte. Da sich diese Hanbecks aus der Gegend zurückgezogen hatten, könnte er bei ihnen keinen Unterschlupf oder ein Versteck für seine Geiseln finden. Hinweise auf mögliche Verstecke waren jedoch das, was wir so dringend benötigten.

„Oma", sagte ich deshalb in festem Ton, „denk an Heidi. Wir müssen der Polizei Hinweise liefern, wer sie entführt haben könnte. Weißt du irgendetwas über den jungen Herrn Berger?"

„Warum müsst denn ihr all diese Dinge herausfinden? Was macht überhaupt die Polizei? Arme Heidi", murmelte Oma.

Ich ballte unter dem Tisch die Fäuste. Meine Schwester war Opfer eines Verbrechens geworden, aber das berechtigte meine Familie nicht, mich gänzlich zu vergessen. Auf mir lastete, so war ich jedenfalls überzeugt, die Pflicht zur Rettung meiner Schwester, und niemand schien in der Lage zu sein, mich zu unterstützen, weil alle nur über die Entführung jammerten.

„Ja, Oma. Was ist mit dem jungen Herrn Berger?"

Sie seufzte tief. Ich wurde unruhig, da ich nun fürchtete, die alte Frau sei zu erschöpft, nach den bisherigen Berichten auch noch über den jungen Herrn Berger zu sprechen. Vielleicht erinnerte sie sich nicht, schließlich hatte sie ihn zuletzt vor über zwei Jahrzehnten gesehen. In diesem Fall vergeudeten Bea und ich unsere Zeit bei ihr. Wir müssten andere Zeitzeugen ausfindig machen, und das schnell, weil die Zeit drängte. Ich wollte Oma schon für den Saft danken und mich verabschieden, als sie den Kopf zur Seite legte.

„Der junge Berger war immer mittendrin, wenn die Hanbecks etwas ausgefressen hatten. Zeche prellen, Wirte bedrohen, Prügeleien, Mädchen belästigen, solche Sachen. Seine Lehre hatte er geschmissen. Aber er war ein guter Kerl. Das Lernen für den Kaufmann war ihm nur zu schwer, dabei wollte er so einen feinen Laden in Oldenburg haben. Wenn die Hanbecks nach Huntlosen kamen, ist er flott aufs Motorrad gesprungen und durch das Barneführerholz nach Huntlosen gerast. Und dann ging' ab."

„Was hat er denn gemacht, als die jungen Hanbecks nicht mehr nach Huntlosen kamen?" wollte Bea wissen.

Oma hob die Schultern.

„Nichts. Der alte Hanbeck hat ja nur in seiner Hütte gesessen und alleine gesoffen. Der junge Berger hat weiter von seinem feinen Laden geredet. Da wollte er nicht von ab. Ja, und ein paar Jahre später ist er weggegangen. Wollte dahin, wo was los ist. Vielleicht hat der alte Hanbeck ihm Geld geliehen, oder er hat für den im Ruhrpott gearbeitet. Ich glaub nicht, dass ihn später noch mal jemand hier getroffen hat. Das hätte ich wohl gehört."

Wir stellten noch ein paar Fragen, aber Oma erzählte nur weitere Anekdoten aus dem Leben des jungen Herrn Berger, von denen wir uns nichts versprachen. Aus diesem Grunde verabschiedeten wir uns. An der Tür fragte Bea:

„Frau Hemmen, wissen Sie zufällig, wo die Jagdhütte der Hanbecks ist?"

Oma schnaubte ein weiteres Mal.

„Mit dem Auto kenn ich den Weg nicht. Über die Lügenbrücke müsst ihr gehen. Von da ist es nicht weit."

Bea und ich wechselten einen Blick.

„Über die Lügenbrücke, Oma? Wo soll das denn sein?"

Mein Tonfall hatte sie wohl zu sehr an den ihrer Schwiegertochter erinnert. Oma musterte mich ungeduldig.

„Bin ich jung oder du? Lauf ein bisschen durch den Wald, dann findest du die Hütte schon. Wenn du so viel herumlaufen würdest wie ich in deinem Alter, wüsstest du solche Sachen. Sonst lass es die Polizei herausfinden. Ihr müsst ja nicht alle Arbeit für die machen." Vor unserer Nase zog sie die Tür zu.

Wir gingen zurück zum Auto. Omas Nachbarn hatten in der Zwischenzeit ihre normalen Sonnabendnachmittagsbeschäftigungen wieder aufgenommen. Nur der Hund bellte wieder, als das Auto im Schritttempo zur Sannumer Straße rollte.

KAPITEL 17

„Das ist ja alles gut und schön", teilte ich Bea mit. „Wir wissen, dass der junge Herr Berger ein kleiner Draufgänger war. Ein Möchtegern-toller Kerl mit einem Möchtegernsportwagen."

„Eigentlich kann er einem leidtun."

Empört fuhr ich zu ihr herum.

„Er hat deinen Vater ermordet und deine Schwester entführt. Leidtun? Spinnst du?"

„Ich meine nur", rechtfertigte sich Bea in einem Ton, den ich als seelsorgerisch einstufte, „dass seine Jugend von der Suche nach Anerkennung geprägt war."

„Durch Mord bekommt man die nicht."

„Nein", gab Bea zu und wechselte das Thema. „Wir wissen zumindest, dass er von einer Jagdhütte wusste. Die liegen bekanntlich einsam. Da kann man jemanden verstecken."

Wir erreichten die Ausläufer von Huntlosen.

„Aber wir wissen nicht, wo die Hütte ist", gab ich zu bedenken.

Vor uns tauchte der Kreisverkehr auf. Bea nahm die erste Abzweigung und hielt dann in der Bahnhofstraße. Die zog sich schnurgerade hin, bis Bäume das Ende zu schlucken schienen. Davor wurde sie von der Schienentrasse zwischen Osnabrück und Oldenburg gekreuzt. Im Bereich des Ortsausgangs begann ein Waldgebiet. Die Fortführung der Bahnhofstraße führte weitgehend kurvenfrei durch den Wald nach Hengstlage, wo sie auf die Verlängerung der Oldenburger Straße von Wardenburg nach Sage stieß. Dieser Wald war nicht mit Gloysteinsfuhren zu vergleichen. Den Eindruck hatte ich bereits früher auf Radtouren mit meinen Eltern gewonnen. Schon damals war mir die Unübersichtlichkeit des Geländes nicht geheuer gewesen. Gut im Gestrüpp des Unterholzes versteckt, existierten dort bestimmt Jagdhütten zuhauf. Im Übrigen war dies nicht der einzige Wald um Huntlosen. Nördlich der Sannumer Straße zog sich entlang der Hunte das Barneführerholz von Sandkrug im Norden bis Sandhatten im Süden. Wenn Huntlosen dem Wald dort auch nicht so nahe kam wie auf dieser Seite, hinsichtlich verborgener Hütten verhielte es sich wahrscheinlich ähnlich.

„Wir wissen aber auch, dass man über die Lügenbrücke gehen muss, wenn man zu der Hütte will. Wo eine Brücke ist, ist auch Wasser. Ein Fluss oder ein Bach", meinte Bea. Sie sah mich erwartungsvoll an.

Da ich aber ernsthafte Zweifel an der Existenz dieser Lügenbrücke hegte, hob ich nur die Hände. Für mich war es normal, Oma nicht für voll zu nehmen. Natürlich wusste sie das und auch, dass meine Mutter Heidi und mich nach Möglichkeit von ihr fernhielt. Ich konnte mir vorstellen, dass die Lügenbrücke gar nicht existierte, sondern ein Bild für die meiner Mutter unterstellten Unwahrheiten darstellte. Über Bilder erreichte man keine Jagdhütten. Gingen wir mit der Geschichte einer Jagdhütte, die über eine Lügenbrücke zu erreichen wäre, zur Polizei, würde man uns da nur auslachen und uns für kleine Mädchen halten, die, mit Andy Vosgeraus Worten, Detektivinnen spielten. Solch oberflächlichen Beamten vertraute ich nicht. Aber in meinem Idealismus war ich so überzeugt gewesen, innerhalb kürzester Zeit das Versteck des Entführers zu finden und unsere Schwestern selbst befreien zu können, dass ich in unvermittelte Mutlosigkeit glitt.

„Ich glaube nicht an diese Brücke", gestand ich.

Bea betrachtete mich nachsichtig.

„Geduld und Standhaftigkeit sind Tugenden derer, die suchen", teilte sie mir mit. Es klang wie ein Zitat.

Bea nötigte mich nun, auszusteigen. Wir spazierten zurück bis zum Kreisverkehr. An unserer Seite hatte man einen kleinen Park angelegt. Dort setzten wir uns auf eine Bank und beobachteten die im Kreisel herumfahrenden Autos und Traktoren.

„Was ist das für eine Geschichte mit dem Schatz?" fragte Bea in mein Grübeln hinein.

Ich lachte verächtlich auf.

„Altes Geschwätz, sagt Oma. Irgendein Mann, den keiner kannte, soll nach dem Krieg auf dem Hof vom alten Herrn Berger einen Beutel vergraben haben. Was keiner gesehen hat. Dieser Mann ist kurz darauf verschwunden. Aber den Beutel hat er angeblich dagelassen, obwohl etwas Wertvolles darin gewesen sein soll. Wohlgemerkt, keiner hat den Beutel je gesehen. Nur viele haben davon geredet. Verstehst du?"

Ich betrachtete sie von der Seite. Bea hatte die Stirn gerunzelt und nickte nun langsam.

„Verstehe." Ein Traktor zog schwungvoll ein Güllefass um den Kreisel. „Aber ich frage mich, ob dein junger Herr Berger das auch versteht", murmelte sie kaum hörbar unter dem Lärm.

„Er ist nicht mein junger Herr Berger", gab ich matt zurück. Ein versteckter Schatz hätte natürlich den Wert des Bergerschen Hauses erhöht. Dazu hätte der Schatz jedoch existieren müssen. Aber jeder vernünftige Mensch hätte sich denken können, dass dem nicht so war.

Von der Sannumer Straße her kam nun eine Frau in den Park. Ihr Hund beschnüffelte einige der Bäume, ehe er sich für einen entschied. Währenddessen flanierte seine Besitzerin mit der Leine spielend auf dem Rasen. Der Hund wanderte weiter und fand mitten auf dem Kiesweg einen geeigneten Platz für sein großes Geschäft. Ehe sie das Tier wieder anleinte, warf die Frau uns einen verstohlenen Blick zu. Ihr Tun und das ihres Hundes hatte ich teilnahmslos verfolgt. Zu anderen Zeiten wäre ich wahrscheinlich zu ihr hingegangen und hätte ihr eine flammende Rede über die Rechte der Anwohner von Huntlosen auf saubere Schuhsohlen gehalten, an diesem Tag interessierten mich die bedrohten Huntloser nicht. Dass ich die Frau dennoch ansprach, beruhte auf unterdrücktem Ärger über meine Großmutter, die sich als ebenso verbockt wie diese Frau erwiesen hatte.

„Kennen Sie die Lügenbrücke?"

Offensichtlich wollte sie meine Frage als Pöbelei einer Jugendlichen deuten.

„Was soll das heißen? Lügenbrücke?" Ärgerlich starrte sie mich an.

„Ja", sagte nun Bea. „Die Lügenbrücke soll hier in der Nähe sein. Kennen Sie sie?"

Die Frau errötete.

„Nein. Nie gehört." Eilig zog sie ihren Hund aus dem Park. Wir lachten schallend.

Dieser Zwischenfall hatte uns auf eine Idee gebracht. Bea und ich starteten eine Befragung der Huntloser Bürger, die uns zwischen Kreisverkehr und Bahnhof begegneten. Bea bearbeitete die linke Straßenseite, ich die rechte. Nach zwanzig Minuten trafen wir wieder aufeinander. Einige rüde Absagen hatten wir erhalten, mich hatte jemand zum Kaffee einladen wollen, aber die Lügenbrücke kannte anscheinend niemand. Da gerade ein Zug eingefahren war, stürzten wir uns auf die Handvoll Leute, die vom offenen Bahnsteig auf die Bahnhofsstraße traten. Auch hier fanden wir niemanden, der uns weitergeholfen hätte. Entmutigt standen wir vor dem Kiosk, an dessen Eingang die Fahne mit dem Logo einer Eismarke trostlos im Wind flatterte. Jenseits des Bahngeländes rauschte der Wind in den Bäumen.

„Wenn die Lügenbrücke in dem Wald da drüben ist, müssten die Leute an dieser Seite von Huntlosen doch eigentlich davon wissen", überlegte Bea.

Ich schüttelte zweifelnd den Kopf.

„Wer geht denn heutzutage noch in den Wald? Außerdem sind die Wege, die ich von früher kenne, alle auf Sandboden gewesen. Hier ist die Wildeshauser Geest, Bea."

„Aber auch da muss es Wasser geben. Irgendwo unten, in so was wie einem Tal."

Man merkte an Beas Wortwahl, dass sie aus einer anderen Gegend stammte. Ich schüttelte nur den Kopf und blickte mich dann in meiner nächsten Umgebung um. Bei dem Kiosk begann ein schmaler Weg entlang des abgezäunten Bahngeländes. Aus dieser Richtung schob eine junge Frau einen Buggy auf uns zu.

„Die weiß das bestimmt nicht", murmelte Bea. „Die ist nicht von hier. Guck sie dir an."

„Das sagst ausgerechnet du", zischte ich zurück. Bea machte entgegen der Lehren der Muh ein beleidigtes Gesicht. Die junge Frau warf uns einen abschätzenden Blick zu, drehte dann demonstrativ den Kopf zur Seite. Dieses offensichtliche Ignorieren reizte mich. Ich lief hinter ihr her.

„Entschuldigung. Können Sie mir helfen?" Unwillig blieb die Frau stehen und musterte mich argwöhnisch. Mir kamen Zweifel, ob sie in der Lage wäre, mir zu helfen. „Dieser Weg, den Sie gekommen sind. Weg. Der da. Verstehen Sie? Wohin?" Erst jetzt, nachdem ich meine eigene Frage hörte, verstand ich selbst, worauf ich hinauswollte. Vage hatte ich das Bild des Bahnübergangs bei Sannum vor Augen. Der Bahnübergang gehörte zu dieser Trasse. Ein entlang der Trasse verlaufender Weg führte auf Sannum zu. Wenn die Lügenbrücke existierte, läge sie möglicherweise Richtung Barneführerholz. In diesem Fall könnte diese Frau, falls sie trotz ihres fremdländischen Aussehens über Ortskenntnisse verfügte und mit ihrem Buggy öfter entlang der Bahntrasse spazieren ging, die Lügenbrücke kennen.

Zunächst blickte die Frau hinter sich auf den Weg, aus dem sie gekommen war. „Dieser Weg?" fragte sie zurück, als könne sie sich nicht vorstellen, welche Bedeutung der Verlauf des Weges für irgendjemanden haben könnte. Sie sah misstrauisch an mir vorbei auf die geschorene Bea.

„Der geht weiter entlang der Gleise. Wohin er führt, weiß ich nicht. Ich nehme immer den Abzweig in das Wohngebiet dort hinten. Dort gibt es außerdem Spielplätze."

Spielplätze interessierten mich nicht sonderlich.

„Kennen Sie eine Lügenbrücke?" fragte ich hoffnungslos. Nachdem ich sie wie eine Schwachsinnige angesprochen und die Antwort in klarem Hochdeutsch erhalten hatte, kam ich mir albern vor.

Zu meiner Überraschung reagierte die Frau nicht befremdeter als zuvor.

„Lügenbrücke? Ja, das steht an einer kleinen Brücke. Von hier aus ist es aber ganz schön weit."

Bea packte meinen Arm.

„Können Sie uns erklären, wie man da hinkommt?"

Nun zögerte die Frau.

„Den Weg kenne ich nicht genau. Ich war nur einmal da, und das ist schon eine Weile her."

„Bitte", sagte Bea beschwörend. „Es ist wichtig für uns."

Immer noch skeptisch drehte die Frau sich um.

„Sie müssen durch das Wohngebiet da hinten", erklärte sie und wies im Bogen über die Häuserdächer, die hinter einigen Bäumen hervorlugten. „Bis zu der Straße, die von dem Heim am Barneführerholz nach Huntlosen hineinführt. Der Straßenname ist mir nicht bekannt. Aber verstehen Sie, was ich meine?"

Ich nickte heftig, Bea schüttelte den Kopf. Unsere unterschiedlichen Reaktionen verunsicherten die Frau. Ich nickte nochmals.

„Das Wohnheim. Haus Sannum. Ich weiß, welche Straße Sie meinen. Und dann?"

Sie runzelte die Stirn.

„Diese Straße müssen Sie überqueren. Und aus dem Ort herausgehen. Irgendwann führt ein kleiner Weg in die Wiesen. Wenn Sie den nehmen, kommen Sie an einer Schafweide vorbei. Und nach einem Stück Weges stoßen

Sie auf eine kleine Brücke. Auf einem Schild daran steht ‚Lügenbrücke' Es sieht nicht aus wie ein offizielles Schild. Ich glaube auch, es handelt sich um Privatland. Es ist zwar gestattet, dort entlangzugehen, aber ... Ich habe in solchen Fällen ein ungutes Gefühl, verstehen Sie? Davon abgesehen, dass es von unserem Haus aus ziemlich weit entfernt ist, mag ich nicht über einen Weg gehen, wenn ich nicht sicher bin, ob ich das darf. Die Leute neigen zu Vorbehalten."

Bea nickte.

„Kenne ich", sagte sie aus tiefstem Herzen.

Die Frau musterte ihren geschorenen Kopf, machte aber keine Bemerkung. Sie sah mich an.

„Konnte ich Ihnen helfen?"

Das bestätigte ich ihr so ernsthaft, dass es ihr wohl unaufrichtig erschien. Mit einem kurzen Gruß schob sie ihren Buggy ortseinwärts gegen den Wind, der ihr Kopftuch abzureißen drohte.

Ich erläuterte Bea noch einmal die wahrscheinliche Lage der Lügenbrücke. Vom Haus meiner Oma aus war es tatsächlich nicht weit. Man konnte Oma getrost als Draußen-Mensch bezeichnen. Und wer wie sie viel spazieren ging, stieß früher oder später auf diese Brücke.

Wir beschlossen, zur Zeitersparnis mit dem Auto bis an die Sannumer Straße zu fahren und dann zu Fuß nach dem kleinen Weg aus den Wiesen zu suchen. Mittlerweile begann es schon zu dämmern. Die Zeit drängte, denn bei schwindendem Licht würde es zunehmend schwieriger, die Brücke und dann die Jagdhütte zu finden. Als Bea das Auto ortsauswärts am Straßenrand parkte, hing ein feiner Dunst über den Wiesen. Es war empfindlich kühl geworden. Ich zog den Reißverschluss meiner Jacke bis zum Hals. Bea wühlte eine Weile unter ihrem Sitz und kletterte dann mit einer riesigen Taschenlampe aus dem Auto.

„Funktioniert die?" fragte ich skeptisch.

Beidhändig betätigte sie einen unhandlichen Schiebeknopf, der für die Ausmaße einer Männerhand konzipiert worden war. Gelbes Licht blinkte auf. Sie schaltete die Lampe wieder aus.

„Die Batterien habe ich erst vor ein paar Tagen gewechselt", beruhigte sie mich.

Ich nickte nur. An Obstgärten und kleinen Weiden vorbei wanderten wir entlang der Straße Richtung Sannum. Nach Osten hin fiel das Gelände leicht ab. Irgendwo blökten Schafe. Ihre Rufe ermutigten uns, dass wir auf dem richtigen Wege waren, aber sehen konnten wir die Tiere nicht. Vor lauter Spekulation über die Entfernung des Weges vom Ort hätten wir seine Einmündung beinahe achtlos passiert. Der Ruf einer Krähe, die neben mir vom Zaun aufflog, ließ mich herumfahren. Direkt vor mir fiel ein kleiner Weg von der Straße ab und verschwand in einer Gruppe Bäume. Wortlos folgten wir ihm ein kurzes Stück über eine Wiese. Je weiter wir uns von der Straße entfernten, desto eindeutiger hörten wir das Plätschern eines Baches. Dann lag sie vor uns. Die Lügenbrücke war eine schlichte Holzkonstruktion über dem Wasser. Ein von Hand gestaltetes Schild informierte uns, dass die Brücke sich öffnen würde, falls wir mit einer Lüge darüberschreiten wollten. Zwar lächelten wir über diesen Spruch, aber zumindest ich hatte in den letzten Stunden so oft die Unwahrheit gesagt, dass ich mit einem mulmigen Gefühl auf die Holzplanken trat. Anscheinend waren es ausschließlich Lügen von geringerer Schwere gewesen, denn Bea und ich überquerten die Lügenbrücke ohne Zwischenfälle. In unser Grinsen mischte sich Erleichterung. Vor uns verlor sich der Weg zwischen Bäumen und Hecken. Schafe blökten in nächster Nähe. Bea schaltete die Taschenlampe an. Wir gingen weiter.

KAPITEL 18

Abseits des Weges sahen wir die Lichter eines Wohnhauses. Einsam stehende Gebäude wie dieses gab es in der Gegend zuhauf. Wenn jemand, ohne sich Gedanken zu machen, dass auf diese Weise Leute auf das Haus aufmerksam würden, die Innenbeleuchtung anschaltete, handelte es sich wohl kaum um ein geheimes Versteck lichtscheuer Gestalten. Wahrscheinlich lebten dort nur die Besitzer der Schafe. Wir wanderten weiter. Es wurde zusehends schwieriger, den Verlauf des Weges auszumachen. Unversehens verbreiterte der sich zu einer unbefestigten Straße. Falls sich hier Häuser anfinden sollten, wären es wahrscheinlich Wochenendhäuser.

„Und Jagdhütten", ergänzte Bea meine Überlegungen. Wir flüsterten, als befänden wir uns schon in nächster Nähe zu der Hütte der Hanbecks. Links des Weges begann bewaldetes Gebiet, in das bald ein weiterer Weg abzweigte. Ratlos blieben wir stehen. Hier kannte ich mich nicht aus. Mit diesem stillen Eingeständnis musste ich meine überlegene Ortskenntnis relativieren. Das Waldstück hätte gut und gerne zum Barneführerholz gehören können, wäre aber vielleicht auch nur ein abgetrenntes Areal von beliebiger Größe. Wie weit sich das Barneführerholz Richtung Huntlosen erstreckte, wusste ich nicht, auch nicht, wie nah es an den Ort herankam. Nie zuvor hatte ich es für nötig gehalten, die Gegend auf einer Landkarte zu betrachten. Ich war in der Region aufgewachsen, ich kannte einige oft benutzte Routen, mehr hatte mich nie interessiert.

„Lass es uns logisch angehen", sagte Bea in einem Versuch, unsere alberne Suche wie eine planvolle Unternehmung aussehen zu lassen. Ich sah erwartungsvoll zu dem grauen Fleck, als den ich ihr Gesicht im tiefen Dämmerlicht ausmachen konnte.

„Wir suchen eine Jagdhütte. Die liegt doch wahrscheinlich in einem Wald, nicht an einem Wald. Demnach müssen wir links gehen."

Zweifelnd blickte ich in den Weg, der nach ein paar Metern im Dunkeln verschwand. Riesige Kiefern ragten dort schwarz gegen den grauen Himmel. Auf der anderen Seite lagen im Dunst die immer farbloser werdenden Weiden. Man konnte nicht einmal mehr die Straße hören. Huntlosen war mit Sicherheit nicht weit, aber jedes Anzeichen einer menschlichen Siedlung schien wie verschluckt. Mit einem Male fühlte ich mich sehr allein.

„Gehen wir links", murmelte ich halbherzig und setzte mich in Bewegung. Bea richtete ihre Taschenlampe auf den Weg und folgte mir. Die Bäume schienen sich um uns zu schließen. Über uns rauschten ihre Zweige leise im Wind. Zwischen den geraden Stämmen zeigte uns der Lichtkegel der Taschenlampe mit rostfarbenen Nadeln bedeckten Boden, Farn und armselige Brombeerranken.

Unvermittelt öffnete sich ein kurzer Pfad vom Weg, wenige Schritte dahinter lag ein einstöckiges Holzhaus. Mein Herz schlug heftig.

„Mach die Lampe aus!" befahl ich Bea leise. In völliger Dunkelheit standen wir da und horchten. Bis auf das Rauschen in den hohen Kiefern und gelegentliches Knistern im Unterholz hörten wir nichts. Dieses Knistern erschien bedrohlicher als die Dunkelheit. Dahinter konnten sich Schritte verbergen, und jeder weiß, dass Schritte im Dunkeln Böses verheißen, wenn auch in diesem Falle wahrscheinlich nur Mäuse. Blind tastete ich nach Beas Arm. Ängstlich wollte ich nicht erscheinen, daher zählte ich mir vernünftige Gründe für mein Festklammern auf. Wir könnten so leiser sprechen und verlören uns auch nicht, denn je weiter wir uns vom Weg auf das Grundstück entfernten, desto dunkler wurde es. Die Luft unter den überhängenden Ästen roch feucht und moosig. Vor mir sah ich konturenloses Schwarz, das sich nur langsam strukturierte. Die kleine Zuwegung endete in einem Gebüsch direkt am Haus. Von der Haustür bis zu den ersten Stämmen schien gerade genug Platz für ein Auto zu bleiben. Beidseitig der Tür befanden sich kleine Fenster ohne Läden, so dass man durch den Innenraum hindurch auf die Fenster der anderen Seite sehen konnte. Die Ohren an die Scheiben gepresst, lauschten wir auf Geräusche im Inneren, hörten jedoch nichts. Dennoch zögerten wir, das Licht wieder einzuschalten, um keine Aufmerksamkeit zu erregen. Entlang der Außenwand tasteten wir uns bis zu dem Gebüsch, dessen kratzige Zweige sich am abfallenden Dach emporpressten. Hier kamen wir nicht weiter. Also kehrten wir um und tasteten uns in die entgegengesetzte Richtung um die Hausecke herum. Dort zog sich das Dach tief herab bis fast auf Kniehöhe. Auf der Rückseite stießen wir auf eine gepflasterte Fläche, von ähnlichen Büschen wie auf der Frontseite begrenzt, und gerade groß genug für einen metallenen Tisch, gegen den ich prompt mit der Hüfte stieß. Es rumpelte laut, mehr geschah nicht. Bea schaltete die Taschenlampe an. Vorsicht war unnötig. Das Licht bewies uns nun eindeutig, dass es sich hier keinesfalls um die Jagdhütte der Hanbecks handelte. Wir standen vor einem gepflegten Wochenendhaus, an dem, und das erschien uns entscheidend, sich nirgendwo die Darstellung eines Wildschweins entdecken ließ.

Wir setzten unseren Weg fort. Bea sagte nichts. Meine Gefühle schwankten zwischen Erleichterung und Resignation. Erleichtert war ich, weil es zu keiner gefährlichen Situation gekommen war. Aber es ließ sich nicht leugnen, dass wir unsere Schwestern nicht gefunden hat-

ten und außerdem orientierungslos durch ein unbekann-
tes Waldgebiet irrten. Damit war eine gewisse Peinlichkeit
verbunden. Zwar verfolgte uns anscheinend keine heimli-
che Kamera, die in die Wohnzimmer von Wardenburg,
Gelsenkirchen oder der Hauptstadt des Mars eine Reality-
Show übertragen hätte. Von Rettung und Ruhm waren
wir dennoch gleichermaßen weit entfernt. Trotzdem gingen wir weiter, nicht unverdrossen, aber entschlossen. Eine grimmige Stimmung hatte sich über uns gesenkt. Wir
würden weitersuchen, auf dem nächsten Grundstück,
wenn wir eines fänden, und auch auf dem übernächsten,
bis der Misserfolg uns schließlich doch noch zermürbte.
Glücklicherweise wusste niemand von unseren Unter-
nehmungen an diesem Nachmittag und Abend. Gäben
wir auf, wären wir nicht das Gespött unserer Nachbarn
im stillen Tal. Wir allein wüssten, dass wir versagt hätten.
Dachte ich ernsthaft über unser Vorhaben nach, erschien
es mir immer unwahrscheinlicher, dass der junge Herr
Berger unsere Schwestern in der alten Jagdhütte der Hanbecks versteckt hielt. Von daher war ich nur erleichtert,
dass wir nicht so schwach gewesen waren, die Polizei von
dem möglichen Versteck in der Jagdhütte zu informieren.
Heidi und Greta konnten überall sein, in einem Haus in
Oldenburg wie auf dem Weg nach China.

Als wir ein kleines Stück weiter auf eine zweite Hütte
stießen, gingen wir die Untersuchung deutlich weniger
motiviert an. Die Fensterläden waren zwar geschlossen,
aber auch hier bewiesen neuere Blumenkübel, dass dieses

Gebäude in den letzten Jahren benutzt und wohnlich gemacht worden war. Es muss nicht erwähnt werden, dass
nirgends die Darstellung eines Wildschweins zu entdecken war. Bea und ich kommentierten das nicht einmal.

Insgesamt fanden wir vier winzige Parzellen, auf denen kleine, offenkundig häufig genutzte Häuschen standen. So viele Hütten hatten wir nicht erwartet. Die
Anzahl ließ mich im Stillen dunkle Szenarien einer ewig
andauernden Suche entwerfen. Entsprechend missgelaunt
trottete ich neben Bea her. Die legte einen Arm um meine
Schultern, zumindest, da sie so viel kleiner als ich war,
legte sie einen Arm über meine Schulterblätter und krall-
te sich mit den Fingern unterhalb der Schulter in meiner
Jacke fest. Sollte diese Geste mich beruhigen, verfehlte sie
ihre Wirkung. Ärgerlich schüttelte ich Bea ab.

„Christa, sei dir bewusst, dass in der Suche stets die
Möglichkeit des Nichtfindens liegt", mahnte sie milde.

„Was du nicht sagst", gab ich an meiner Schulter reibend zurück. Von der Seite sah ich sie im Licht der Taschenlampe tatsächlich geduldig lächeln, was allein schon
meinen Widerspruch geweckt hätte.

Beruhigend legte sie ihre Hand auf meinen Arm.

„Mir ist klar, dass du das weißt. Aber du musst es hinnehmen. Wir suchen das Versteck des jungen Herrn Berger, wo wir Heidi und Greta vermuten. Wahrscheinlich
werden wir sie nicht finden."

„Das sagst du so cool? Warum suchst du dann überhaupt?" fuhr ich sie an.

Wir waren stehen geblieben und hatten uns einander zugewandt. Bea lächelte immer noch. Sie machte mich rasend. Es hätte nicht viel gefehlt, und ich hätte sie angeschrien, mit dem blöden Lächeln aufzuhören.

„Wenn wir nicht suchen, Christa, finden wir sie gar nicht. Wenn wir suchen, können wir sie finden. Mit dem, was du wahrscheinlich Glück nennen würdest. Ebenso gut kann es sein, dass wir sie nicht finden. Das müssten wir dann hinnehmen."

„Demütig?" stichelte ich, aber Bea nickte, als sei eben dies die richtige Vokabel.

„Genau. Demütig. Wir Muh lernen von klein auf Demut. Wir erwarten keinen Erfolg. Wir nehmen Erfreuliches und Bedauerliches hin. Wir wissen, nicht wir bestimmen unser Leben."

„Oh, und wer macht das, bitte schön? Euer Kodexmeister?"

Sie zögerte. Das kannte ich schon von ihr und deutete es als Überheblichkeit, als müsste sie die Erklärung für ein kleines Kind formulieren.

„Du würdest es Zufall nennen."

Ich starrte sie im Halblicht der auf den Boden gerichteten Taschenlampe an. So eine Sicht auf das Leben wollte ich keinesfalls akzeptieren.

„Jeder ist seines Glückes Schmied", brachte ich meine noch unterentwickelte Philosophie auf den Punkt. „Wir können uns nicht damit herausreden, dass uns etwas wie das Schicksal nicht hold ist. Wir Menschen müssen entscheiden, was zu tun ist, und das dann tun. Der Erfolg gibt uns recht."

„Und was macht der Misserfolg? War dann deine Entscheidung falsch, Christa?" fragte Bea, als sei dies eine Frage, die sie wirklich gern weiter diskutiert hätte.

Dazu wollte ich mich nicht äußern.

„Wir haben entschieden, dass wir uns nicht auf die Polizei verlassen. Wir suchen selbst nach Heidi und Gretas Versteck. Los, komm weiter." Ärgerlich marschierte ich voraus in die Dunkelheit. Das Licht der Taschenlampe holte mich rasch ein.

Die nächste Zuwegung war länger als die vorherigen. Das Haus selbst lag beinahe zehn Meter von dem befestigten Weg entfernt und war zusätzlich zu den Kiefern von einer verwilderten Rhododendronhecke umgeben. Noch bevor Bea und ich das Gebäude erreichten, bewiesen uns dicke Fladen verfilzten Laubs und moderiger Kiefernnadeln, dass dieses Grundstück nur selten genutzt wurde. Das erschien vielversprechend, meine Anspannung schnellte sofort vom Nullpunkt in den roten Bereich. Obwohl es mittlerweile am Boden stockdunkel war, schaltete Bea sicherheitshalber die Taschenlampe aus. Wir standen reglos auf der Zuwegung. Allmählich traten dort, wo das schwache Licht reflektiert wurde, hellere Linien hervor.

„Gehen wir weiter?" flüsterte Bea neben mir.

„Natürlich", flüsterte ich zurück. Wieder griff ich nach ihrer Hand, als wir uns über den Waldboden zu dem stillen Haus schoben. Unerwartet schwand die Rhododendronhecke zu beiden Seiten. Ein Gefühl freien Raumes ließ vermuten, dass wir auf einem Hof standen, deutlich größer als bei den vorherigen Hütten. Auch war plötzlich viel mehr Himmel zu sehen. Ich blickte um mich. Ein Giebel ragte hoch in den Nachthimmel, doch der Gesamteindruck war eher der eines gedrungenen Gebäudes. Bea schaltete ganz kurz die Taschenlampe an. In dem aufblinkenden Licht sahen wir deutlich das verblichene Bild eines Wildschweins auf der splitternden Holztäfelung. Ich spürte, wie sich Beas Finger um meine Hand krampften. Plötzlich war mir heiß. In meinen Ohren pochte etwas, was ich erst für das Annähern eines Fahrzeugs hielt, ehe ich mir bewusst machte, dass nur mein Blut so heftig pulsierte. Schleichend näherten wir uns dem Gebäude. Wir hatten gesehen, dass alle Läden auf dieser Seite verrammelt waren und kein Auto im Hof parkte. Die Taschenlampe durften wir trotzdem erst wieder einsetzen, wenn wir sicher festgestellt hatten, alleine auf dem Grundstück zu sein. Dank der vielen Kiefernnadeln war der Weg gut gepolstert und schluckte unsere leichten Schritte.

Den Rücken an die Hauswand gepresst, standen wir dann und warteten, bis sich unser Atem beruhigte. Neben mir hingen massive Läden vor einem Fenster. An Beas Seite befand sich wahrscheinlich die Haustür. Ich hörte ein Kratzen, als Beas Finger suchend über das Türholz wanderten.

„Das ist seltsam", flüsterte sie kaum hörbar.

„Was?" gab ich zurück.

Das Kratzen ertönte wieder.

„Da ist ein neuer Beschlag an der Tür. Am Schloss. Ich kann die Holzsplitter rundherum fühlen. Jemand hat ein neues Schloss eingesetzt und die Stelle an der Tür nicht bearbeitet. Das waren bestimmt nicht die Hanbecks."

„Wieso nicht?" widersprach ich, weil ich mit einem Mal nicht mehr wollte, dass wir das Versteck des jungen Herrn Berger fanden. Wir hätten in diesem Fall verantwortungsbewusst handeln und alle weiteren Schritte der Polizei überlassen müssen. Alles andere wäre leichtsinnig gewesen.

„Na, als Eigentümer hätten die Hanbecks diese Arbeit ordentlich erledigen lassen. Sie möchten ja wohl kaum, dass das Haus Schaden nimmt und an Wert verliert", erwiderte Bea.

Ich nickte im Dunkeln, teilte ihre Ansicht aber nicht völlig. So, wie ich meine Oma verstanden hatte, wäre den Hanbecks, so sie noch existierten und die Besitzer der Jagdhütte waren, der Zustand des Gebäudes gleichgültig.

Ein kleiner Lichtstrahl war plötzlich an der Tür zu sehen. Bea hatte die Taschenlampe durch ihre Jacke abgeschattet, in der Hoffnung, nur wir könnten ihr Licht sehen. Vorsichtig spähte ich über ihre Schulter. Tatsächlich war das Holz um den Türbeschlag zersplittert, als hätte man den Austausch des Schlosses grob und in großer Eile durchgeführt, ohne das geringste Interesse, die Arbeit ordentlich zu Ende zu bringen. Ein anderer Gedanke kam mir in den Sinn. Im nächsten Moment hörte ich ihn ausgesprochen von Bea.

„Jemand hat das alte Schloss aufgebrochen und dann dieses hier eingesetzt", erklärte sie.

„Und nun hat dieser Jemand freien Zugang zu der Jagdhütte", fügte ich hinzu.

„Der junge Herr Berger!" zischte Bea. Ich nickte. Sie trat vorsichtig einen Schritt zurück. Alle Fensterläden an dieser Hausseite machten einen lange ungeöffneten Eindruck. An den oberen Kanten wuchs sogar Gras. Von innen konnte niemand sehen, was draußen vor sich ging. Ermutigt drehte sich Bea um und beleuchtete den Hof. Dicke Polster aus Nadeln, Laub und Moos bedeckten große Teile der Fläche. Als der Lichtkegel weiterwanderte, entdeckten wir einen verrosteten Klapptisch und die Überreste eines Campingstuhls, der zusammengebrochen und von Nadeln bedeckt daneben lag. Aber direkt vor unseren Füßen endeten die Gräben, welche die breiten Reifen eines Autos kürzlich in den schmutzigen Kies gefurcht hatten. Als Bea die Spuren mit dem Licht der Taschenlampe verfolgte, entdeckte sie zahlreiche weitere. Von unserer Position aus schien es, als verliefe die Mehrzahl um das Haus herum, wo der rote Möchtegernsportwagen unauffällig abgestellt werden konnte. Vielleicht stünde er auch jetzt auf der anderen Hausseite. Wir beschlossen, uns darüber Gewissheit zu verschaffen. Sollte der Wagen dort stehen, könnten wir immer noch das Weite suchen und mittels unserer Handys die Polizei verständigen. Niemand erwartete von uns, dass wir unser Leben in Gefahr brächten. Nichts lag uns ferner.

Nachdem unsere Augen sich erneut an die Dunkelheit gewöhnt hatten, schlichen wir vorsichtig um das Haus herum. Anders als bei den anderen Häusern, die wir an diesem Abend untersucht hatten, befanden sich bei der Jagdhütte der Hanbecks die Fenster nicht nur auf der Giebelseite. Überhaupt hätte man angesichts der Ausmaße des Gebäudes streng genommen nicht von einer Hütte sprechen sollen. Zur Zeit der Hanbecks musste es ein komfortables Ferienhaus gewesen sein. Jetzt war die Vertäfelung stellenweise aufgequollen, und die Farbe an den Läden blätterte bei der geringsten Berührung ab. An der Rückseite der Hanbeckschen Jagdhütte stießen wir auf eine verfallene Holzterrasse, aus deren eingebrochenen Bohlen eine Kiefer wuchs. Einige der oberen Zweige hatten sich unter dem Falz der Regenrinne verklemmt. Wann immer der Wind sie bewegte, erklang ein Knarren wie bei einer schlecht geölten Tür. Zahlreiche Furchen waren von den Reifen des roten Sportwagens in den Kies gefräst worden. Der junge Herr Berger war in der letzten Zeit oft hierher gekommen, aber glücklicherweise befand sich das rote Auto jetzt nicht auf dem Grundstück. Ich hätte nicht gewusst, wie wir uns in diesem Fall hätten verhalten sollen. Rückblickend kann ich nur hoffen, wir hätten uns zurückgezogen und die Polizei gerufen. Sicher bin ich mir allerdings nicht. Da wir zu jenem Zeitpunkt aber annehmen durften, der junge Herr Berger sei abwesend, erschien es uns nur naheliegend, das Gebäude näher zu untersuchen. Als wir diesen Beschluss fassten, dachten wir nicht daran, in das Gebäude einzudringen. Ich jedenfalls dachte nicht daran, und ich bin überzeugt, dass Bea es ebenfalls nicht vorhatte. Sie leuchtete nun diese Hausseite ab. Hinter der Kiefer befand sich ein breiter Laden bis zum Boden. Außer diesem entdeckten wir im ersten Stock drei weitere verrammelte Fenster. Auch hier wuchs Gras am oberen Rand, und dichte, graue Spinnweben umgaben die Kanten. Es sah unheimlich aus, aber durchaus passend. Eine verlassene Jagdhütte als Versteck eines Bösewichts hatte so auszusehen. An der Hausseite mit dem abfallenden Dach waren im Erdgeschoss die beiden Fenster durch schwere Läden verschlossen. In Höhe der Etage ließ sich jedoch eine Gaube ohne Läden ausmachen. Bea vermutete, dass es sich um ein Flurfenster handelte. Es war klein, gerade groß genug, um eine schlanke Person einzulassen. Wir meinten erst, es sei vielleicht aus diesem Grunde ungesichert, bis wir seitlich des Rahmens Scharniere zu erkennen glaubten.

Aus Richtung des befestigten Weges hörten wir nun das Geräusch eines Automotors näher kommen. Eilig löschte Bea das Licht. Im Dunkeln warteten wir, ob das Auto an der Zuwegung vorbeifahren oder in sie einbiegen würde. Wieder schlug mein Herz unnatürlich laut in meinen Ohren und machte es mir beinahe unmöglich, das Motorengeräusch wahrzunehmen. Ich redete mir ein, Angst sei unbegründet. Wie wir gesehen hatten, befanden sich entlang des befestigten Weges mehrere Jagdhütten oder Ferienhäuser. Deshalb sei es nicht gänzlich auszuschließen, dass die Eigentümer an einem dunklen Sonnabend im Herbst ihr Wochenenddomizil aufsuchen wollten. Aber auf einer primitiveren Ebene meines Gehirns hatte sich der Eindruck festgesetzt, so verlassen und verrammelt, wie diese anderen Häuser gewesen waren, planten deren Besitzer keine Rückkehr vor dem milderen Frühling. Nur einer führe um diese Zeit durch den Wald. Ausschließlich der junge Herr Berger käme in Frage. Gerade hatte ich dies Bea zugerufen, als mir am Gaubenfenster ein schwaches Licht auffiel. Es blieb mir keine Zeit, Bea darauf hinzuweisen. Blindlings rannten wir über den schwarzen Hof direkt in die alte Rhododendronhecke, unter deren Zweigen wir in das Innere der Hecke tauchten. Im nächsten Moment bog das Auto um die Hausecke und kam so dicht an den Rhododendren zum Stehen, dass sich deren Zweige nach innen bogen. Bea und ich umklammerten einander ängstlich. Doch der für uns unsichtbare Fahrer warf nur die Tür zu und wanderte knirschend um das Haus herum. Wir hörten, wie er aufschloss und hinter sich die Haustür zuschlug. Ein weiteres Knarren verriet, dass die Tür von innen abgeschlossen wurde. Dann war alles still, bis auf den Wind, das Kratzen der Kiefernzweige an der Regenrinne und das metallische Klicken des abkühlenden Motors. Bea schaltete die Lampe an. Der Lichtkegel beleuchtete das Nummernschild des nur einen halben Meter neben uns geparkten Autos. Umrahmt von rotem Lack war zwischen den Blättern ein Dürener Kennzeichen auszumachen.

Für den Augenblick waren Bea und ich vor einer Entdeckung sicher. Wortlos nahmen wir unser Versteck in Augenschein. Wir befanden uns im Inneren der vernachlässigten Rhododendronhecke. Die Büsche waren im Laufe vieler Jahre hochgewachsen, dabei hatten sie nur an der Außenseite Blätter getrieben. Innen staken kahle Äste aus dürren Stämmen. Wir standen in einem natürlichen Tunnel, innerhalb dessen wir die Hanbecksche Jagdhütte ungesehen umrunden konnten. Schlaff vor Erleichterung, den jungen Herrn Berger entgegen aller Wahrscheinlichkeit ausfindig gemacht zu haben, ließ ich mich auf den dorren Blättern am Boden nieder. Für einen Moment spürte ich die Müdigkeit nach diesem Tag. Am liebsten hätte ich mich auf dem Laub zusammengerollt und geschlafen. In diesem entspannten Augenblick kam mir tatsächlich kurz in den Sinn, dass jetzt der richtige Zeitpunkt wäre, die Polizei zu verständigen. Dennoch entschied ich mich dagegen. Im Grunde hatten wir nichts herausgefunden. Der junge Herr Berger hätte der rechtmäßige Besitzer dieser Jagdhütte sein können. Riefen wir die Polizei, und es stellte sich heraus, dass sich der junge Herr Berger zu Recht in diesem Haus befand, würden Bea und ich, so fürchtete ich, doch noch zum Gespött im stillen Tal werden. Peinlichkeit schließt Heldentum bekanntlich aus. Diese Überlegungen teilte ich Bea mit, vermied allerdings das Wort Heldentum. Es wäre bei einer Muh auf wenig Gegenliebe gestoßen, soviel konnte ich mir zusammenreimen.

Nachdenklich hörte sie mir zu, dann nickte sie langsam.

„Da ist etwas Wahres dran, Christa. Aber wie willst du herausfinden, dass Greta und deine Schwester in dieser Hütte festgehalten werden? Das geht doch gar nicht. Wäre es nicht doch besser ..."

„Oben im Haus war Licht", fuhr ich ihr über den Mund. „Ich habe das Licht in dem kleinen Fenster ohne Läden gesehen, kurz bevor der junge Herr Berger angefahren kam."

Sie zögerte.

„Dann ist vielleicht wirklich jemand in dem Haus."

„Natürlich ist jemand im Haus. Weshalb sollte er sonst das Licht anlassen?" entgegnete ich scharf. Ich mochte mir nicht vorstellen, der junge Herr Berger hielte Heidi im Dunkeln gefangen. Seitdem sie Herrn Muhs Leiche gefunden hatte, ließ sie nachts das Licht brennen.

Doch Bea beharrte darauf, dass es andere Gründe gab. Sie setzte sogar an, sie mir aufzuführen, etwa dass die Außenlaterne kaputt sei oder der junge Herr Berger Licht in dem einsamen Haus tröstlich finde. Es gab eine Außenlaterne, und die war kaputt. Das wusste ich. Beim Abtasten der Hauswand war ich mit den Haaren an dem rostigen Lampengestell hängengeblieben. Jedoch wollte ich dem Entführer meiner kleinen Schwester nicht zugestehen, beim Eintreten tröstenden Lichts zu bedürfen. Mit Sicherheit wäre es dagegen eine der ersten Arbeiten eines neuen rechtmäßigen Besitzers gewesen, sämtliche Fensterläden aufzustemmen. Für mich stand trotz Beas Zweifeln weiter absolut fest, dass der junge Herr Berger Böses im Schilde führte und unsere Schwestern als Teil seines Plans in diesem abgelegenen Hause gefangen hielt.

Während ich ihr dies kühl mitteilte, erklang ein hoher, schriller Schrei aus dem Haus. Es war ein menschlicher Schrei, nicht der eines Tieres im Wald, sondern der Schrei einer Frau, und mir hatte er keinen Zweifel gelassen. Zu oft hatte ich ihn vorher schon gehört, wenn bei uns zu Hause eine Spinne in der Badewanne saß. Es war Heidis Schrei.

KAPITEL 19

„Ich muss da hinein", erklärte ich. In meinem Kopf war anscheinend das Programm „Heldin ohne Durchblick" gestartet. An die Polizei dachte ich nicht mehr. Jetzt, da mir gewiss war, dass sich meine kleine Schwester in diesem Haus in der Gewalt eines Mörders befand, existierte für mich nichts anderes als die archaische Verpflichtung, sie zu retten. Im Schutz der Rhododendronhecke lief ich über die trockenen Blätter am Haus vorbei Richtung Vorderfront. Bea folgte mir, packte mich am Arm und hielt mich zurück. Sie war, wie ich im Nachhinein realisierte, ein paar entscheidende Jahre älter als ich und außerdem durch ihr Training als Muh und Kodexwächterin an bedachteres Handeln gewöhnt. Auch ihre Schwester befand sich aller Wahrscheinlichkeit nach in diesem Haus mit dem Mörder ihres Vaters, aber sie besaß noch genug Geistesgegenwart, einige Fragen an die Situation zu stellen, ehe sie sich blindlings in Gefahr brachte.

„Was hast du vor, Christa?" zischte Bea eindringlich, während ich versuchte, sie abzuschütteln. „Denk nach! Was können wir zwei in dieser Situation unternehmen? Der Mann da drin ist ein Mörder. Das wissen wir. Und er hat zwei Geiseln. Bestimmt ist er bewaffnet. Vielleicht ist er nicht allein. Was willst du also tun? Lass uns die Polizei rufen."

Zwar wehrte ich mich gegen ihren Griff, ein paar hektische Gedanken konnte ich dennoch sammeln.

„Was bringt das? Es dauert zu lange, bis die Polizei kommt. Wir können doch gar nicht genau beschreiben, wo wir sind. Nein, Bea. Ich will da rein. In das Haus."

„Wie?" bohrte Bea, ihre dünnen Arme wie ein Schraubstock um mich. Ich gab nach. Einen Augenblick hing ich in ihrer Umklammerung, dann rutschte ich unter ihren Armen heraus zu Boden. Bea hockte sich neben mich. „Hör zu. Wir dürfen ihm nicht auch noch in die Hände fallen", sagte sie mild und, wie ich fand, mit Bekehrerstimme. Vielleicht rekrutierten die Muh ihre Jünger immer in solchen Momenten der Bedrängnis. Währenddessen sprach Bea provozierend vernünftig weiter. „Lass ihn uns aus dem Haus locken. Klopfen, klingeln, ihm zurufen, dass wir die Polizei verständigt haben. Das könnte ich machen. Wenn er herauskommt und sieht, dass da eine Muh steht, läuft er wahrscheinlich einfach los, um mich zu fangen. Aber er ist nicht mehr der Jüngste, ich dagegen bin schnell und kann ihm bestimmt entkommen. Außerdem ist es dunkel. Ich wäre auf jeden Fall im Vorteil. Du könntest in der Zeit in das Haus gehen und die beiden holen. Und dann kannst du die Polizei rufen. Oder du gibst mir das Handy, und ich mache das. Meins habe ich nicht dabei."

Die Hände an die Schläfen gepresst, zwang ich meine Gedanken zu einer groben Ordnung. Nur eines war für mich unzweifelhaft. „Du bist niemals schneller als der junge Herr Berger", stellte ich mit einem abwertenden Blick auf meine zierliche Verbündete fest. Dass der junge Herr Berger älter als mein Vater und deutlich korpulenter war, blendete ich aus. „Und wir dürfen uns auch nicht trennen. Das wäre zu riskant."

Im nächsten Moment hatte ich einen Geistesblitz. Das notwendige Vorgehen erschien mir mit einem Mal klar und logisch. Alles lag vor mir ausgebreitet, leicht lesbar, eine vollständige Anleitung zur Geiselbefreiung, die ich nur flüchtig zu betrachten brauchte, um ihre Umsetzbarkeit zu erkennen.

„Das Fenster ohne Läden", teilte ich Bea mit. „Dort steigen wir in das Haus ein. Wenn wir erst einmal drinnen sind, ist der Rest ein Kinderspiel. Wir holen die beiden und hauen ab, ehe der junge Herr Berger etwas merkt."

„Und wenn er etwas merkt? Und wenn er nicht allein ist?" kam Bea wieder mit ihren lästigen Fragen, für die ich überhaupt keine Zeit zu haben glaubte. Die Polizei erwähnte auch sie mit keinem Wort mehr.

„Dann improvisieren wir", verkündete ich nun in einem Ton, der sie mitriss, ungeachtet ihres Trainings zu Bedacht und Geduld.

Sie wühlte in der Tasche ihrer Jacke und förderte ein kleines Taschenmesser hervor. Es war keine wirksame Waffe, nicht einmal ein effektives Werkzeug, aber problemlos das Dach hinaufzutransportieren. Ein dicker Ast wäre schlagkräftiger gewesen, würde uns aber beim Aufstieg zu sehr behindern, erklärte ich Bea. Entschlossen löschten wir abermals das Licht und huschten leise über den Hof. Sicherlich würde sich der junge Herr Berger in Sicherheit wiegen und keinesfalls damit rechnen, in der Jagdhütte der Hanbecks aufgestöbert zu werden. Diesen Umstand wussten Bea und ich zu nutzen. Sie steckte sich die Taschenlampe für den Aufstieg hinten in den Hosenbund. Einen Ast als Schlagstock hätten wir ebenso transportieren können, doch das dämmerte mir erst, als alles vorbei war.

Anders als bei den Häusern, die wir früher am Abend untersucht hatten, reichte bei diesem das Dach nicht sehr tief hinunter. Jene Häuschen waren simple Konstruktionen mit dreieckigen, fast bis zum Erdboden gezogenen Dächern, die Hanbecks dagegen hatten sich ein richtiges Haus als Jagdhütte errichten lassen. Wie bei einem Berghof aus einem Heimatfilm neigte sich bei der Hanbeckschen Jagdhütte das Dach nur bis in Höhe meiner Stirn herab. Nachdem ich Bea mit einer Räuberleiter auf das Dach gestemmt hatte, kletterte sie wie eine Bergziege weiter. Mein eigener Aufstieg klang für meine Ohren wie die Kletterversuche eines Elefanten, doch da sie den jungen Herrn Berger nicht alarmierten, können sie nicht so laut gewesen sein. Damals dachte ich nicht darüber nach, aber später, als ich herausfand, dass Bea ihre Kindheit in Nideggen neben steilen Felswänden verbracht hatte, verstand ich, weshalb es ihr so leichtgefallen war. Zu dem Zeitpunkt war bereits jeder Kontakt zwischen uns abgebrochen. An jenem Abend aber kauerten wir nebeneinander vor der Dachgaube der Hanbeckschen Jagdhütte. Hinter der dreckverkrusteten Scheibe lag ein unbeleuchteter Flur, in den aus dem Erdgeschoss und von einem Zimmer am Ende des Ganges Licht fiel. Wie ich angenommen hatte, führte die Treppe direkt neben dem Fenster herauf, so dass der Abstieg vom Fenster an der Innenseite tiefer als bei einem Zimmerfenster wäre.

Während ich durch die Scheibe starrte, trat der junge Herr Berger durch die offene Tür in den Flur. Ich duckte mich zur Seite, aber natürlich verschwendete er keinen Blick auf das Fenster. Sein Aufzug zeigte wenig Ähnlichkeit zu dem des geschniegelten Mannes von der Begräbnisfeier. Seine Jeans war an den Knien dunkel verfärbt, auch sein markantes Gesicht schien nicht ganz so sauber und rasiert zu sein, wie ich es in Erinnerung hatte. Von seinem linken Nasenflügel zog sich ein tiefroter Kratzer über die Wange bis vor das Ohr. Mit dem Zeigefinger befühlte der junge Herr Berger die verletzte Wange, raufte sich die Haare und ging direkt an uns vorbei die Treppe hinunter.

„Sie sind bestimmt in diesem Zimmer mit der offenen Tür", flüsterte Bea.

Ich nickte.

„Kannst du das Fenster öffnen, Bea?" Dazu sah ich mich nicht in der Lage.

„Ich weiß nicht", gab sie zurück. „Hier. Leuchte."

Gehorsam nahm ich die schwere Taschenlampe an mich und leuchtete nach Beas Anweisungen den äußeren Fensterrahmen ab. Der Wind strich in Böen über das Dach. Manche waren so stark, dass ich mich nur mit Mühe aufrecht halten konnte. Die eingeklemmten Zweige der Kiefer am Haus jaulten. Hochkonzentriert verfolgte ich mit den Augen Beas Finger, die Holz und Beschläge des Fensterrahmens untersuchten. Nach einer Weile hörte ich ein leises Zischen von ihr, was unter anderen Umständen wohl ein Pfeifen gewesen wäre, falls Muh jemals so sehr in Erregung gerieten, dass sie pfiffen.

„Man glaubt es nicht. Christa, leuchte einmal hier. Nein, näher am Glas. Siehst du das?" Offen gestanden sah ich nichts. Bea erbarmte sich meiner. Sie nahm meine Hand und führte den Zeigefinger entlang der Stelle, wo die Scheibe in das Holz eingesetzt war. Überraschenderweise schien die Fingerkuppe weiter als das Glas über das Holz zu rutschen. Am unteren Rand des Fensterflügels fehlte der Kitt, so dass ein schmaler Spalt zwischen Glas und Holz blieb. Ich spähte über den Rahmenrand, um mir ein Bild von der Innenseite machen zu können. Staub, hereingewehter Dreck und tote Fliegen bedeckten die kleine Fensterbank. Einen drehbaren Fenstergriff konnte ich nicht entdecken, nur einen festen wie bei einer

Schranktür, dann sah ich, dass unten am Rahmen ein rostiges Stück Draht in einer Öse befestigt war. Dieser Draht endete in einem Haken, der wiederum in einer Öse in der Fensterbank eingehängt war. Es war eine primitive Form des Verschlusses, die möglicherweise die schweren Läden erklärte. Bea hatte unterdessen die Klinge ihres Taschenmessers zwischen Glasscheibe und Holzrahmen hindurchgeschoben, um mittels dieser den Draht aus der Öse im Fensterbrett zu heben. Fasziniert sah ich ihr zu. Es konnte nicht funktionieren, doch vor meinen Augen sprang der Draht mit einem schnarrenden Geräusch aus der Öse.

Ein Windstoß rüttelte meine Schultern. Bea hielt kurz inne, um ihr Gleichgewicht zu stabilisieren. Dann zog sie das Taschenmesser aus dem Spalt, klappte es aber nicht zusammen, sondern steckte es offen in die äußere Brusttasche ihrer Jacke. Bea schüttelte die Hände aus. Vorsichtig begann sie nun, den Fensterflügel nach innen zu drücken. Es war eine langwierige Arbeit, gegen die das Entriegeln sich als Kinderspiel erwiesen hatte. Der verzogene Fensterflügel saß fest im äußeren Rahmen. Wie lange Bea drückte und presste, wussten wir nicht zu sagen. Der Wind frischte weiter auf, die Zweige der Kiefer zwischen den Terrassenbohlen knarrten ununterbrochen unter dem Falz. Ich hoffte sehr, dieses Geräusch würde den jungen Herrn Berger von dem Kratzen am Flurfenster ablenken. Ohne Vorwarnung gab der Fensterflügel dem Druck nach. Ächzend sprang er ein paar Zentimeter nach

innen auf, viel lauter als ich in meiner Naivität erwartet
hatte. Erschrocken lauschten wir. Von unten knarrten
schwere Schritte auf dem Holzboden. Langsam begannen
sie den Aufstieg. Der junge Herr Berger hatte es nicht eilig. Währenddessen bemühte sich Bea, das Fenster wieder
zu schließen. Dies erwies sich jedoch als beinahe noch
schwieriger, als es das Öffnen gewesen war. Mit ihren
kleinen Fingern suchte Bea vergeblich an der Außenseite
des Rahmens Halt. Das Holz war morsch, und stellenweise gab es nach, jedoch nie so sehr, dass sie ihn diese
letzten verräterischen Zentimeter über den Außenrah-
men hätte ziehen können. Die schweren Schritte stiegen
beharrlich weiter nach oben. Bea leuchtete mich an. Unvermittelt griff sie mir über den Kragen meiner Jacke an
den Hals. Mit einem Ruck riss sie das Kettchen ab. Ich
spürte das Kreuz unter dem Hemd über meine Haut rutschen. Später wurde es in meiner Unterhose gefunden.
Ehe ich protestieren konnte, schob Bea mit Hilfe des
Messers die dünne Kette durch den Spalt und zog mittels
der herabhängenden Enden den Fensterflügel zu, bis er
sich vor dem äußeren Rahmen festklemmte. Ich rieb meinen wunden Nacken und hoffte, einem flüchtigen Be-
trachter böte sich ein unauffälliges Bild.

Der Kopf des jungen Herrn Berger tauchte im nächsten Moment direkt vor uns auf. Wir zogen uns aus dem
Fensterbereich zurück. Der Mann ging langsam, einen
Becher in der Hand, zum Ende des Ganges, wo er an der
offenen Tür stehen blieb und in den dahinterliegenden

Raum blickte. Was immer er darin sah, schien ihn nicht zu beunruhigen. Ohne ein Wort zu sagen, wandte er sich um und kam zurück auf uns zu. Zwei weitere Türen ignorierte er, als hielte er es für ausgeschlossen, die von ihm gehörten Geräusche könnten aus diesen Zimmern gekommen sein. Aber nun ging er zwangsläufig direkt auf das Flurfenster zu. Im Gehen nahm er einige Schlucke. Der Geruch des Instantkaffees drang durch den Spalt am Rahmen. Er blieb kurz stehen, und ich fürchtete, ihm wäre der aus der Öse gelöste Draht aufgefallen. Knurrend stellte der junge Herr Berger den Becher am Boden ab, aus der Hosentasche zerrte er ein bereits gebrauchtes Papiertaschentuch. Sein donnerndes Niesen ließ Bea und mich zusammenfahren. Ich machte eine zu heftige Bewegung, verlor das Gleichgewicht und konnte mich gerade noch am Rand der Gaube festklammern. Etwas, vielleicht eine Dachpfanne, löste sich im Dunkeln unter meinen Füßen und rutschte über das Dach nach unten. Jeden Augenblick rechnete ich damit, der junge Herr Berger würde mit einem Wutschrei das Fenster aufreißen und den Kopf herausstrecken. Von drinnen drangen jedoch nur die Geräusche einer umständlichen Nasenputzaktion. Anscheinend war der junge Herr Berger schwer erkältet, was auch seine langsamen und lauten Bewegungen erklärte. Ich gönnte ihm sein Elend, befand ich mich doch in einer vergleichsweise schlimmeren Situation. Endlich begann der junge Herr Berger seinen schwerfälligen Abstieg. Bea und ich atmeten auf. Der Wind zerrte an unseren Haaren und fand die Ritzen in unserer Kleidung, durch die zuvor die Kälte gekrochen war. Kalt und steifgefroren hockten wir da oben in der Nacht. Die Stelle, an der Bea die Kette von meinem Hals gezerrt hatte, schien dagegen zu brennen. Ich dachte an meine Mutter, die mich auf dem Solidaritäts-Teetrinken von Heidis Klasse vermutete, und fragte mich, ob sie mittlerweile durch einen Anruf bei Frau Schumann-Schulz herausgefunden hatte, dass dieses Teetrinken frei erfunden gewesen war. Kurz kam mir der Gedanke, ich sollte mein Handy sicherheitshalber ausschalten, falls sie versuchte, mich ausfindig zu machen. Dazu hätte ich es aus der Innentasche meiner Jacke nehmen müssen, doch momentan benötigte ich beide Hände zum Festhalten. Meine Mutter hatte sich in Geduld zu üben, während ich ihre jüngere Tochter rettete.

Sachte drückte Bea gegen den Fensterflügel. Der knarrte diesmal nur leise, so dass es dem jungen Herrn Berger vermutlich nicht auffiel. Langsam schwang der Flügel in das Hausinnere. Bea streckte den Kopf durch die Öffnung. Nach einem Moment zog sie ihn zurück.

„Es ist, wie wir vermutet haben. Das Fenster ist im Treppenhaus. Und recht hoch. Aber du müsstest mit den Füßen auf den Stufen aufkommen. Besser also, du gehst zuerst." Ich hatte mir bisher keine Gedanken über die praktische Umsetzung der Rettung gemacht. Der Plan lag zwar vor meinem geistigen Auge bereit, aber studiert hatte ich ihn nur oberflächlich. Ausschließlich der generelle Ablauf, an dessen Ende ein positives Auskommen mit zwei befreiten Geiseln, unversehrten Retterinnen und einem jungen Herrn Berger im Gefängnis stehen würde, war mir in verschiedenen Varianten durch den Kopf gegangen. Zu keinem Zeitpunkt waren meine Überlegungen in Richtung des Herausholens der beiden Geiseln geflossen. Beas Entscheidung, dass ich als Erste von uns beiden in die Jagdhütte der Hanbecks einsteigen sollte, kam deshalb unerwartet. Ich erinnerte mich aber vor einem entgeisterten Protest, dass die Rettung der entführten Mädchen so unauffällig wie möglich vonstattengehen sollte, weshalb alle unnötigen Geräusche, sowohl unbedachtes Protestieren als auch das Zappeln einer kleinen Bea, die nicht mit den Füßen auf den Boden käme, vermieden werden mussten. Trotzdem stieg ich nur ungern in das fremde Haus. Es widerstrebte mir zutiefst, das Eigentum anderer Leute heimlich und durch ein Fenster zu betreten, auch wenn man den Zweck des Eindringens als heroisch hätte bezeichnen können. Für den Bruchteil einer Sekunde stellte sich mir die Frage, ob die Hanbecks mich für diesen Einbruch juristisch belangen würden.

Dann fand mein rechter Fuß Halt auf der Treppe. Mein linker Fuß stellte sich sicher daneben. Ich befand mich in der Jagdhütte der Hanbecks. Sie empfing mich mit dem stechenden Geruch von Schimmel und faulendem Holz. Darüber legten sich Ausdünstungen, wie man sie sonst nur an der Lagerstatt von Stadtstreichern wahrnahm. Ich musste gegen den Ekel schlucken. Nach einem Augenblick der Orientierung half ich Bea beim Einsteigen. Erstaunlich leicht erschien sie mir, als ich sie an der Taille fasste und ihren Schwung beim Auftreffen auf den Holzboden abbremste. Wäre Greta ebenso leicht wie ihre ältere Schwester, hätte der junge Herr Berger an ihr wenig Last gehabt. Ich hoffte, Heidi hatte ihm mehr Mühe bereitet. Nachdem auch Bea im Inneren des Hauses war, zog sie die Kette aus dem Spalt und drückte den Rahmen wieder an. Oberflächlich betrachtet sah das Fenster aus, als wäre es geschlossen. Im Erdgeschoss nieste und hustete abwechselnd der junge Herr Berger. Das Leben in dem alten Haus schien ihm nicht zu bekommen. Aber das geschah ihm nur recht. Niemand hatte von ihm verlangt, sich hier einzunisten. Auf leisen Sohlen huschten wir über den Gang zu der dritten Tür. Ehe wir den Raum betraten, wappnete ich mich gegen das, was wir vielleicht zu sehen bekämen. Wieder hörte ich Heidis Schrei, doch ich wusste, dass dies eine Erinnerung war. Niemand schrie. Aus dem Raum kamen nur Stille und jener fürchterliche Gestank, der mir hier noch ausgeprägter als drüben am Fenster erschien.

Mit angehaltenem Atem betrat ich das Zimmer und wich sofort wieder zurück gegen Bea. Vor uns lag ein kleines Schlafzimmer. An der linken Wand gab es ein Bettgestell, an der rechten eine niedrige Kommode. Direkt neben der Tür und so positioniert, dass diese nicht zufiel, stand ein Stuhl. Darauf befanden sich fleckige Tücher, eine aufgerissene Tüte Watte, eine kleine braune Flasche wie aus der Apotheke, eine halbvolle Wasserfla-

sche und eine Rolle Pflaster. Vor dem Fenster lag eine
Matratze auf den schmutzigen Dielen. Aus dem Bündel
einer geblümten Steppdecke auf dem Bettgestell ragte ein
mit einem schmutzigen Strumpf bekleideter Fuß. In dem
trüben Licht der mit Fliegendreck und toten Mücken verkrusteten Glühbirne sah er aus wie einer von Heidis
Strümpfen. Auf der Matratze lag in einer karierten Steppdecke ein ähnliches Bündel. Dies wäre Greta. Wieder
spürte ich ein Würgen im Hals. Die Luft war trotz der
Kälte zum Schneiden dick in einer unsäglichen Mischung
aus Erbrochenem, Urin und Kot, überlagert von etwas
Scharfem, das Nase wie Augen reizte. Ich fühlte mich an
das Tränengas erinnert, welches ich mit einer Freundin
einmal in deren Zimmer ausprobiert hatte, ein Versuch,
der sich trotz des Lerneffekts nicht zur Nachahmung
empfahl. Unwillkürlich drängte ich mich gegen Bea. Von
unten klangen schwer die Schritte des jungen Herrn Berger, dazu abgehacktes Husten. Ein Getränk wurde ausge-
gossen. Stuhlbeine rückten über den Boden. Ein
Möbelstück ächzte. Der junge Herr Berger seufzte und
hustete. Ein Becher wurde abgestellt. Dann war es ruhig.
Bea sah mich mit großen Augen an. Damals dachte ich,
sie hätte Angst, und fühlte mich ihr überlegen. Heute
fürchte ich jedoch, im Gegensatz zu mir war Bea zu diesem Zeitpunkt schon bewusst, worauf wir uns eingelassen
hatten. Sie schluckte, dann reckte sie den Kopf zu mir auf.

„Ich bleibe an der Tür und halte Wache. Er darf uns
hier nicht überraschen. Geh du zu deiner Schwester." Aus

ihren Worten klang eine Kodexwächterin der Muh. Ihr
Ton war der ihrer Mutter zu dem herbeigerufenen Gesetzeshüter Gert Tamminga, als sie ihm vor zerschlagenen
Fenstern mitteilte, nichts sei geschehen. Ich nahm meinen
Auftrag zur Kenntnis, so wie Gert Tamminga den seinen
angenommen und sich zurückgezogen hatte. Bea würde
Wache halten, mir den Vortritt lassen, als ob ihre Sorgen
um Greta nicht zählten. Vielleicht zählten sie in solchen
Augenblicken tatsächlich nicht für eine Muh, die Demut
gelernt hatte. In den vergangenen Jahren habe ich mich oft
gefragt, ob sie nicht andere Beweggründe gehabt haben
könnte. Für mich aber gab es an jenem Abend kein Zögern.

Eilig lief ich zu dem geblümten Bündel und zog vorsichtig die besudelte Decke zurück. Darunter lag Heidi.
Sie schlief. Ob die Schatten unter ihren Augen vom ver-
wischten Lidstrich stammten, konnte ich nicht sagen,
aber sie wirkte hagerer, wie nach einer Krankheit. An ihrer Schläfe befand sich zudem ein älterer Bluterguss, in jenem beinahe schwarzen Stadium, das violette und gelbe
Streifen ausbildete. Vermutlich stammte der vom Tage der
Entführung, als sie in Gloysteinsfuhren niedergeschlagen
worden war. Frischer sahen dagegen die Striemen an der
linken Wange aus. Die konnten noch keine Stunde alt
sein. Als ich ihre verschwitzten Haare zurückstrich,
schreckte sie auf. Ich sah, wie sie den Mund zum Schreien
öffnete, und hielt meine Hand darüber.

„Still, Heidi! Ich hole dich hier raus." Über meiner
Hand starrten ihre Augen mich fragend an. „Wirst du still

sein, wenn ich die Hand wegnehme?" flüsterte ich. Sie nickte. Vorsichtig nahm ich die Hand zurück.

„Was machst du denn hier?" fragte sie mich vorwurfsvoll, als wäre in ihrem Drehbuch eine Befreiung durch Sturmhaube tragende KSK-Beamte oder wenigstens durch einen Edelmann mit silbernem Degen vorgesehen gewesen.

„Dich retten natürlich", teilte ich ihr mit und fühlte mich um das Element der Dankbarkeit betrogen.

Heidi musterte mich skeptisch, wie es ihr meiner Meinung nach in ihrer Lage nicht zugestanden hätte.

„Du meinst, du holst mich hier raus? Damit ich nicht mehr bei diesem perversen Schwein sein muss?"

„Ja", entgegnete ich zu genervt, jedes ihrer Worte zu beachten.

„Dann mach mich los."

Nun zog ich die Steppdecke ganz beiseite. Heidi war an Händen und Füßen mit gelbumhüllter Wäscheleine gefesselt. Ihre Hose, die eingelaufene Stepphose, zu der meine Mutter sie für die Waldreinigung verdonnert hatte, war nass und schmutzig. Offensichtlich hatte der junge Herr Berger es nicht für nötig gehalten, seine unfreiwilligen Gäste zur Toilette zu führen. Ich sah zu Bea. Die fischte das Messer aus ihrer Tasche und warf es aufgeklappt wie es war auf das Bettgestell. Ich verdrehte wegen dieses Leichtsinns nur die Augen und begann das mühselige Aufschneiden der Fesseln. Die gelbe Plastikummantelung der Leine erwies sich als zäh, sie schützte die

Fasern darunter effektiv. Endlich fiel das erste Stück, mit dem die Handgelenke zusammengebunden waren, und nach einem weiteren, wie mir schien, unendlich langen Zeitraum auch die Fesseln an den Fußknöcheln. Pedantisch klappte ich das Messer wieder ein.

Auf meine Schulter gestützt, stand Heidi auf und suchte Halt an der Wand, wo sie den Rücken streckte. Ich überlegte, ob ich meiner Erleichterung durch eine Umarmung Ausdruck verleihen sollte, entschied mich aber dagegen. Sie roch nicht wie jemand, den man umarmen wollte.

„Ihr geht es nicht so gut", sagte Heidi mit einer Handbewegung in Richtung der Matratze. Um ihre Handgelenke sah ich blaurote Streifen, wo die Leine die Haut gequetscht hatte. Vorsichtig betastete sie die frischen Striemen an ihrer Wange.

„Er hat mich geschlagen", maulte sie, als sollte ich jetzt hinuntergehen und den jungen Herrn Berger zur Rede stellen.

Ratlos stand ich vor ihr. Der Sinn dieser Information erschloss sich mir nicht.

„Und warum?" wollte ich gereizt wissen. Mir schien, ich sollte mit Heidi reden, wenn auch andere Probleme drängten.

Ihr Lächeln war ebenso flüchtig wie triumphierend.

„Ich hatte eine Hand freibekommen und ihn gekratzt", teilte sie mir mit. Dann sank sie auf die Kommode und widmete sich den Blutergüssen an ihren Handgelenken. Irritiert betrachtete ich meine Schwester.

Ich verstand nicht mehr, warum ich es eigentlich auf mich genommen hatte, sie zu befreien. Hätte doch Gert Tamminga sein Glück versuchen sollen.

„Beeil dich, Christa", zischte Bea.

Es fiel anscheinend mir zu, nach Greta zu sehen. Atemlos kauerte ich mich vor deren Lager nieder. Aus den Falten der Steppdecke las ich eine Warnung. Die karierte Decke erschien mir wie eine Plane über einem Haufen Unrat. Doch es lag Greta darunter. Mehrere Blutergüsse bedeckten das fiebrige Gesicht. Anders als Heidi war sie nicht gefesselt, ihr Zustand machte dies unnötig. Hoffentlich hatte sie den jungen Herrn Berger angesteckt. Er verdiente in hohem Maße Fieber und Schmerzen jeder Art. Wo Gretas Kopf auf der zerschlissenen Matratze lag, hatte sich ein dunkler Fleck ausgebreitet. Das musste Blut von einer notdürftig mit braun verkrusteter Watte und Pflaster abgedeckten Wunde am Ohr sein.

„Er hat ihr das Ohrläppchen abgeschnitten", teilte Heidi mir kurz mit. Sie war neben mich getreten und blickte sachlich wie selten auf Gretas reglosen Körper.

„Er sagt, das macht man so. Tradition. Damit ihre Leute begreifen, dass er es ernst meint."

Entgeistert starrte ich zu ihr auf. Ich wusste nicht, was mich mehr verstörte, die Tatsache, dass der junge Herr Berger Greta ein Ohrläppchen abgeschnitten hatte, oder Heidis unbeteiligter Ton. Etwas in ihren Augen bremste meine Kritik.

Noch während ich sie betrachtete, kam eine Veränderung über ihr Gesicht.

„Ich möchte jetzt gehen", verkündete sie plötzlich wehleidig und hockte sich wieder auf das Bettgestell.

Von der Tür aus stimmte ihr Bea zu.

„Wir müssen so schnell es geht hier raus."

„Aber deine Schwester ist krank. Sie kann nicht laufen", widersprach ich. Ob Greta laufen konnte oder nicht, spielte keine Rolle, wir mussten die Jagdhütte verlassen, ohne dass der junge Herr Berger etwas bemerkte.

„Du wirst sie tragen", sagte Bea, als sei dies von Anfang an unser Plan gewesen, den sie mir nur in Erinnerung rufen müsste. Ich betrachtete die kleine Gestalt an der Tür. Bea würde Greta kaum mit der notwendigen Geräuschlosigkeit zum Flurfenster tragen können, geschweige denn, sie durch das Fenster über das Dach aus dem Haus bugsieren. Diese Aufgabe könnte ausschließlich ich übernehmen. Seufzend nahm ich sie in Angriff. Als Erstes befreite ich Greta gänzlich von der karierten Steppdecke. Bis auf einen schmuddeligen Pullover von der Art, wie wahrscheinlich nur für eine fünfzehnjährige Muh akzeptabel wäre, war sie nackt. Selbst die Strümpfe fehlten. An ihren Beinen klebten Blut und etwas Schmieriges, das mich an Haargel erinnerte. Erklären konnte ich mir das Vorhandensein dieser Substanz nicht, aber ich war damals wie heute in mancher Hinsicht etwas naiv. Da hatte auch die Lektüre von Kriminalromanen, die ich nach diesen Ereignissen sowieso aufgab, nicht geholfen.

„Er hat sie ein paarmal vergewaltigt. Mich nicht, falls dich das interessiert", erläuterte Heidi. „Er hat gesagt, nach allem, was er wegen ihrer Leute durchgemacht hat, darf er das. Leute, die andere um ihr rechtmäßiges Eigentum betrügen, verdienen, dass man ihre Frauen so behandelt, sagt er. Die halten ihr Wort nicht. Und er sagt, es ist viel geiler, wenn sie Fieber hat. Und wenn sie verreckt, ist es auch egal. Dann hat er noch mich." Wieder war da dieser Blick. Ihre Stimme, die durchaus wie Heidis Stimme klang, hatte einen Unterton, der mich jede Bemerkung schlucken ließ. Schnell beugte ich mich über Greta. Bea wollte ich nicht ansehen, falls eine von uns die Nerven verlieren würde.

Es war, glaube ich, in diesem Augenblick, dass mir mit einem Mal bewusst wurde, nicht in einer Art realem Film zu spielen. Ich konnte nicht aus der Handlung aussteigen, nur weil sie mir zu unübersichtlich geworden war, denn entgegen aller Wahrscheinlichkeit befand ich mich tatsächlich im einsam gelegenen Versteck eines Mörders, der außerdem zwei Mädchen gefangen hielt. Wenn dieser Mann, dem ich die Bereitschaft zu jeglicher Gewalttat unterstellen musste, uns entdeckte, würde es uns, wie in Märchen gedroht wurde, schlecht ergehen. Aber anders als in Märchen gäbe es für uns keine Zauberringe oder magischen Tränke, die in letzter Sekunde Rettung brächten. Bea und ich waren auf uns alleine gestellt. Greta war bewusstlos und Heidi mit Sicherheit keine Hilfe. Niemand sonst wusste, wo wir uns befanden. Möglicherweise hätte es bessere Wege gegeben, Heidi und Greta zu befreien. Vielleicht wäre es Sache der Polizei gewesen. Aber wir, doch in Wirklichkeit alleine ich hatte mich für diesen Weg entschieden. Ein Zurück gab es nicht mehr. Wir mussten die Befreiungsaktion fortsetzen. Darauf versuchte ich, meine Gedanken zu konzentrieren. Bea hatte schon eine Weile nichts mehr gesagt, aber ich durfte jetzt keinesfalls den Kopf zu ihr hindrehen, um mich zu vergewissern, aus welchem Grunde sie schwieg. Einmal atmete ich tief durch, dann wagte ich es, mich in dem ekelhaften Raum umzusehen. Unter dem Bettgestell lagen in einem Knäuel Kleidungsstücke. Das mussten Gretas sein. „Heidi, gib mir die Kleider dort unter dem Bett", befahl ich meiner Schwester auf dem Bettgestell, die tat, als untersuche sie ihre Haare auf Spliss. „Heidi! Gib mir Gretas Kleider. Heidi!" Heidi zuckte zusammen, fiel fast vom Bett herunter und angelte zwischen allerlei Unrat und Staub nach der Kleidung.

„Leise", zischte Bea.

Heidi warf mir das Stoffknäuel zu. Ich zerrte es auseinander und zog die Hose heraus.

„Hilf mir!" befahl ich wieder. Als Heidi sich nicht rührte, kam mir Bea zu Hilfe. Zusammen gelang es uns, den schlaffen Körper Gretas in die Hose zu packen und ihr auch Strümpfe über die Füße zu ziehen.

Ich reichte Bea mit zeremoniellem Ernst ihr Taschenmesser, dessen große Klinge sie ebenso ernst aufklappte. Die etwa acht Zentimeter nicht sonderlich scharfer Stahl könnten bei guter Platzierung dem jungen Herrn Berger eine Verletzung zufügen, die ihn ablenkte. Außer Gefecht setzen würde sie ihn damit nicht. Allein die Geste zählte. Wir konnten uns nun einbilden, wir seien bewaffnet. Mit Beas Hilfe wuchtete ich mir nun Greta über die Schulter. So hatte ich noch nie einen Menschen getragen. Das Gewicht des Mädchens war auch größer, als ich vermutet hatte. Schwankend stand ich zwischen den stinkenden Lagern.

„Wird es gehen?" fragte Bea.

Ich versuchte Gretas Gewicht in eine günstigere Position zu schieben. Der Versuch misslang, trotzdem sollte mein Lächeln optimistisch aussehen.

„Klar. Lass uns gehen."

Glücklicherweise hatte Bea mich nicht zu aufmerksam betrachtet. Noch einmal lauschte sie an der Tür, dann winkte sie mir, ihr zu folgen. Heidi trottete hinter mir her. Nach ungefähr drei Metern Fluchtweg hörten wir, wie unten der Stuhl zurückgeschoben wurde. Der junge Herr Berger stapfte hustend und vor sich hinmurmelnd die Treppe hinauf. Zwischen uns und dem kleinen Fenster lagen noch zwei Meter. Davor war der Treppenaufgang, an dem jetzt die Gestalt des jungen Herrn Berger erschien. Für ihn war unser Anblick ebenso überraschend wie seiner für uns erschreckend. Das fieberrote Gesicht nahm einen noch ungesünderen Farbton an. Ärgerlich wischte er Schweiß von seiner Stirn.

„Was soll das denn?" brüllte er dann, als wäre nicht eindeutig gewesen, was wir vorhatten. Aber wahrscheinlich wollte er das sich ihm darbietende Bild nicht ernst nehmen. Da stand direkt vor ihm eine Muh mit geschorenem Kopf und einer vom Moos auf den Dachpfannen grün verschmierten Jeansjacke. Die Muh hielt in der erhobenen rechten Hand ein ausgeklapptes Taschenmesser, welches augenscheinlich die gesamte Bewaffnung der Truppe in ihrem Rücken ausmachte. Hinter der Muh stand eine junge Frau, die unter dem Gewicht seines bewusstlosen Opfers fast zusammenbrechend beide Hände benötigte, den Körper des Mädchens auf ihren Schultern zu halten. Dahinter wiederum stand Heidi, die gar nichts tat, nichts sagte und sich anscheinend auch nicht für sein Erscheinen interessierte.

Nach einer sprachlosen Pause brach er in lautes Gelächter aus, wurde aber von neuerlichem bronchialen Husten unterbrochen.

„Was haben wir denn da?" variierte er dann seine ursprüngliche Frage und tat einen Schritt auf uns zu. „Die tapferen großen Schwestern? Marsch! Zurück in das Zimmer."

Bea rührte sich nicht vom Fleck.

„Nein, Herr Berger. Sie werden uns nicht daran hindern, dieses Haus zu verlassen", entgegnete sie ruhig.

Ich konnte nicht fassen, dass sie ausgerechnet jetzt auf Worte zu setzen schien. Er schenkte Bea auch keine weitere Beachtung, als ihr eine Ohrfeige zu versetzen. Zierlich, wie sie war, riss die Wucht des Schlages sie von den Füßen und schleuderte sie gegen die Wand. Ihr Kopf schlug dumpf auf der Rosentapete auf. Das Taschenmesser glitt zwischen ihren Fingern hindurch. Bedauernd sah ich es an meinen Füßen vorbeischlittern. Ich hatte keine Hände frei, es aufzuheben.

„Okay. Ihr habt verstanden, was euch blüht. Zurück in das Zimmer!" brüllte er und tat einen weiteren Schritt auf uns zu. Bea versuchte aufzustehen. Im Vorbeigehen schlug er sie erneut mit dem Kopf gegen die Wand, wo sie endgültig liegen blieb.

„Wird' wohl!" schrie der junge Herr Berger mich an.

Sein Atem stank nach Instantkaffee, Nikotin und Eiter. Eine mit kurzen, schwarzen Haaren besetzte Hand stieß gegen meine Schulter. Schon durch einen geringeren Schubs wäre mein prekäres Gleichgewicht ins Wanken geraten. Der Flur hallte von seiner harschen Stimme wider, als er mich ein weiteres Mal zurückstieß.

„Zurück! Oder ich mache euch Beine."

Kopflos vor Angst versuchte ich zu gehorchen. Eine Alternative sah ich nicht, zumal mir keine der beiden anderen hätte beistehen können. Mit der bewusstlosen Greta auf den Schultern taumelte ich ein paar Schritte rückwärts und krachte gegen die Wand. Meine Knie brachen ein. Greta rollte auf meinen Kopf. Ihr Gewicht drückte meine Wange auf die krümeligen Dielen. Staubflocken und Sand stoben mir in Augen, Nase und Mund.

Ich konnte kaum atmen. Als ich versuchte den Kopf zu bewegen, war der so zwischen Gretas Schulter und der Wand verkeilt, dass Greta mich am Boden festhielt.

Unter mir erzitterten die Holzdielen, der junge Herr Berger stapfte an mir vorbei auf Heidi zu.

„Da wollte klein Blondie ausbüxen, was? Das war keine gute Idee. Aber warte nur ab, wie viel Spaß wir alle miteinander haben werden. Und diesmal kratze ich dich, Blondie. Und deine Schwester schaut zu."

Ich hörte ein schrilles Brüllen. Im Holz donnerte es. Riesige Füße stampften direkt neben meinem Kopf auf. Der Boden schwankte unter heftigen Tritten. Ausweichen konnte ich nicht. Stattdessen schloss ich die Augen und flehte eine höhere Macht an, mich vor allzu großem Schaden zu bewahren. Was aus Greta über mir würde, war mir gleichgültig. Schützen konnte ich sie längst nicht mehr. Dafür umgab mich ohrenbetäubender Lärm. Die Holzdielen dröhnten und schwankten. Mehrere Tritte trafen meinen Rücken. Auf am Boden liegenden Strähnen meiner Haare scharrten und rutschten Absätze. Etwas Hartes stieß gegen mein Ohr. Blind versuchte ich, mich näher an die Wand zu drängen. Dann erfolgte eine heftige Erschütterung, die sich über die Dielen in meinen Körper hinein fortsetzte, begleitet von Krachen wie bei einem Steinschlag. Sogar die Wand, gegen die ich meine Stirn gepresst hielt, schien von der unsichtbaren Gewalt zu vibrieren. Ein beängstigendes Gurgeln ertönte, dann ein weiterer Schlag.

Was folgte, war Ruhe. Lärm wie Beben war beendet. Abwartend blieb ich liegen, aber nichts war mehr zu hören. Nach einer Weile hatte ich meine Angst so weit besiegt, dass ich mich unter Greta herausarbeiten konnte. Ihr Körper rutschte von meinem Rücken. Ich richtete mich auf und wollte mich schon nach ihr umdrehen, als mich etwas neben meiner Hand innehalten ließ. Beinahe hätte ich geschrien, ich hatte schon den Mund geöffnet, aber mir fehlte die Kraft. Stattdessen ließ ich den Anblick auf mich wirken. Da war meine aufgestützte rechte Hand. Deren kleiner Finger berührte den ausgestreckten Arm des jungen Herrn Berger. An seinem Daumen klebten lange blonde Haare. Je länger ich hinsah, desto unerklärlicher wurde mir, was ich vor Augen hatte. Eilig drehte ich mich um, falls der Kerl mich ausgetrickst hätte und in Wirklichkeit hinter mir stünde. Doch dort war nur Heidi. Sie stand mitten im Flur, die Hände wie zum Gebet vor dem Mund gefaltet. An ihrem Pullover glänzte Blut.

„Heidi!" brüllte ich. Das Herausschreien ihres Namens brach einen Bann. Mein Atem floss leichter. Auch in Heidi war eine Veränderung zu beobachten. Ihr Blick löste sich von ihren Fingern, wanderte zu mir und nach kurzem Verharren an mir vorbei zu einem Punkt neben mir am Boden. Ich sah ebenfalls dorthin. Weiterhin regungslos lag der junge Herr Berger auf den Dielen. Sein mächtiger Brustkorb hob sich nicht. Kein Atmen war zu hören. Zaghaft streckte ich die freie Hand aus. Über seinem Gesicht spürte ich keinen Lufthauch. Ich griff über

271

ihn hinweg und legte die Hand an seine Wange, um den Kopf zu mir zu drehen, zog sie jedoch erschrocken zurück. Die Handfläche war nass von seinem warmen Blut, das unter meinen Blicken auf meiner Haut abkühlte. Staunend betrachtete ich die rote Handfläche. Ich sah das Blut, verstand, dass es seines war, dennoch begriff ich nicht, wieso es meine Hand bedeckte. Lange hielt dieser unklare Moment nicht an. Einem plötzlichen Impuls folgend sprang ich auf seine andere Körperseite, mitten in eine Lache Blut, das sofort das Knie meiner Jeans durchdrang und sich von dort im Stoff ausbreitete. Die rechte Gesichtshälfte des jungen Herrn Berger bot sich mir als eine einzige rote Wunde zahlreicher Schnitte und Stiche bis zum Hals dar. Sein Mund hing offen. Blut war auch dort hinausgeflossen, mittlerweile sickerte es nur noch wie aus einem übervollen Bassin. Ein Stück seiner Zunge lag glatt abgeschnitten neben dem Kinn. Vor dem Ohr steckte das kleine Taschenmesser.

Ich hörte ein Geräusch und sah mich zu Heidi um. Sie war in die Knie gegangen. Beinahe andächtig kniete sie vor den Füßen des jungen Herrn Berger, die gleich einer riesigen schwarzen Flosse seitlich auseinander fielen. Die Schuhspitzen waren verschrammt, als wäre jemand auf das glatte Leder getreten. An den Sohlen klebten sandige Erde und alte Kiefernnadeln. Ein mittellanges Haar wehte sacht. Diese Eindrücke erschienen mir wichtig, und ich bedauerte, dass sich wahrscheinlich niemand außer mir dafür interessieren würde. Hinter mir kratzte etwas über das Holz. Ich drehte mich um zu Bea, die sich hustend aufzurichten begann. Ihre Lippe war aufgeplatzt und blutete stetig, ansonsten schien ihr nicht viel geschehen zu sein. Sie hob den Kopf zu mir und begann ein Lächeln, das jedoch erstarrte, als sie den jungen Herrn Berger entdeckte. Langsam führte sie eine Hand an die Lippe, dann an ihren Hinterkopf. Mit gerunzelter Stirn betrachtete sie Heidi auf der anderen Seite des jungen Herrn Berger. Erst jetzt kehrte ihr Blick zurück zu mir. Ohne nachzudenken, schüttelte ich den Kopf, weshalb, könnte ich heute nicht mehr sagen. Vielleicht wollte ich Bea anzeigen, dass ich den jungen Herrn Berger für tot hielt, vielleicht sie beruhigen, ich sei unverletzt. Möglicherweise hatte das Kopfschütteln mit Heidi zu tun. Bea jedenfalls ignorierte es gänzlich. Sie war auf Knien zu Greta gekrochen und hatte diese auf den Rücken gedreht. Anscheinend schien sie deren Zustand als nicht übermäßig besorgniserregend einzuschätzen, denn nun kauerte sie sich mit der Stirn an den Knien neben mich. Automatisch legte ich den Arm um sie. Mein Gesicht war nass von Tränen.

Irgendwann ertönte Musik aus der Innentasche meiner Jacke. Zu diesem Zeitpunkt waren meine Tränen schon wieder getrocknet, und der Stoff an meinem Knie begann, sich steif anzufühlen. Unter dem Drängen der immer lauter werdenden Melodie zog ich den Reißverschluss meiner Jacke auf und nahm das Handy heraus. Automatisch registrierte ich den Namen des Anrufers und drückte auf die grüne Taste. Die klebte nun rot.

„Mutti", sagte ich in einer Stimme, die ich nach dem langen Schweigen selbst nicht erkannte. „Ruf die Polizei. Ich habe Heidi gefunden."

KAPITEL 20

Mein Denken verlangsamte sich, bis ich alles nur noch wie in Zeitlupe aufnahm. An die nächsten Stunden habe ich nur bruchstückhafte Erinnerungen. Sicher weiß ich nur, dass wie zuvor, nachdem Heidi die Leiche des Herrn Muh gefunden und die Polizei unser Haus überschwemmt hatte, andere Leute die Situation kontrollierten und über mich verfügten. Es war mir gleichgültig. Mit all dem, was um mich herum vor sich ging, hatte ich nichts mehr zu schaffen. Die Verantwortung war abgegeben. Neben dem jungen Herrn Berger wartete ich, bis die Polizei zur Jagdhütte der Hanbecks kam. Mir war, als säße ich neben mir und verfolgte von dort aus nachsichtig, wie Sanitäter in roten Jacken mich und die anderen untersuchten und schließlich ins Krankenhaus brachten. Dort erwartete uns erstaunlicherweise Andy Vosgeraus Frau, aber die war ja Krankenschwester und hatte in den letzten Tagen bereits Nachtdienst gehabt. Meine Eltern kamen, und auch Frau Muh erschien. Ich glaube, für Außenstehende war nicht zu erkennen, ob Sinaida Muh als Mutter oder als Kodexwächterin auftrat. Als ich sie kurz durch eine offene Tür sah, stand sie in einem grauen Popelinmantel, der ihr fast zu den Fußknöcheln reichte, bei einem Arzt. Vielleicht war es Zufall und für den vielbeschäftigten Mediziner nur praktisch, aber seine Haare waren raspelkurz geschoren und seine Haltung in Gegenwart der kleinen Frau auffallend devot. Im Vergleich zu ihm kamen nicht sehr devote Polizisten in Zivil, um mich zu befragen. Ich antwortete, so gut ich konnte, aber von Minute zu Minute, von Frage zu Frage, wurde mir die Situation unangenehmer. Damals schien mir jedes Wort der Polizisten versteckten Tadel zu enthalten. Offen ausgesprochen wurde der jedoch nie.

Vorwürfe bekam ich dennoch zu hören. Diese undankbare Aufgabe übernahm Andy Vosgerau, der mich am nächsten Tag besuchte, als ich schon wieder im stillen Tal war. Anders als bei den vorherigen und allen späteren Katastrophen hielten sich unsere Nachbarn zurück. Auch gelang es meinen Eltern, mich von den Blicken der Neugierigen abzuschirmen. Ich hörte das Klingeln und die Stimmen, aber zu sehen bekam ich niemanden. Ungeahnter Takt ließ die einen nur ihre Solidaritätsgaben abliefern, ehe sie sich freiwillig zurückzogen, andere mussten nach einem obligatorischen Kaffee hinauskomplimentiert werden. Angeblich sollen auch Journalisten, nachdem sie an der Haustür abgewiesen worden waren, versucht haben, um das Haus herum durch die Terrassentür einzudringen. Ob dem so war, konnte ich nie vollständig klären. Andy dagegen erhielt selbstverständlich Zugang zu mir. Seine Vorhaltungen waren bestimmt mit meinen Eltern abgesprochen, die sich wahrscheinlich nicht trauten, mir Vorwürfe wegen meines eigenmächtigen Handelns zu machen, hatte ich ihnen doch Heidi zurückgebracht. Tatsächlich habe ich von ihnen bis heute nie einen Kommentar zu hören bekommen. Selbst Oma sagte nichts. Andy besaß die natürlichen Skrupel meiner Angehörigen nicht. Er nahm mich in den Arm, fragte, wie es mir gehe, gab mir auch im Namen seiner Frau ein kleines Geschenk. Dann jedoch setzte er sich mir gegenüber in den Sessel. Da half es wenig, dass er seine Uniform nicht trug, sondern den alten, braunen Pullover, den mein Vater unabhängig von ihm gekauft hatte, weil sich beide hauptsächlich im Raiffeisenmarkt einkleideten. Ich fühlte mich wie vor einem Femegericht aus alten Zeiten, denn Ankläger und Richter saßen vor mir vereinigt in einer Person, und wegzulaufen hätte meine Lage nur verschlimmert. Noch ehe er den Mund aufmachte, zog ich den Kopf ein.

„Wie seid ihr beiden Gänse eigentlich auf diese bescheuerte Idee gekommen, ihr könntet die Arbeit der Polizei machen?" erkundigte Andy sich. In seiner Stimme schwang persönliche Betroffenheit mit. Polizist und Pate fühlten sich gleichermaßen angegriffen.

„Ich dachte, wir könnten es besser. Besser als Gert Tamminga jedenfalls", erklärte ich wahrheitsgemäß. Meine Wangen glühten, als ich meine Worte hörte, die im Nachhinein so überheblich klangen. Innerlich wappnete ich mich. Ich wusste, wie er reagieren würde.

Andy schnaubte und schüttelte den Kopf.

„Gert lassen wir mal besser aus dem Spiel. Wie kommst du denn darauf, dass der irgendwie an so komplizierten Ermittlungen beteiligt sein könnte? Hallo? Es gibt Fachleute. Experten, ja? Die wissen genau, wie man Verbrecher sucht. Unterstützung aus der Bevölkerung ist wünschenswert, eigenmächtige Schnüffelei schadet. Außerdem wusstest du schon länger, dass der junge Herr Berger etwas mit dieser Angelegenheit zu tun haben könnte, nicht wahr? Kein Wort hast du gesagt, weder zu mir noch zu den Kollegen von der Kripo. Zumindest hast du etwas geahnt, Christa. Genau wie diese verdammten Muhs. Die wussten doch von Anfang an, wer den Herrn Muh getötet hatte. Gib es zu."

Ich gab es zu. Den Verdacht hatte er schon vorher geäußert. Andy schüttelte den Kopf. So wie meine Mutter über ein spezielles Schulterheben verfügte, besaß er ein eindringliches Kopfschütteln, das Bände sprach. Für mich waren es an diesem Tag Bände des Vorwurfs.

„Ich hatte dich gewarnt. Ich hatte dir gesagt, du solltest deinen Verdacht mir oder einem Kollegen mitteilen. Hatte ich das nicht gesagt?" Er hatte es gesagt.

„Ihr habt euch in Lebensgefahr gebracht. Dieses Muh-Mädchen und du. Und Heidi und diese andere Muh. Ist dir das klar?" Es war mir klar.

„Was", wollte er von mir wissen, „wäre gewesen, wenn ihr nicht zufällig dem jungen Herrn Berger den Garaus gemacht hättet? Auf eure damenhaft blutige Art und Weise?" Der junge Herr Berger würde noch leben. Vielleicht wären jetzt wir tot. Aufwiegen wollte ich Tatsachen und Vermutungen nicht gegeneinander. Andy wollte es offensichtlich ebenso wenig. Schweigend musterte er mich. Mir war, als stünden seine Augen voll Tränen.

„Was wird aus Heidi?" wollte ich von ihm wissen. Es war ein Ablenkungsmanöver, aber er nahm es mir nicht übel.

„Nicht viel. Es war Notwehr. Sie stand unter Schock. Sie ist minderjährig. Aber sie muss mit allem klarkommen. Das wird dauern." Damit sollte er Recht behalten.

Seit dem dritten Tag war auch Heidi zu Hause. Die Anwohner des stillen Tals scharten sich diskret um uns, brachten Kuchen und kleine Geschenke, verjagten Journalisten mit laut bellenden Hunden. In der Stadt hätten die Journalisten sich nicht vertreiben lassen, bei uns schon. Wir waren unseren Nachbarn dankbar. Allmählich beteiligte ich mich wieder an den Gesprächen. Aber Heidi hielten wir aus allem heraus. Die benötigte Ruhe, und seltsamerweise akzeptierten die Nachbarn das. Frau

Schumann-Schulz brachte ein Geschenk der Schule, die Klassensprecherin von Heidis Klasse eine Gabe der Mitschüler. Diese beiden und Heidis beste Freundin ließen wir durch unseren Schutzgürtel, alle anderen hatten sich zu gedulden, was sie stillschweigend taten. Von Chanelle Oelschlaeger kam ein Brief. Was darin stand, erfuhr ich nie, aber es war das erste Mal, dass ich Heidi wieder kurz lachen sah. Es war eine gute Nachricht, die von ihrer Familie und den Nachbarn mit Erleichterung aufgenommen wurde.

Geduldig warteten wir Anwohner des stillen Tals auf weitere gute Nachrichten, doch einige gaben sich nur den oberflächlichen Anschein von Geduld. Frerk Deepken beispielsweise machte stets ein böses Gesicht, wenn er von unserem Küchenfenster auf das Bergersche Haus der Muhs sah. Die eingeworfenen Scheiben waren ersetzt worden, doch den aufgesprühten Schriftzug an der Tür konnte man noch unter der neuen Farbe erahnen.

„Diese Flegel hätten nie hierher kommen dürfen. Dann wäre das mit Heidi nicht passiert, und der Berger würde noch leben", knurrte er.

In mir begehrte etwas auf. Seit dem Wochenende kämpfte ich ständig gegen Wut in mir an, und ich wurde es allmählich leid, sie immerfort zu unterdrücken. Ich war die Vernünftige, ich war die Retterin meiner Schwester, aber ich war es auch gewesen, die im Blut des Mannes gekniet hatte, der von meiner Schwester getötet worden war. Meine Mutter hatte nach einem halbherzigen Versuch, das Blut zu entfernen, die Jeans weggeworfen. Dagegen hatte ich keinen Einwand erhoben, obwohl es einmal meine Lieblingshose gewesen war. Wahrscheinlich hätte ich mich sowieso nie wieder überwunden, sie anzuziehen.

Aber Frerk Deepkens unqualifizierte Bemerkungen über die Muhs provozierten mich so sehr, dass ich mich nicht länger zurückhalten konnte.

„Du vergisst, dass der junge Herr Berger den Muhs das Haus verkauft hat. Das war seine Idee."

„Hätten sie ja nicht kaufen brauchen", knurrte Frerk. „Da sehen sie nun, was sie davon haben. Und wir haben den ganzen Ärger."

„Wir?" brüllte ich ihn an. „Wieso wir? Du hast keinen Ärger gehabt! Keiner von euch hat Ärger gehabt. Außer meiner Familie. Außer Heidi und mir! Und was ist mit den Muhs? Hatten die keinen Ärger?"

Ungerührt musterte er mich.

„Stimmt. Von uns hatte keiner Ärger. Außer euch. Aber ihr gehört zu uns. Und das genügt völlig. Darum haben wir alle ein Problem mit denen. Frag Hella Kloopman. Frag Helger und Elke Braasch. Oder irgendeinen anderen Nachbarn. Wer weiß, was für Ärger noch auf uns zukommt, wenn dieses Pack im stillen Tal wohnen bleibt?"

Bei seinen Worten schoss mir eine heiße Flamme durch die Brust, von wo sie sich im ganzen Körper ausbreitete, bis es selbst vor meinen Augen loderte. Ich genoss es, meiner Wut endlich nachzugeben.

„Selbst wenn dem so wäre! Selbst wenn es euch irgendetwas anginge! Die Muhs wohnen auch hier! Das Bergersche Haus gehört ihnen. Sollen sie sich in Luft auflösen? Was willst denn ausgerechnet du Versager dagegen tun? Denk doch mal nach!"

Er setzte gerade zu einer Erwiderung an, als meine Mutter die Küchentür aufriss. Schuldbewusst hielten Frerk und ich inne. Unter diesem Blick wurde selbst ein Angeber wie er ganz klein.

„Was geht hier vor? Bei diesem Geschrei kann man keine Ruhe finden, schon gar nicht die arme Heidi. Frerk, du warst lange genug im Haus. Dein Hund wartet auf dich. Der bellt das ganze stille Tal zusammen. Danke für die Flasche Korn, genau das Richtige für ein fünfzehnjähriges Mädel. Und jetzt verschwinde." Er nickte nur. Verbale Attacken zwangen ihn unweigerlich zum Rückzug. Wortlos verließ er das Haus. Sorgen um seine Freundschaft brauchten wir uns nicht zu machen. In ein paar Tagen käme er wieder, als wäre nichts gewesen. So kannten wir Frerk Deepken.

„Erklär mir, wieso du mit Frerk in Streit geraten bist", verlangte meine Mutter zu wissen, nachdem die Haustür hinter ihm zugefallen war. Es war ihr gutes Recht, Aufklärung darüber zu verlangen, zumal ich ansonsten kaum ein Wort mit diesem Mann wechselte. Bei all seiner Leutseligkeit war er bei den weiblichen Bewohnern im stillen Tal nicht sonderlich beliebt. Aber erklären konnte ich nichts. Es war unmöglich. Meine Begründung wäre eine Verteidigung der Muhs gewesen, und das, glaubte ich, könnte ich meiner Mutter nicht antun.

„Er hat Unsinn geredet", sagte ich also nur. „Das konnte ich nicht länger ertragen."

Sie zuckte ausdrucksstark mit den Schultern. Dass Frerk Deepken in den Augen der übrigen Nachbarn zu viel Unsinn von sich gab, hätte sie nie bestritten. Nun aber nahm sie mich in den Arm.

„Lass ihn reden. Nimm es dir nicht zu Herzen. Lass uns einfach froh sein, dass alles vorbei ist", flüsterte sie.

Ich wollte es. Ich wollte es so sehr. Aber es war nicht vorbei.

Die gesamte Woche verbrachte Greta im Krankenhaus. Ich erfuhr es über Andy von dessen Frau, nicht von Bea, denn mit der hatte ich seit der Fahrt in die Klinik nicht mehr gesprochen. Nach der Nacht, die wir zur Beobachtung in der Klinik hatten bleiben müssen, hatte ein Polizeiauto sie und ihre Mutter in das stille Tal zurückgefahren. Nachdem die Tür des Bergerschen Hauses der Muhs hinter ihnen zugefallen war, hatte sie sich nicht mehr geöffnet. Kein Mitglied der Familie war außerhalb des Hauses gesehen worden, niemand außer den Zivilpolizisten hatte Einlass begehrt und erhalten. Das große Haus lag still im Dunst, der von den weitläufigen Feldern dahinter ins stille Tal trieb. Ich war froh über die Nebelschwaden. Sie dämpften das Rot der Mauern zu ei-

nem matten Grau, das nicht im Entferntesten an tro-
ckenes Blut erinnerte. Oft zog es mich ans Fenster. Ich
stand dann hinter der Gardine und starrte hinüber zu den
anderen Fenstern in dem anderen Haus. Dahinter befand
sich meines Wissens Bea. Gern hätte ich sie gesprochen.
Es war mir ein großes Bedürfnis, von ihr bestätigt zu hören, dass wirklich geschehen war, was ich vor Augen hatte, sobald ich allein in einem Raum saß. Hinüberzugehen
wagte ich nicht. Ein Grund war Scham, aber insbesondere hemmte mich die Angst, ihrer Mutter gegenüberzutre-
ten. Meine eigenen Eltern anzusehen war mir schon
peinlich genug. Die Augen dieser seltsam regungslosen Sinaida Muh auf mir zu spüren und dem Eindruck wehrlos
ausgeliefert zu sein, sie sähe mir ins Gehirn und läse meine Gedanken, schreckte mich ab. Von ihr würde ich keine Vorwürfe zu hören bekommen, ich hätte Bea zu
Ungehorsam und Eigeninitiative angestiftet. Sie würde
dieses undurchdringliche Schweigen schweigen, welches
ein Vorwurf an sich wäre. Zwar war ich überzeugt, Sinaida Muh sei nicht zu lauten Vorhaltungen berechtigt, aber
ebenso sicher glaubte ich, mich einem unausgesprochenen
Vorwurf nicht stellen zu können.

Jeden Tag dieser Woche nahm ich mir aufs Neue vor,
hinauszuschleichen und mich unter die versammelten
Muhs zu wagen. Jede Stunde gab ich den Entschluss neu
auf. Ich vertröstete mich selbst, bis ich keine Ausreden
mehr für mich finden konnte und meiner Feigheit in die
Augen sah. Vielleicht würde ich Bea nie wiedersehen, ob-

wohl sie im Nachbarhaus lebte. Vielleicht würde ich auch
Greta nicht mehr sehen. Mir erschien es vorstellbar, dass
die Muhs nie wieder ihr Haus verließen, obwohl das rea-
listisch betrachtet auf die Dauer nicht möglich gewesen
wäre. Womöglich entschied Frau Muh einfach, dass nur
sie allein den Schutz der Mauern verlassen dürfe. Oder alle Muhs gingen zurück zu ihrem Zentrum in Nideggen,
von wo aus sie vor weniger als einem halben Jahr zu uns
gekommen waren. Aber gleichgültig, welche Beschlüsse
die Gemeinschaft Muh bezüglich ihrer Mitglieder treffen
würde, die Zeit ließ sich nicht zurückdrehen. Nichts ließ
sich ungeschehen machen, nicht der Mord, nicht die Entführung, nicht die Vergewaltigungen, nicht Heidis tödli-
chen Angriff auf den jungen Herrn Berger. Bea wäre
immer mit mir zusammen in die Jagdhütte eingestiegen,
um die entführten Mädchen zu befreien. Was wir erlebt
hatten, war unsere Erfahrung geworden. Es lag unabän-
derlich außerhalb meiner Macht, die Ereignisse zu verän-
dern.

Am Freitag verließen Frau Muh und Bea das Bergersche Haus der Muh. Ich beobachtete sie von meinem
Fenster aus, als ich einen weiteren Tag nicht zur Schule
ging. Später sah ich sie wiederkommen. Der kleine Wagen
bog in den Vorhof ein und hielt direkt vor der Tür, die jemand von innen gerade lange genug öffnete, um drei kleine Gestalten hineinschlüpfen zu lassen. Sie hatten Greta
geholt. Nur wenige Stunden später verschwand der kleine
Wagen. Das Motorengeräusch weckte mich. Mein Schlaf

in diesen Nächten war leicht. Von meinem Fenster aus sah ich das Auto auf den Asphaltstreifen der Straße biegen. Zwei Personen schienen darin zu sitzen, beide klein, aber ich hatte den vagen Eindruck, dass am Steuer Bea gesessen hatte. Nun war sie fort, und für mich gäbe es keine Gelegenheit mehr, mit ihr über den Sonnabend und die Ereignisse in der Hanbeckschen Jagdhütte zu sprechen. Bei aller Scheu vor den Muhs wollte ich das immer noch. Ich wollte darüber reden, mir bestätigen lassen, dass es Wirklichkeit war, dass Bea es ebenfalls erlebt hatte. Nun war Bea fort. Ich benötigte keine Ausreden mehr, nicht zu ihr hinübergehen zu müssen. Nach dem, was sie mir von der Gemeinschaft der Muh berichtet hatte, erschien es mir nicht sehr wahrscheinlich, dass man sie in nächster Zeit an den Ort zurückkehren ließ, an dem sie so wenig Demut und Bescheidenheit gezeigt hatte. Schwerfällig legte ich mich wieder in mein Bett, zog die Decke über den Kopf und wartete auf den Schlaf, der nicht kam. Er wäre auch nicht willkommen gewesen, sah ich doch ständig meine blutige Hand und den zerfetzten Hals des jungen Herrn Berger vor mir. Doch man schlief in der Nacht, und Nacht war es, also lag ich im Bett und wartete auf den Schlaf, der sich nicht mehr einstellen wollte. Unter der Decke wurde es zu warm. Die stickige Luft und das Pulsieren in meinen Ohren erinnerten mich, wie es sich angefühlt hatte, als ich unter Greta auf den Flurdielen lag und die Schritte des jungen Herrn Berger neben meinem Kopf dröhnten. Also schob ich die Decke wieder

beiseite. Jenseits des Flures schnarchte mein Vater. Draußen, irgendwo in der Nähe im stillen Tal bellte ein Hund.
Es klang nach dem Dackel von Helger Braasch.

Und es begann so unmerklich, dass ich den Anfang
im Nachhinein nie festlegen konnte. Aber ich sah ein
Licht tanzen. Für mich war es das Spiel des Mondlichts
durch die Zweige eines Baumes. Nur wuchs kein Baum,
dessen Zweige so hoch hinauf gereicht hätten, hinter dem
Haus. Ich hörte auch ein Rauschen, welches ich auf den
Wind zurückführen wollte. Seit letztem Sonnabend
wusste ich, wie sehr der Wind rauschen konnte. Erst als
die ersten Scheiben barsten, stürzte ich ans Fenster. Da lo-
derten bereits helle Flammen aus dem Bergerschen Haus.
Ich schrie. Etwas Besseres fiel mir nicht ein. Es war zu
viel. Nach all den Ereignissen der letzten Wochen blieb
mir nur das schrille Schreien, das zumindest meine Eltern
sofort alarmierte. Sie verständigten die Feuerwehr. Aber
ich stand unten an der Straße, als meine Mutter mich
fand. Sie schimpfte nicht, sondern legte nur ihre Jacke um
meine Schultern. Die Nachbarn hatten sich noch nicht
vollständig versammelt, als die Feuerwehr schon eintraf.
Brannte ein Reetdachhaus, war Eile geboten. Sie kamen
mit mehreren Einsatzwagen, mit Martinshorn und Blau-
licht. Die Polizei kam, und auch der Krankenwagen. Wie
sich zeigte, benötigten sie den nicht. Gebraucht wurden
die unauffälligen, dunklen Wagen, die später sechs Särge
abholen sollten. Da wussten wir schon, dass die Muhs in
ihren Betten erstickt waren.

Es waren natürlich nicht alle Muhs. Bea und Greta waren nicht dabeigewesen, und zu Anfang fand man diesen Umstand verdächtig. Aber die Spurensicherung entdeckte Hinweise, die auf andere Personen als Täter deuteten.

Später, nach nur sechsunddreißig Stunden, verhaftete man zwei Männer aus dem stillen Tal. Einer von ihnen war Frerk Deepken, der andere ein Sohn seines direkten Nachbarn. Mit dem war ich konfirmiert worden. Die übrigen Anwohner standen bei der Verhaftung vor Frerks Haus. Sie äußerten ihr Entsetzen laut. Ich schwieg. Insgeheim hätte ich mich ohrfeigen können, nicht rechtzeitig reagiert zu haben, als das Licht tanzte, als es rauschte, bereits als Helger Braaschs Hund bellte. Es war wie ein endgültiges Versagen, als hätten die Muhs Hoffnungen in mich gesetzt, als hätten sie Anspruch auf mein Einschreiten besessen. All dies bildete ich mir nur ein. Ich hatte den Muhs nichts geschuldet, sie hatten von mir nichts zu erwarten gehabt. Dennoch fühlte ich mich verantwortlich. Nach allem, was ich gemeinsam mit Bea erlebt hatte, fühlte ich eine Verbindung zu den Muhs, die mich hätte verpflichten sollen, in Beas Abwesenheit über diese Leute zu wachen. Doch dieser Verpflichtung hatte ich mich entzogen. Zwar war ich nicht weggelaufen, und der Notruf war von meiner Familie auf meinen Alarmschrei hin abgesetzt worden, aber es blieb das nagende Gefühl, nicht

alles in meiner Macht stehende getan zu haben. Ich fühlte
mich als Versagerin.

Irgendwann ging ich wieder zur Schule, so wie Heidi
auch. Der Mitleidsfaktor und unterschwellige Sensations-
lust brachten ihr, wie vorhergesagt, eine Lehrstelle, die sie
auf der Basis ihrer Noten nicht erhalten hätte. Beim Un-
terzeichnen des Ausbildungsvertrags ließ der künftige
Chef das gegenüber meiner Mutter durchblicken. Zumindest war er aufrichtig. Was den Ausbildungsplatz in dieser
Firma anging, waren meine Eltern erleichtert, vielleicht
sogar zufrieden. Mittlerweile ist Heidi das, glaube ich,
auch. Ich frage allerdings nie nach. Es dürfte noch eine
Weile besser so sein. Immerhin hat sie die Lehre abgeschlossen und arbeitet weiterhin in diesem Betrieb. Besonders dafür sind wir alle dankbar, denn uns beweist es,
dass Heidi für den Betrieb mehr als ein Kundenköder
war. Heidi dagegen hält es für selbstverständlich, als gute
Kraft übernommen worden zu sein. Ich hoffe sehr, dass es
so ist.

Nach wie vor vermisse ich Bea. Ich habe sie seit den
Ereignissen vor vier Jahren nie wiedergesehen. Anfangs
führte ich noch in Gedanken Gespräche mit ihr. Ich wollte vorbereitet sein, stünde sie einmal vor unserer Tür. Natürlich kam sie nie. Sogar nachdem ich mein Studium in
Süddeutschland antrat, glaubte ich noch lange, wenn ich
in den Semesterferien nach Wardenburg zurückkehrte,
eine Nachricht von ihr zu finden. Irgendwann habe ich
dann eingesehen, dass für Bea Muh kein Anlass bestand,

sich bei mir zu melden, sie wohl aber Grund hatte, Wardenburg und das stille Tal zu meiden.

Das Grundstück ist mittlerweile Eigentum der Gemeinde. Es wurde kurz nach dem Brand von der Gemeinschaft Muh veräußert. Vielleicht findet sich tatsächlich
einmal ein Investor, der dort ein Wellnesshotel errichtet
oder adrette Einfamilienhäuser hochzieht. Dass sich jemals wieder Muh hierherwagen werden, glaube ich nicht.

ÜBER MARTINA SEVECKE-POHLEN

Martina Sevecke-Pohlen wurde 1968 in Düsseldorf gebo-
ren. Sie machte am Inda-Gymnasium in Aachen Abitur
und studierte an der Carl von Ossietzky-Universität in
Oldenburg. Anschließend arbeitete sie in Bremen und
Oldenburg in der Erwachsenenbildung. 2011 gründete sie
in Rhauderfehn den Wieken-Verlag Autorenservice.
Als Wahlostfriesin schreibt sie Romane, Krimis und Sach-
bücher. Im Wieken-Verlag erscheinen außerdem Sachbü-
cher aus der Kultur- und Kunstgeschichte, Romane und
Kriminalromane.
Besuchen Sie den Wieken-Verlag unter
http://www.wieken-verlag.de.